Editorial Planeta organitza i atorga
el Premi de les Lletres Catalanes Ramon Llull.

Aquesta obra ha obtingut el Premi de les Lletres
Catalanes Ramon Llull 2017, concedit pel següent jurat:
Anne-Laure Aymeric, Carles Casajuana, Pere Gimferrer,
Gemma Lienas i Emili Rosales.

ROSA DE CENDRA

A Pilar Martínez i Punsà, la meva amiga,
la meva còmplice, la meva mare

Índex

CENDRA (1909)

Preàmbul

(18 de juliol de 1909)

El Batalló de Caçadors de Reus

Era un petit grup de dames refinades, disciplinadament comandades per la dona del governador Ossorio i les marqueses de Comillas i de Castell-Florite, que presidien la comissió d'ajuda al soldat. Es movien amb passes petites i amb elegància, però també amb la fermesa de qui està avesat a manar el servei. L'Enric les tenia ben a prop i va poder flairar els perfums delicats que desprenien els seus vestits, que deixaven una estranya barreja d'olors al seu pas. Palplantat, gairebé a tocar de l'aigua, va quedar-se badant mentre observava aquelles burgeses refinades, i va pensar que anaven tan encotillades, que el fetge els sortiria per la boca. Es va fixar en els malucs d'una dona grassa, el cos de la qual maldava per sobreviure a una cotilla molt estreta que la feia esbufegar. Li van semblar uns malucs enormes, pilars necessaris d'un cul immens que amenaçava d'explotar en qualsevol moment. Va dedicar uns instants a aquella idea, i va intentar imaginar quin soroll faria l'explosió d'un cul bomba. «Patam!», va dir-se, però la veu aguda d'una d'aquelles dames el va retornar a la realitat.

«Escapularis, escapularis per als nostres soldats», anava cridant decidida, mentre es passejava entre els familiars que s'havien agrupat al port per acomiadar els seus homes, que anaven a la guerra d'Àfrica. A cada soldat li entregava una petaca amb cigarrets i una medalla de llautó de la Mare de Déu que tenia inscrita una divisa en llatí, «*In hoc signo vinces*», i ella la repetia en català, com si fos una pregària, «Amb aquest signe venceràs, igual que ho feien els primers cristians, que Déu sigui amb tu», i se senyava. Tenia una veueta afilada, que feia una mena de xisclets d'aprenenta de soprano, i aquell fibló agut el va fer reaccionar amb irritació, però quan anava a proferir paraules gruixudes contra aquelles dames dels escapularis, una dona que hi havia a tocar, i que acomiadava plorosa el seu marit, li va engegar, «Segur que no li embarquen cap fill, ni cap parent». I aleshores li va escopir. Al moment, la veu d'un jove va sonar coratjosa, «Que no s'enduguin els nostres germans a morir pels Güell, els Romanones i els Comillas!». Un altre el va seguir, «Que morin a l'Àfrica els capellanots i els marquesos i els reis, i que els enterrin a les seves mines del Rif!». I des d'aquells primers espetecs, el port va transformar-se en una munió de crits emborbollats que demanava la independència de Melilla i el retorn dels soldats, i que morissin els capellans i cremessin les esglésies. Les dames dels escapularis van començar a xisclar mentre s'agafaven les faldilles i feien intents de curses maldestres, i una d'elles va estar a punt de caure, empentada per una nena que havia anat a acomiadar el pare i la mirava amb uns ulls rojos que semblaven de foc. El mar s'omplia de medalles i escapularis caiguts, que intentaven surar uns instants abans de ser engolits per l'aigua del port.

D'arreu venien homes que cridaven consignes, i les dones, les mares i les filles dels soldats s'afegien al cor de veus rabiüdes que exigien que els homes no anessin a morir. I mentre el conat d'avalot creixia i la còlera es desfermava, un escamot de soldats desplegat davant dels manifestants es posava en posició de tir. Alhora, un altre grup de soldats va improvisar una filera de fusells i va obligar els homes del Batalló de Caçadors de Reus a caminar fins al vapor *Cataluña*. L'Enric va pensar que aquella era la corrua de la mort. Aleshores algú, al fons de la gentada, va alçar la veu i va cridar, «Els embarquen al vaixell del marquès de Comillas, per enviar-los a la guerra dels seus amics, a defensar les mines dels seus amics, tot pels poderosos, porcs malparits, malànimes!», i la gentada va cridar amb una sola veu, com si els anés la vida, «Mort al marquès de Comillas», mentre repicava la lletania, «A baix la guerra, que hi vagin els rics».

La ràbia s'havia fet física, els crits cremaven l'aire com si fossin boles de foc, la munió empentava els soldats sense por als fusells, i entre els comandaments de l'exèrcit creixia la inquietud. Va ser aleshores quan es va sentir el primer tret.

Guspires

(1905)

«Es tontísimo que V. escriba en catalán. Ya se irán ustedes curando de la manía del catalanismo y de la Renaixensa. Y si es preciso, por motivos que no alcanzo, que el catalán viva como lengua literaria, deje V. a los poetas que se encarguen de esto. La novela debe escribirse en el lenguaje que pueda ser entendido por mayor número de gente. Los poetas que escriben para sí mismos, déjelos V. con su manía, y véngase con nosotros».

Carta de Benito Pérez Galdós
a Narcís Oller
(8 de desembre de 1884)

Un senyor amb capell

Es va ajustar el copalta amb energia i, després de posar-se els guants, va esperar que el majordom li obrís el portaló de la casa dels Grimau, on acabava de passar la nit amb els companys de la Lliga. Com sempre, havia estat una vetllada animada, en què tothom semblava saber com resoldre els problemes de Catalunya. La clau del portaló va fer un soroll sord en fer rodar el pestell, i l'Albert es va imaginar que era el lament del pany, que es dolia. En sortir al carrer, va deixar-se humitejar per la pluja fina d'aquella nit de novembre i, mentre enfilava rambla de Catalunya amunt, de camí a casa seva, va recordar una de les dites de l'àvia Mariona, «Novembre humit et farà ric». Va mig riure, sorneguer. Ja n'era, de ric, i no li calia cap novembre de pluges, perquè havia sabut sobreposar-se a la pobresa recurrent de la seva família i ara acumulava una fortuna envejable. Des de feia anys el convidaven a les millors cases i, per bé que sabia que el miraven amb el menyspreu propi dels intrusos perquè la fortuna no li venia de lluny, ni era de noble llinatge, ell s'ho prenia com una victòria. «Em menyspreen, però no s'estan de convidar-me, pobres infeliços», i aquella idea el feia sentir poderós.

No era un home refinat, ni havia crescut en una casa bona, ni havia tingut dida, ni classes de francès i d'hípica, tota aquella instrucció de què disposava la gent amb qui ara es relacionava. Però tenia intuïció per als negocis i un sentit innat per als números, i aquelles habilitats, sumades a una capacitat notable per enredar i mentir, van ser la porta d'entrada a una altra vida. Sovint, quan sortia d'aquelles vetllades amb grans prohoms de Barcelona, es prenia un temps per passejar, i durant aquella estona repassava els grans canvis de la seva vida. Era un supervivent, un resistent, un triomfador, es repetia, i en pensar-ho es fregava les mans amb un delit malaltís. Altres homes com ell no havien aixecat cap, després de tornar de les guerres d'ultramar, i badaven pel món com unes despulles humanes plenes de nafres a la pell i de ferides mortals a l'ànima. «Jo també vaig ser una despulla», i quan aquesta idea li gratava el cervell, reaccionava com un animal ferit, disposat a matar el seu caçador. Sentia el pes del senyal bíblic de la desgràcia des que va néixer, «Vaig vèncer el diable», i aleshores la mirada se li tornava fosca.

Era ros com tots els Alberts de la família, i havia estat un jove amb bona aparença, per bé que menut de mida, «herència de la família materna», assegurava rient, i amb els anys havia vinclat una mica l'esquena. Si s'esforçava, recordava un temps en què havia estat alegre, tot i que era eixut de mena i la guerra l'havia fet tornar esquerp, però malgrat l'agror del seu caràcter, que havia empitjorat amb els anys, ell se sentia com si l'haguessin beneït amb la força dels herois.

Al capdavall n'era, d'heroi, ell, un pobre soldat de lleva, retornat a casa després de sobreviure a la febre groga i a una pigota virulenta que li havia deixat com a herència les marques de la cara. No tenia ofici ni benefici, fill i nét i besnét de menestrals de Gràcia que a penes aconseguien sobreviure. El seu oncle havia mort fent de soldat, a l'època dels Matiners, «que portes el seu nom, Albertet, que Déu el tingui en la glòria!», i els pares sobrevivien amb dificultats, la mare cosint a casa, i el pare a la fàbrica del Vapor Vell de Sants, fins que va perdre la feina en la gran crisi dels velluts, pocs mesos després que ell tornés de Cuba. Recordava els esforços que havien fet els obrers per intentar salvar la feina, com havien proposat treballar la meitat del temps i fins i tot rebaixar-se el sou, i com l'empresa no ho va acceptar, i molts van ser acomiadats, el pare entre ells. «Aquesta és la lliçó de la vida», es repetia com en una lletania. «Val més ser l'amo que ser l'obrer». I si en un temps passat havia tingut simpatia per la rebel·lia dels pares, i havia compartit els seus ideals republicans, tot allò ja no importava, perquè l'únic ideal que l'Albert retornat de Cuba tenia era el de sobreviure.

Evocava sovint aquells primers dies del 1873, quan va arribar a casa un simulacre d'ell mateix, les restes d'un cos que caminava, menjava, dormia, però que ja no era ell, perquè ell ja no sabia on era. Sobretot, recordava l'instant primer, quan va trucar a la porta dels pares i, en sentir la fressa sorda d'uns peus que arrossegaven el pas, va saber que li obriria l'àvia Mariona. Aquells segons fins a abraçar-la van retornar-li una pau antiga, i per un breu moment va sentir-se com el jove que havia marxat a Cuba, tres anys abans. Emperò, ja no era aquell jove inconscient, i ara tornava dins d'un cos vell que amagava una ànima també vella, i com un home vell el va veure l'àvia, que, després de xisclar, va tenir un cop de sang que li va fer rodolar el cap. Les abraçades d'aquells primers minuts, la mare, l'àvia i les germanes, li havien quedat gravades a la memòria i les sentia amb ambivalència. A vegades eren com una mena de salvavides a què podia agafar-se, cada vegada que li venien temors o ensurts o se sentia desgraciat. Però sovint eren el record de l'home derrotat que ell mateix havia matat, amb les pròpies mans, per ressorgir com un fènix, transformat i poderós. No li quedava res d'aquell jove llunyà, ni necessitava l'escalf de la família, ni volia nostàlgies que el distreien de l'única fita que s'havia marcat: fer-se ric i vèncer els fats que l'havien maleït.

D'aquell temps perdut, només en salvava un record que no havia aconseguit foragitar, el moment al port, a punt d'embarcar, quan l'àvia li va donar un bocí del seu cosset de casament tot dient-li «Torna», i agafat al cosset, va pujar al paquebot, de camí a la guerra. Però després res, cap clau on agafar-se, cap esperança, cap motiu per viure, només la por, el dolor i la mort.

L'àvia li havia ordenat que tornés, prement-li les mans amb força, i aquella idea va ser l'únic alè que el va acompanyar durant els anys de la guerra, quan ja havia perdut tota noció de qui era.

Va tornar. Però l'horror de Cuba l'havia transformat d'una manera tan profunda, que ni ell mateix sabia com era, però sabia que aquell jove ingenu havia desaparegut, ferit de mort per l'urpa de la guerra.

L'11 de febrer de 1873, «Avui, que han proclamat la República», cridaven els pares i els veïns i l'àvia i tothom que l'abraçava, l'Albert va recuperar la vida d'abans de les bombes, les ferides i «*el cólico prieto*», i la pigota, i la calor humida que l'ofegava, i els pantans plens d'insectes que emmalaltien els soldats, i els cossos amuntegats dels caiguts, que sovint trepitjaven quan intentaven fugir. Es va incorporar a un món i a una vida que havia oblidat i als quals, en realitat, mai més no podria tornar. Un dia que la mare es queixava que ja no era el fill tendre que ella recordava i que ja no l'abraçava, li va respondre amb una violència impròpia del tracte que li tenia, «Quants centenars de morts creus que calen per perdre l'alegria?», i va sentir tanta ràbia que se'n va anar de casa i no va tornar fins a la nit. Ja no reconeixia res del que era conegut, i fins i tot ho rebutjava, perquè els pares, l'àvia, la casa de Gràcia, l'estimat oncle Elpidio, que sempre volia explicar-li històries del seu camp andalús, fins i tot ell i tots plegats representaven la vida que volia fer desaparèixer. A la guerra de Cuba havia mort l'Albert que un dia va ser, i ara, de nou al niu, havia de construir-se una altra vegada, com en un renaixement, perquè no era ningú, ni el que havia estat ni el que volia ser, i tampoc no sabia cap on tirar. Però d'una cosa estava segur, «Mai més no tornaré a ser un desgraciat». I en fer-se aquell jurament, en aquells primers temps del retorn, odiava tot el que l'envoltava, la casa, els amics, la família que l'aviciava i l'estimava, i ho odiava perquè, estimant-lo, el lligaven a aquella vida, de la qual volia fugir.

I se'n va sortir. «Sí, ho he aconseguit», va dir-se pletòric mentre repassava la vetllada que acabava de viure a casa dels Grimau. Des que havia fet fortuna, «I l'he sabuda conservar», es repetia amb orgull, l'Albert vivia molts vespres com aquell, i la normalitat amb què el convidaven als sopars i als grans actes socials era el símptoma inapel·lable del seu triomf.

Els Grimau eren uns empresaris del tèxtil que havien acumulat una gran riquesa el segle anterior, gràcies a l'exportació de cotó. Eren molt amics de Francesc Cambó i havien participat activament en la protesta del Tancament de Caixes, després que el ministre Raimundo Fernández Villaverde imposés un augment d'impostos a les empreses catalanes per pagar els deutes que la pèrdua de Cuba havien acumulat. «Ens volen ofegar», «No quedarà res de l'empresariat català» i «Prou d'abusos» eren les lletanies que es repetien aquells dies a les cases benestants de Barcelona i també a les botigues, els tallers i molts cercles de les ofegades classes mitjanes. Reunions, discussions en el si de les entitats empresarials i, al final, amb el lideratge de la Lliga de Defensa Industrial i Comercial de Barcelona de Sebastià

Torres, la decisió de tancar momentàniament les botigues i fàbriques per no pagar les contribucions a Madrid.

«Qui ens havia de dir que a Espanya reaccionarien amb tanta brutalitat!», es lamentava en Grimau en recordar la repressió del govern contra la protesta, amb l'empresonament d'empresaris i la clausura de centenars de comerços. «I el doctor Robert, dimitint d'alcalde de Barcelona, per no haver de signar les ordres d'embargament dels comerciants, quin gran home, al cel sia!», recordava algú invariablement. «Però, amic Grimau, gràcies a la reacció de Madrid, hem creat la Lliga», responia Dalmau Soler, un poderós industrial metal·lúrgic, i afegia, «Era l'única manera que teníem de defensar-nos». I en aquell punt de la conversa, els presents acostumaven a recordar els inicis d'aquella nova opció política, quan Cambó i Prat de la Riba, juntament amb el doctor Robert i altres grans prohoms de la societat catalana, que venien de la Unió Regionalista i del Centre Nacional Català, van crear la Lliga Regionalista. L'Albert tenia retallada la notícia que va sortir a *La Veu de Catalunya*, el 31 de maig de 1901...

«Ha quedat definitivament constituïda la Lliga Regionalista com a resultat de la fusió del Centre Nacional Català i de la Unió Regionalista, i té per objecte, com consta en els estatuts, treballar per a la reivindicació dels drets i la defensa dels interessos de Catalunya per aconseguir per tots els mitjans legals l'autonomia del poble català dintre l'Estat espanyol».

«Les Bases de Manresa de la Unió Catalanista seran el nostre text fundacional», va dir Prat de la Riba en les primeres reunions del nou partit. «I deixarem els lerrouxistes a l'alçada del betum», va reblar Grimau, convençut de l'èxit.

L'èxit va arribar, i la victòria dels «quatre presidents» de la llista, encapçalada pel doctor Robert, va ser aclaparadora. «Madrid ens ha enviat Lerroux per destruir-nos, però nosaltres n'hem fet carn d'olla», cridaven els seguidors la nit electoral, i durant aquells dies d'eufòria l'Albert va arribar a creure que potser tot allò li interessava de veritat, més enllà de les seves ambicions i la posició social que li atorgava. «Encara et faràs polític», li deia la dona, amb sorna.

De tot el que va passar en els primers temps del partit, el que més va emocionar l'Albert va ser la coneixença del doctor Robert. Sentia una admiració pregona per aquella eminència mèdica, reconeguda arreu d'Europa, que havia estat un alcalde exemplar de Barcelona, capaç, fins i tot, de desmantellar la xarxa de caciquisme que dominava la ciutat. «I quan va anar a Madrid, el 1898, a reclamar el concert econòmic i la Diputació única i la creació d'escoles industrials?», comentava algú, «i la valentia que demostra a les Corts quan defensa Catalunya!», reblava algú altre. I aleshores la conversa derivava cap als furibunds atacs dels diputats espanyols contra els catalans, «que ja ho ha dit el doctor Robert, que allò no sembla un parlament, sinó un tribunal de justícia!».

Un dia l'Albert va formar part d'una comitiva de la Lliga que acompanyava el doctor Robert a impartir una conferència a l'Ateneu Barcelonès, quan encara no s'havia traslladat al Palau Savassona i tenia la seu a la rambla dels Caputxins. En enfilar el passeig, la gent que badava va començar a aturar-lo. N'hi havia que l'aplaudien, d'altres volien parlar-li, les dones l'abraçaven i li atansaven els nens, i cada passa cap a la seu era un viatge interminable. En arribar a la porta de l'Ateneu, on l'esperaven Josep Yxart i Àngel Guimerà, havia passat mitja hora des que havien començat a baixar Rambla avall. Quan, en una de les trobades de la Lliga, algú va llegir les paraules del poeta Maragall sobre el doctor Robert...

«*Preguntad a cualquier catalán, al llegar a Madrid, si conoce al diputado o al senador de su distrito: probable es que no, aun cuando le haya visitado, pero a*

Bartolomé Robert le conocen los pobres y los ricos, las mujeres y los hombres; todos han acudido alguna vez a reclamar sus auxilios»...

...l'Albert va trobar que estaven molt ben dites. I tot i no ser un home donat a l'admiració d'altri, amb el doctor Robert feia una excepció, perquè li reconeixia una autoritat moral superior. Per això mateix, quan el 1902 va morir d'un atac de cor, en un sopar al restaurant Casa Pince, mentre parlava a un grup de metges, «i acabava de visitar mossèn Cinto, que ja estava molt malalt, pobret, i ves per on, va morir ell abans», l'Albert va sentir una ràbia fonda, i va abandonar les lleus temptacions per interessar-se de veritat per la política. La pluja va deslluir el dia de l'enterrament, però no va evitar que el seguici aplegués milers de persones que volien retre-li el darrer homenatge. L'Elisenda va acompanyar l'Albert a la cerimònia, i quan el psiquiatre i gran amic del doctor Robert, Domènec Martí i Julià, va dir unes paraules, «Els homes com en Robert en morir segueixen vivint en el cor dels que es queden», la dona va estrènyer la mà del seu marit i va plorar en silenci. En arribar a casa, l'Albert va exclamar en veu alta, «Hem perdut un gran català!».

Del doctor Robert, de la Lliga i de Lerroux, i de la necessitat d'unir els partits catalans, «O ens guanyaran sempre», i del rei, de Cambó i de Prat de la Riba, i també dels anarquistes, i de les idees arrauxades de Ferrer i Guàrdia, de tot plegat es parlava en aquelles vetllades a què assistia l'Albert, sovint decorades amb alguna discussió abrandada.

Aquella nit havia estat com moltes altres, amb l'estança dels Grimau plena d'empresaris, artistes, dirigents de la Lliga i tota mena de prohoms catalans. Hi havia també Narcís Oller, que vivia a l'edifici veí i era molt amic dels Grimau, i a més era un dels escriptors de capçalera de la Lliga. Ferran Agulló, el secretari del partit, va demanar silenci...

«Benvolguts amics, avui tenim entre nosaltres l'amic Oller, el nostre gran escriptor. Us convido que escolteu la lectura del seu article a *La Veu de Catalunya*. Ningú no afina tant com ell. Estimat Narcís, quan vulguis»...

...i amb els aplaudiments, l'escriptor es va aixecar amb parsimònia i va somriure als reunits. Es va fer un silenci gairebé litúrgic, i després d'estossegar va començar a llegir. L'Albert se'l va mirar amb el punt de cinisme amb què observava aquell món social que ja era el seu, però mai no ho era del tot. «El gran Narcís Oller!», va dir-se, mentre aplaudia, i una idea el va fer sobtadament feliç, la convicció que la seva presència davant d'aquell home era una ganyota burlesca dels déus, «que se'n riuen, dels perdedors». Justament ell, que s'havia enriquit amb els jocs truculents de la borsa, estava reunit amb l'escriptor que havia retratat aquella orgia de riquesa dels anys vuitanta, quan s'alçaven castells a l'aire, que queien amb la primera bufada. Però el castell que l'Albert va alçar era de pedra picada, l'havia forjat amb constància i intel·ligència, i amb un sentit radical de la fragilitat del diner, «que se'n va ràpid, quan ve ràpid». Sens dubte, era un personatge de la febre d'or d'Oller, amb la diferència que ell no havia perdut la fortuna, com li passava al protagonista de la novel·la. «El gran Oller!», va repetir-se cofoi, convençut de ser el més llest d'aquella estança.

L'Albert es va fer de la Lliga molt aviat, pocs mesos després de la seva creació, al mateix temps que s'hi va fer el seu amic Xió, potser l'única persona de tota aquella societat benestant que l'Albert considerava propera, perquè era com ell, un nouvingut, un ric de volada curta, la sobtada riquesa del qual havia comprat l'estatus social de què gaudia. Però a diferència del seu amic, que era un catòlic de missa diària i un fervent defensor de l'autonomisme, l'Albert no tenia ni ideologia, ni ideals. Aquella militància a la Lliga només era un pas en la consolidació de la seva posició social, una manera de formar part d'aquell món barceloní blindat als intrusos.

Al capdavall, malgrat que no li interessava gens la política, entenia perfectament el joc d'aliances i d'influències que li garantien l'estatus, sense el qual no hauria pogut fer grans negocis. I tot i menysprear els jocs polítics amb convicció, llegia amb la mateixa aparent convicció *La Veu de Catalunya*, i era capaç de sostenir debats sobre qualsevol tema punyent que sortís a la conversa. Tant, que sovint pensava que devia tenir alguna arrel d'actor, perquè ningú no el guanyava a fer reflexions punyents contra els impostos de Madrid o els abusos del rei, o a favor de l'autonomia, i fins i tot gosava parlar de temes de l'estranger. Com el dia de la independència de Noruega, feia pocs mesos, que va ocupar els articles de *La Veu de Catalunya* i les converses de la Lliga durant setmanes, on les discussions sobre la idea d'un estat català van pujar de to. Ell se sentia més còmode amb la idea d'una autonomia dins la monarquia espanyola, perquè li semblava l'única idea assenyada que allunyava Catalunya del risc d'una revolta, i si alguna cosa temia per damunt de totes era que els fets radicals posessin en perill la posició social que havia conquerit. Ja en tenien prou amb les bombes anarquistes, que causaven el terror arreu. I, invariablement, quan parlava dels anarquistes, el record de la bomba del Liceu el posava de molt mal humor, com si aquella tragèdia hagués estat contra la seva pròpia família.

Al capdavall, era un atemptat contra l'estatus que havia aconseguit i, per tant, contra ell mateix.

Per això, quan Cambó va acollir amb un discurs de benvinguda el rei, en la visita recent a Barcelona, ell va assistir a l'acte i va aplaudir amb convicció. No estava gens d'acord amb la posició de Jaume Carner, ni amb la de Domènech i Montaner i d'altres, que volien fer el boicot al Borbó, i quan tots els contraris a la visita van abandonar la Lliga, l'Albert va creure que havien deixat anar llast de sobre. «Massa liberals, i nosaltres som gent seriosa i ordenada». És clar que després de l'escissió vindria la derrota de feia dos anys, però aquella circumstància no el feia canviar d'opinió.

Gent d'ordre que feia discursos ordenats, i així li va semblar el discurs de Cambó davant d'Alfons XIII. «Ordenat i també valent, que ha demanat autonomia municipal davant el mateix rei!», elogiaven els uns o rebutjaven els altres, perquè si per a l'Albert i tot el corrent conservador aquell havia estat un gest valent, per als que volien reclamar l'autonomia regional Cambó havia estat servil i poruc. Però quan van intentar matar Maura davant la basílica de la Mercè, al costat del rei, l'Albert es va refermar en la idea que Cambó tenia raó. Calia ser prudent.

Tanmateix, el més important d'aquella visita no havia estat el discurs de Cambó, ni la miraculosa salvació de Maura, sinó la seva presència a l'acte en homenatge a Alfons XIII. Tenir dret a ser en aquella sala, amb la presència reial a la vora, era la consolidació inequívoca del seu estatus. I si havia de lluitar per alguna cosa, no seria per una revolta, ni per un ideal, sinó perquè ningú no posés en perill el que havia aconseguit.

Era un cínic, o s'hi havia tornat, i quan el seu fill Enric li escopia aquells retrets agres i li deia que era una vergonya per a la família, que havia traït l'esperit de tots els membres que havien caigut sota els fusells, que no es mereixia una àvia com la Mariona, que s'havia revoltat per salvar-li la vida, i que no havia mort de miracle, quan tot allò sortia de la boca d'un fill cada vegada més allunyat, ell només tenia una resposta, «Tu no aniràs a morir a cap guerra, perquè jo, el teu pare, podré comprar la teva llibertat».

Per a què servien tantes heroïcitats, tantes gestes i tants avalots, si només acumulaven cadàvers, es demanava, i amb aquells pensaments que el refermaven, deslliurat de qualsevol bri de mala consciència, va tornar a ajustar-se el capell i va enfilar rambla de Catalunya amunt, convençut que la rebel·lió era el recurs dels perdedors.

En el tram final del passeig, de camí cap a casa, va entretenir-se a recordar els anys a Cuba, era un exercici que feia sovint. Aquells records ja no li causaven cap dolor, sinó més aviat al contrari, tenien efectes balsàmics perquè l'enfortien en les decisions que havia pres els anys següents, fins i tot en aquelles que, als ulls de la resta, haurien estat considerades delictives. «Un delinqüent!», es va dir amb una riallada, feliç de saber-se impune per les accions fraudulentes i fins i tot violentes que l'havien dut a la riquesa. Havia enganyat, especulat, robat, però sobretot havia matat un home. I sense aquella mort, que ell no havia desitjat, però que va considerar inevitable, no s'hauria pogut fer ric. En pensar-hi, es va deturar, i per uns instants va semblar que la consciència l'interpel·lava, però era un miratge, perquè feia molts anys que havia après a sentir-se orgullós de l'home en què s'havia convertit. Al capdavall, si l'havien enviat a matar persones a l'altra banda de l'oceà, sense cap altre motiu que la defensa dels interessos dels poderosos, qui podia retreure-li que matés un home sol per defensar els seus propis interessos? Era més menyspreable per matar un pobre vell xaruc carregat de diners que s'haurien perdut, del que ho era el marquès de Comillas, que n'enviava milers a matar i a morir? Aquella era la jungla del món en què vivia, on els forts devoraven els febles sense pietat ni remordiment.

«L'única regla de la vida és la de triomfar», es deia, i amb la convicció que el triomf social era la gran bugaderia dels pecats, perquè res no els netejava amb tanta precisió, va continuar el seu passeig, alliberat de tot mal record i de tota culpa.

Amb tot, encara hi havia algun record de la guerra que mantenia la seva capacitat de ferir-lo, com si fos un cisell eternament esmolat, malgrat els anys i el rovell. Era la calor asfixiant que emetien les fogueres dels enginys de sucre que els soldats del líder cubà Céspedes cremaven per destruir la font de riquesa de l'Imperi, mentre cridaven «*¡Viva Cuba libre!*». Un mestís d'edat indefinida, per bé que a l'Albert li semblava que havia nascut vell, i que tenia cura del ranxo al convent que l'exèrcit espanyol havia convertit en caserna, i on va passar els primers mesos, li va explicar que aquell era «*el grito de Yara*», perquè al poble de Yara era on les tropes cubanes s'havien enfrontat per primera vegada als espanyols.

Els incendis eren ferotges i omplien ràpidament l'atmosfera d'un fum espès que no permetia saber d'on venien els enemics, mentre l'aire que respiraven els cremava la gola i els deixava sense alè. Sovint hi havia joves que queien mig ofegats, i la resta els passava pel damunt en la carrera embogida per salvar la vida. Ell estava segur que havia trepitjat el cos d'algun company.

Quan va arribar a l'Havana, no sabia res de canyes ni d'enginys de sucre, ni de cap altra cosa d'aquella illa inhòspita, ni tampoc no sabia res de fer el soldat, i de la guerra només en coneixia la por que li feia pensar-hi. Però la travessia va ser el primer tast agre i el primer contacte amb la mort. Va pujar al vaixell *Guipúzcoa* en el port de Barcelona, un impressionant mercant de la companyia d'Antonio López, abans que el fessin marquès de Comillas i molt abans que ell mateix el conegués, convidat a la seva gran mansió de la Rambla.

«Aquell dia, quan vaig picar a la porta...», va dir-se amb un plaer tan intens que gairebé li va fer mal. Recordava la data amb precisió, 15 de juny de 1882, la primera vegada que era convidat a una festa de l'alta societat. Feia pocs mesos que havia consolidat la fortuna i el seu nom començava a ser conegut a Barcelona, però la invitació de la família López va arribar de manera fortuïta, a remolc d'uns banquers amb els quals havia fet negocis i que el van convidar a acompanyar-los. Ningú no sabia que aquell jove empresari que saludaven amb polidesa havia estat un soldat de lleva, arrossegat a la guerra de Cuba. La vida era així d'estranya, un dia fatídic pujava a un paquebot del marquès per anar a les guerres d'ultramar, i dotze anys després era un dels invitats a la selecta festa que feia a casa seva. Del fang al cim, de la derrota al triomf, de ser un soldat de lleva sense diners, ni atributs, a ser un senyor amb copalta i bigoti a l'hongaresa, convidat a les festes d'aquells que l'havien menat a la guerra.

Va entretenir-se amb fruïció amb aquell record. Podia resseguir de memòria tots els detalls d'aquell dia, com la magnífica façana de la mansió de la família López, feta amb pedra natural de la muntanya de Montjuïc, amb les escultures de la deessa de la Fortuna, «*y de Hermes, el mensajero de los dioses del Olimpo, el celador de las fronteras y de los viajes*», segons li explicaria el mateix marquès. Ell, l'home que anys abans havia travessat l'oceà entaforat com una bèstia entre centenars d'altres desgraciats, suportant fam i set i sols abrusadors, i veient com moltes d'aquelles ànimes esporuguides morien, devastades per les febres i les infeccions, ell, que era un no ningú, simple carn de guerra, una engruna de l'impost de sang dels pobres, estava a punt d'entrar a la gran mansió dels poderosos naviliers que transportaven els soldats. Havia estat convidat a l'Olimp, perquè ja formava part dels déus. I amb l'Elisenda agafada de bracet, vestida com una gran senyora, «Mai no en serà, de senyora, la mare, perquè és filla de pobres», li diria anys més tard el seu fill Enric en una de les seves dures baralles, però no, «vestida com una gran senyora, perquè l'hàbit fa el monjo en aquest món en què vivim», va pensar l'Albert, va picar a la porta amb un orgull que esborrava, d'una bufada, segles de pobresa. Després, mentre resseguia els salons decorats amb motius daurats, i observava els grans damassos de les parets i les copes de cristalleria fina amb vins deliciosos que oferia el servei, la convicció que mai més no tornaria a la misèria d'abans es va convertir en l'únic sentit de la seva vida.

Al vaixell hi cabien un miler de soldats, però aquell era un nombre fictici que no corresponia als centenars de cossos humans amuntegats a les cobertes dels paquebots d'ultramar. El *Guipúzcoa* estava tan ple, que, només a la banda del vaixell on era l'Albert, la xifra ja arribava a aquell miler reconegut oficialment, però encara hi havia un altre espai, tan gran com el primer, on s'imaginava que hi havia la mateixa quantitat de quintats.

Eren tants, que molts s'havien de quedar drets, perquè no hi havia espai per seure. Durant el dia el sol cremava sense pietat, i a les nits el cor de laments i plors d'aquella massa humana componia una música llòbrega que acompanyava el son dels afortunats que aconseguien dormir. L'aigua era molt escassa, i el menjar, migrat, i la sal de l'aire encetava els llavis i la pell de molts dels joves, especialment la dels que venien de zones de muntanya. Però tot i que se sentia decandit i cada dia més espantat, el pitjor per a l'Albert era la ferum dels cossos amuntegats en aquell espai reduït, on es barrejava la suor espessa de la pell amb els efluvis corporals, perquè sovint s'ho feien a sobre. Durant les dues setmanes de la travessia, es van poder rentar dues vegades amb aigua de mar, i la salabror li va causar una picor tan intensa, que va pensar que era preferible la pudor.

El tercer dia de travessia algú va comentar que hi havia un jove que no es movia. Era un xicot esllanguit, amb uns ulls blaus que li omplien tota la cara i amb un cutis tan fi que semblava de noia. L'Albert s'imaginava que no passava dels setze anys, però mai no va parlar amb ell, com tampoc gairebé ningú, sempre estava callat i sempre sol. El van trobar mort a primera hora del matí, però el metge no va saber ni quan havia passat ni què l'havia afectat. Després de certificar la defunció, el capità va ordenar que l'amortallessin amb la mateixa manta amb què jeia, i al capvespre, en presència de l'oficial més antic, el capità i el capellà van llastrar el cos amb un tros de ferro lligat als peus i el van tirar al mar. La lletania del parenostre del capellà, al bell mig d'un insòlit silenci en aquell formiguer de centenars de persones, va acompanyar el soroll del cos, en caure a l'aigua.

Plof, i la foscor del mar va engolir les seves restes. «Un tros de carn llançada als taurons», va dir en veu alta un soldat que era prop de l'Albert, i aquella idea d'una vida jove, amb família i records i il·lusions, sobtadament convertida en un simple tros de carn llançat al mar, va perseguir-lo durant tota la nit, i li va produir unes imatges tan aterridores que va arribar a creure que moriria de por.

«Un tros de carn amb ulls, allò érem els soldats d'aquella guerra», va dir-se, i es va aturar en sec en plena Rambla, atemorit, com si encara fos a la coberta del vaixell, un capvespre en què el cos d'un jove de setze anys havia estat llançat al mar. Però es va refer de seguida, perquè aquell record d'un mort només va ser el primer del de les desenes de cadàvers que podria recordar tothora, si no fos que havia decidit esborrar-los de la memòria, expulsar-los de la seva vida, com si mai no haguessin existit. Tanmateix, existien, plof, plof, i el soroll del cos caient es repetia en el seu idíl·lic cau d'oblit, allà on habitava la nova vida que s'havia inventat.

Després d'aquell primer soldat, en van venir més, l'un rere l'altre, fins a comptar més de cent joves que van morir a tocar d'ell, sovint de sobte, com si s'haguessin apagat. La majoria, però, ho van fer després de grans febrades, que els produïen convulsions i uns mals de cap que els feien xisclar de dolor.

El procés sempre era el mateix. Algú donava l'avís d'un malalt i, després de la visita del metge, el traslladaven a la infermeria, situada a la bodega del vaixell. Allà els soldats s'ajeien en lliteres de lona, col·locades les unes sobre les altres, en un màxim de tres pisos. L'espai quedava tan atapeït que gairebé no es podia caminar pels estrets passadissos que es formaven entre les fileres de malalts, i tot i que des de l'entrada de l'escotilla hi havia una gran mànega de lona per tal que l'aire entrés a tota la bodega, el lloc era tan gran i tan obac, que resultava irrespirable. El metge acostumava a fer visites molt ràpides, convençut que en aquella infermeria improvisada era més fàcil empitjorar les malalties que guarir-les, i el nombre de soldats malalts era tan gran, que no donava l'abast.

L'Albert no va baixar a la bodega fins al final del viatge, quan, tres dies abans d'arribar a l'Havana, un jove de Badalona que s'havia convertit en el seu amic va començar a agonitzar. Era un noi coratjós i alegre, amb una fortalesa física que el feia semblar indestructible, i més d'una vegada l'havia protegit de les baralles entre soldats, quan es repartia el ranxo i no arribava per a tothom. Li deia que els cubans eren fluixos de mena i que no tenien res a fer amb un soldat català. «Arribarem, en matarem uns quants i tornarem a casa», i reia amb tanta força que contagiava l'alegria al seu entorn. Es deia Faustí, però l'anomenaven *Tinet*, «coses de la mare», i durant quinze dies va resistir les febrades i convulsions que l'atacaven sense treva. Quan l'Albert va baixar a la bodega per acomiadar-se d'ell —«*Vaya, vaya, le queda poco*», li havia dit el sergent—, la humitat d'aquell indret li va fer venir unes fortes basques i amb prou feines va reconèixer el seu amic. S'havia empetitit, la pell se li havia tornat grogosa i la mirada era fosca, com si ja no mirés. Encara va trigar unes hores a morir, però l'Albert va pensar que ja era un cadàver. «Visita els pares i abraça la mare, que jo ja no podré abraçar-la», va dir-li a batzegades, intentant retenir l'alè, i l'Albert li ho va prometre. Durant un temps aquella promesa va tenir un sentit gairebé sacre, però a mesura que la guerra l'anava enfosquint, les promeses, com les il·lusions i les voluntats, van anar desapareixent, engolides per la negror. Mai no va anar a Badalona a visitar els pares d'aquell soldat.

Del vaixell, als vagons de tren que els endinsaven terra enllà, encara més amuntegats que a la bodega de la travessia. I després dels trens, tota mena de transports, en general amb tracció animal, fins a la primera caserna on s'havien de presentar. La destinació de l'Albert va ser el convent de Nuestra Señora de la Merced, la Sociedad y la del Santo Cristo, a Camagüey, i des del primer moment va saber que aquella estada seria l'infern. Havien arribat després d'hores de carruatge, i tan bon punt van baixar dels vehicles, els van fer formar. La corrua d'homes vestits amb l'uniforme de campanya, la brusa i els pantalons de tela amb el mil ratlles blau i blanc, i el barret de *jipijapa* ben calat, va semblar-li un espectacle grotesc, més propi del teatre que de la guerra. Però era allà, amb el mil ratlles, el *jipijapa*, la corretja cenyidora i els dos tirants, tot brandant el fusell que hauria de salvar-li la vida. I així, en filera, van repartir els soldats pels diferents indrets de la zona, la majoria fora del convent. Al seu batalló li va tocar la zona dels cavalls, una mena de quadres sense sostre que pudien amb una fortor tan intensa, que li dolia respirar, i allà, arran de terra, al costat dels cavalls, els van ordenar que hi posessin els sacs. Després, els van entregar una cantimplora de full de llauna envernissat de negre, una carmanyola, un plat d'estany i una cullera de mànec curt que havien de guardar durant tota l'estada, perquè si la perdien, no en tornarien a tenir, i aleshores haurien de menjar amb les mans. «*Aquí comeréis y dormiréis, y procurad que los caballos no os tiren la mierda encima*», va dir amb una veu ronca el sergent del seu regiment, i els va donar permís per descansar. I asseguts a la gatzoneta, van començar a devorar el ranxo d'aquell dia, un plat de cigrons i fesols que a l'Albert, amb tanta gana acumulada, li va semblar un banquet dels déus.

Aquell seria el seu jaç durant les setmanes següents. La primera nit va imaginar que moriria per una coça de cavall o infectat per les pixades i cagades que, en caure a terra, l'esquitxaven sense remei. Un noi molt jove, gairebé un nen, que dormia al seu costat, es va passar tota la primera nit plorant i demanant per la mare, i tot i que ell no va plorar també va sentir una por que el tenallava, i només el record de la seva mare Mercè el va tranquil·litzar. Aquella nit va somiar que tornava a ser un nadó i que la mare li donava el pit.

Ben aviat va saber que Cuba no els donaria treva, com si una conjura dels déus els hagués declarat la guerra. D'una banda hi havia els combats, que no responien a cap regla precisa, ni existia un front de batalla, ni tampoc no sabien d'on sortien els enemics. La primera vegada que va tenir un cos a cos amb els soldats del Céspedes, es va adonar que lluitaven contra homes que no tenien res a perdre i que els odiaven amb tota la seva força. «*Al machete, al machete, hijos de puta blanca*», cridaven mentre feien caure els enormes matxets, que movien com si fossin plomes. Arreu hi havia cossos destrossats i, enmig del pànic que va sentir, l'Albert va poder veure un jove negre escardalenc que apunyalava una vegada i una altra un soldat que ja era mort, com si volgués assegurar-se que no era viu. Quan en va tenir prou, va passar-se el matxet per la llengua i va cridar, «*Hoy ya comí*». Aquella va ser la primera batalla de l'Albert, i va ser tan cruenta, que es va imaginar que no podria tornar viu a casa. En retirada, el pitjor van ser els ferits, molts amb la clavícula trencada, perquè els mambins feien caure els matxets de dalt a baix, sempre a la base del coll, i si les ferides no eren mortals a l'instant, ho eren al cap de poques hores. Tants anys després, tot badant Rambla amunt, de camí a casa, convertit en un home ric i respectat, encara no podia entendre com havia sobreviscut.

No eren, però, només els escamots de cubans els que els atacaven de manera sobtada a qualsevol hora i des de qualsevol flanc, com si fossin fantasmes. Era l'illa sencera, la calor, la humitat, la munió de mosquits, les infeccions, els vòmits, les marxes d'hores sobre terrenys enfangats que els devoraven el calçat i els deixaven els peus plens de butllofes. Aquella no era una guerra contra uns homes armats que els odiaven, aquella era una guerra contra tota una naturalesa revoltada, que havia decidit foragitar-los de la seva terra. Recordava sovint l'estrofa de la cançó que sentien quan passaven pels pobles de l'interior...

El calor para nosotros
es una cosa sencilla.
Y si lo sufrís vosotros,
os da la fiebre amarilla.

...i els cubans es reien d'aquells joves mal nodrits i pitjor vestits que pretenien defensar la Corona espanyola. No tenien res a fer, perquè no només la terra, sinó també el cel, els havia declarat la guerra.

I tot i que no era gaire creient, les primeres setmanes va agafar l'hàbit de resar un parenostre cada nit, convençut que Déu no feia costat a l'exèrcit espanyol i que l'única cosa que podria aconseguir, si l'escoltava, era sortir viu. Després també es va oblidar de pregar.

Amb tot, si en algun moment havia tingut una certa consciència política, va ser justament a Cuba, al bell mig de la guerra, quan va adonar-se que l'odi acèrrim dels cubans responia a la brutalitat d'una Corona espanyola que els reprimia i espoliava sense pietat. Va ser un procés lent, gairebé imperceptible. Al principi d'arribar, només volia matar tants cubans com fos capaç, per poder tornar aviat a casa. Ho havia deixat tot per anar a la guerra, i per poder suportar la por que aquella idea li produïa s'havia anat convencent que odiava Cuba sencera, una Cuba revoltada que l'obligava a abandonar la seva llar, travessar l'oceà amuntegat amb més carn humana i aprendre a matar, per no morir. La motivació letal va créixer amb les primeres batalles, quan els cops de matxet dels cubans queien damunt dels colls i les esquenes dels seus companys de regiment. Aquella gent li semblava cruel i salvatge, i creia que no mereixia res més que ser dominada. Els cubans que col·laboraven amb la Corona els explicaven històries terrorífiques dels mambins, violacions, pires amb éssers humans, tortures... I quan l'Albert escoltava aquells relats, se sentia amb tant delit d'anar a la batalla, que se sorprenia del seu coratge. Però a poc a poc, sense saber gaire bé com, va anar desenvolupant una certa admiració per aquells homes que volien alliberar la seva terra, i quan van arribar les notícies del setge del cafetar La Indiana, l'admiració va créixer.

La Indiana era al sud, a la província de Guantánamo, i tot i que l'Albert no hi va anar mai, coneixia aquell nom perquè era un gran campament militar d'abastament de l'exèrcit espanyol. El ressò de la batalla va recórrer tot Cuba, i per bé que els espanyols van intentar elaborar un relat alternatiu que els deixés en millor posició, la gesta heroica dels cubans es va imposar al relat de la Corona. Va ser així com l'Albert va saber que dos-cents cubans, comandats pels germans Maceo, van fer un primer intent d'assalt, i després de perdre més d'una setantena d'homes en els tres anells de trinxera de pedres que protegien el campament, i que capturessin José Maceo, van tocar a retirada. Però només va ser una retirada momentània, perquè Antonio Maceo es va negar a replegar-se sense alliberar el seu germà. Després de planificar l'estratègia, va seleccionar una vintena dels seus millors soldats, els va dividir en cinc grups i va fer un assalt per sorpresa al fortí. Aquells vint mambins van demostrar una valentia ferotge i van aconseguir matar gairebé tots els espanyols, alliberar José Maceo i apoderar-se d'un gran botí d'armes, menjar i roba. Va ser la primera gran victòria dels cubans.

L'impacte d'aquella gesta va impressionar l'Albert, fins al punt que va pensar que només uns homes motivats per l'orgull i la ferida que havia patit la seva terra podien arribar a tal heroïcitat, i en algun moment inconcret va començar a pensar que era al bàndol dolent de la guerra. Quan, tres mesos després, la Corona espanyola va fer afusellar vuit estudiants de medicina pel sol fet d'haver entrat a un cementiri i haver arrencat unes flors de la tomba de Gonzalo Castañón, un funcionari de la Corona que escrivia arengues abrandades contra els separatistes cubans a *La Voz de Cuba* i que va ser assassinat als Estats Units, quan havia anat a batre's en duel per l'honor d'Espanya, l'Albert va entendre que era un soldat que es trobava a la banda equivocada de la història. Era català, i per bé que aquell fet no li motivava cap compromís polític, ni se sentia especialment seduït per les idees republicanes que bategaven en el si de la seva família, alguna cosa es va moure al seu interior, com si s'hagués adonat que catalans i cubans tenien una mena de connexió invisible pel fet d'estar sota el jou espanyol, i aleshores l'admiració per l'exèrcit de Céspedes, que ell mateix havia de combatre, va culminar. Fins i tot, alguna nit, quan se sentia especialment enrabiat per la seva situació, taral·lejava en la ment *La Bayamesa*, com si fos una venjança silenciosa contra la Corona, que l'havia conduït a l'infern.

«*La Bayamesa*! Com feia?», es va dir, i la cançoneta de la lluita cubana va aparèixer en plena rambla de Catalunya, en boca del vell soldat de lleva que ara vestia com un senyor...

Al combate corred, bayameses,
que la Patria os contempla orgullosa;
no temáis una muerte gloriosa,
que morir por la Patria es vivir.

Després va tenir unes diarrees tropicals que el van afeblir de tal manera que no podia ni caminar, i més tard una pigota virulenta que li deixaria la cara marcada per sempre. Però la malaltia que el va portar al llindar de la mort i, alhora, va ser el seu passaport a la vida va ser la febre groga. La va agafar en ple agost, i eren tants els soldats infectats, que no hi havia hospitals on atendre'ls. A l'Albert el van traslladar a una casa d'un poble de Matanzas, on hi havia un centenar de malalts repartits per totes les estances, i s'hi va estar setmanes intentant sobreviure als vòmits negres i a les febrades que li petaven al cap com si fossin bombes. Podria haver mort, com la resta dels més de cinc-cents soldats del seu batalló, que van morir per la malaltia, però una vegada més va sobreviure. I quan es va refer de la febre groga, tot el seu cos era pell i os, i no tenia gairebé esma per respirar. El capità del batalló va signar la seva llicència i les restes vives d'un cos que, dos anys abans, havia estat un home van embarcar cap a Barcelona. «Vaig tornar, sí, contra tot i contra tothom», va pensar, i novament va sentir-se poderós.

Feia estona que havia arribat a casa, però encara es va quedar badant uns segons més, com si no volgués deixar anar aquells records d'uns temps foscos que havien estat l'avantsala del seu temps gloriós. Cuba era el pitjor record de la seva vida, però, alhora, aquella guerra i aquella terra l'havien modelat com si fossin un martell que, bo i picant el ferro roent que era ell, l'haguessin forjat i fet indestructible. Gràcies a aquella foscor terrible, ara vivia en una casa gran, acabava de passar la nit amb grans prohoms de la ciutat i era un militant reconegut de la Lliga, i a més havia estat a la recepció d'Alfons XIII i coneixia Narcís Oller, i la seva dona vestia com una gran dama.

Tot això passava perquè havia sobreviscut a una guerra ferotge contra els homes i contra els déus, i, lluny de quedar abatut, s'havia alçat i havia vençut. Era un supervivent, i res de tot el que havia fet després no li semblava immoral, perquè la supervivència no té remordiments, només té set, fam i ràbia. Així, sense cap engruna de mala consciència, va obrir la porta i es va endinsar a la casa.

UNA MORT AL CAPVESPRE

Feia quatre anys que l'Albert vivia a la casa del carrer de Provença, a tocar del passeig de Gràcia. Era un edifici del 1880 que s'havia remodelat a principis de segle, seguint l'estela de molts altres edificis de la zona. Sovint, quan l'Albert es trobava l'arquitecte Domènech i Montaner a les reunions de la Lliga Regionalista, el saludava tot dient «Estimat Lluís, vinc de casa vostra», i l'arquitecte li contestava «Encara està dreta?», i tots dos reien de la facècia. En realitat, la casa havia estat remodelada pel jove Jujol, amb el mestratge de Domènech i Montaner, a qui ajudava en moltes de les obres. «Aquí també hi està treballant, Jujol», pensava orgullós l'Albert cada vegada que passava per davant de les obres de la casa que l'industrial Batlló havia encarregat a l'arquitecte Gaudí, i que prometien fer molt de soroll. «Serà una gran casa», deien uns, «Serà un bon nyap», responien d'altres, però tota la ciutat parlava d'aquelles obres, que avançaven amb celeritat. Coneixia els Batlló des del 1889, quan els anarquistes van fer explotar una bomba Orsini al magatzem que tenien a la Rambla i van matar un dels seus treballadors. El tot Barcelona va anar a donar suport a l'industrial i l'Albert no va ser menys. Acompanyat de l'Elisenda i del seu fill Avel·lí, que a penes tenia els deu anys, va assistir al funeral pel treballador mort, i va tenir l'ocasió de mostrar el condol a aquell gran burgès que no es deixava veure gaire en la vida social de la ciutat. Amb el temps, faria alguns negocis amb ell, però sempre menors, perquè el senyor Batlló es movia en altres esferes.

«Les bombes anarquistes! Ho esberlaran tot, aquests ximples! I a més hi ha el boig d'aquest professor, Ferrer i Guàrdia, amb les seves idees anticatòliques, i pel mig Lerroux, que excita els pobres amb tota mena de bestieses. On anirem a parar!», s'exclamava Domènech i Montaner a les reunions del partit, i també a casa, i amb els amics i els fills, i arreu on l'escoltessin. Allò era l'única cosa que realment l'amoïnava, convençut que la confluència entre les bombes, les idees revolucionàries i el lerrouxisme era un còctel que podia destruir l'imperi que tant li havia costat d'aixecar. «És el triangle de la destrucció», afegia amb desesperança. «Quantes, quantes bombes hem patit? I quantes més faran esclatar, aquests animals?!», deia, i invariablement en feia el recompte. «La de Joan Oliva contra el rei, les dues que van posar contra Foment, la dels Batlló i la que volien fer esclatar a casa de Cánovas del Castillo, i que ningú no oblidi la de Paulí Pallàs contra el capità general...». Quan arribava a la bomba del Liceu, s'aturava, respirava fondo i se senyava en record de la vintena de víctimes que havia causat l'Orsini de Santiago Salvador, «que el malparit es podreixi per sempre a l'infern». En aquell punt, fos on fos, sempre hi havia qui parlava dels coneguts, del funeral per les víctimes i, sobretot, de l'execució a garrot vil de l'anarquista, que era l'únic record d'aquella tragèdia que els posava de bon humor.

Fora de les bombes anarquistes, dels lerrouxistes i dels professors revolucionaris, que només l'inquietaven quan en parlava, la seva vida era plàcida. A més, des que vivia a la casa del carrer de Provença, sentia un orgull afegit per haver aconseguit viure en un edifici remodelat per arquitectes de renom de l'escola de moda, del modernisme, i al bell mig d'on vivia la gent poderosa. «Els germans Badia i Miarnau han fet la forja, i els del taller Pelegrí, la ceràmica. Són els mateixos que han fet la nostra casa», li havia comentat un veí d'un altre edifici, i aquella notícia va completar l'orgull que sentia per l'immoble que havia comprat, que era el símptoma de la seva puixança social. «Els millors arquitectes, Elisenda, i els ceramistes i els forjadors de més nom a Barcelona. Podem aspirar a més?», deia, i en aquells moments d'orgull febrós abraçava la dona, l'única, juntament amb el seu fill Avel·lí, que entenia els seus sentiments i no li retreia res. Mai no seria un burgès, ho sabia segur, però ja era un membre reconegut de la burgesia, encara que hagués entrat per la porta del darrere. «Sí, per la del darrere, però ara tinc un gran portaló al davant!», afegia, i novament l'envaïa l'eufòria.

L'Albert es va traslladar a la nova casa amb l'inici del segle, un mes després que s'acabés de construir la del senyor Amatller, al costat de la qual ara se l'estava fent la família Batlló. Quan va veure per primera vegada l'edifici dels xocolaters Amatller, va tenir la impressió que era davant d'un palau nòrdic, com si els reis de Dinamarca haguessin vingut a viure al passeig de Gràcia, i es va dir a si mateix que mai no havia vist una casa tan estranya i alhora tan estranyament bonica. El meravellava la façana esglaonada amb els detalls medievals de Puig i Cadafalch i l'esgrafiat d'estucs, i sobretot el frontó flamenc amb les rajoles vitrificades vermelles i daurades que, segons li havien dit, venien de València. Però res no li causava tanta impressió com les portes de l'entrada, amb el sant Jordi de l'escultor Arnau, tot matant el drac, i que obrien a un vestíbul amb tres grans llums de bronze i una elegant escala que conduïa a la planta noble. Ell només hi havia estat una vegada, acompanyat de l'Elisenda, quan els senyors Amatller van convidar empresaris i gent de la cultura a escoltar el concert d'una arpista de la Scala de Milà que s'estava a casa seva. Incapaç d'entendre aquella música harmoniosa, que a l'Albert li produïa somnolència, es va entretenir a repassar cada element de l'immens saló, on la imaginació i l'exuberància desbordades creaven un ambient tan opulent, que semblava el d'un palau reial. Admirava l'altíssim sostre de l'estança, farcit d'estucs esgrafiats i bigues policromades, i també els terres de marbre blanc, amb mosaics romans, que relluïen tant, que feien de mal trepitjar. Les dues peces més impressionants, però, eren la immensa xemeneia central i la columna de marbre rosat, situada al bell mig de la tribuna, que no sostenia res. «Quina idea, la de construir una columna que no té cap utilitat!», va dir a la dona en sortir de la vetllada. I va afegir, alegre, «Elisenda, això és el que vol dir ser ric, sí. Ser ric és fer columnes al mig del saló de casa teva, només perquè et dóna la gana tenir-les». «I tot això ho ha aconseguit només venent xocolata! Imagina't si arriba a ser amb porcs!», va respondre l'Elisenda amb una sornegueria que no li era pròpia. Ella no era una dona de filigranes.

La casa de l'Albert era gran i benestant, i contenia els elements propis del modernisme, tot i que sense l'opulència de la casa dels Amatller, ni la que tindria la casa dels Batlló, si les enraonies eren certes. Aquells grans industrials eren veïns i els trobava a les festes i als esdeveniments socials, i amb alguns havia fet negocis, però ell quedava lluny d'aquelles grans fortunes que tapaven el sol. La inesperada riquesa que havia aconseguit, gràcies a haver-se convertit en un industrial cotoner, li permetia gaudir d'un estatus de burgès que l'alliberava definitivament dels seus orígens menestrals, però no havia assolit encara la categoria dels déus. «Tot arribarà», assegurava sovint a l'Elisenda, com si augmentar la riquesa fos una promesa sagrada que hagués de complir, si us plau per força. Encara que més aviat era una promesa infernal, atès el seu particular pacte amb el diable, des del dia en què va matar el senyor Liubó.

L'assassinat de Mateu Liubó i Fornells era el seu gran secret i, en un temps llunyà, havia estat la seva gran càrrega. Mai no hauria imaginat que podia matar un home, però durant la guerra de Cuba va entendre que matar era fàcil i, sobretot, va descobrir que es podia fer sense remordiments. I per bé que no havia perdut tota la humanitat, sabia que matar un vell indefens a la seva pròpia casa, per quedar-se les seves propietats, no era el mateix que matar enemics per sobreviure. També era cert que el senyor Liubó era una mala persona i que la feina que feia per a ell va ser el que l'havia enfosquit definitivament.

L'Albert va començar a treballar a la fàbrica cotonera de Liubó y Hermanos poques setmanes després del retorn de Cuba. Buscaven un camàlic que fes tota mena d'encàrrecs, i decidit a sortir del cau fosc en el qual estava entaforat, es va dedicar a la feina en cos i ànima. Ben aviat va començar a estar ben considerat, i el dia en què l'encarregat va necessitar un home amb una mica de prestància per portar una carta personal del senyor Liubó a una senyoreta de vida distreta van pensar en ell. Així va començar a pujar graons en l'escalafó de confiança de la fàbrica i no va trigar gaire a ser imprescindible per a l'empresari. De camàlic a noi dels encàrrecs; d'encarregat de missatges delicats a home de confiança per a missions més tèrboles, i, al final del camí, va esdevenir el milhomes de l'amo quan calia pressionar, amenaçar i, de vegades, colpejar els deutors, enemics o competidors del seu cap. No va tardar gens a adonar-se que el senyor Liubó era una mala peça sense escrúpols ni problemes de consciència. Vidu de feia anys, no tenia fills i els parents que el rondaven, especialment uns nebots de bigotis espessos i butxaques buides, no eren ben acollits a la fàbrica, on sovint l'encarregat els convidava amablement a sortir del recinte. Havia heretat l'empresa dels pares, igual que els avis, que ho havien fet del besavi, el primer de la família que va obrir una fàbrica d'indianes, el 1767. L'encarregat assegurava que el senyor Liubó estava emparentat, per via de la dona, amb l'empresari Joan Pau Canals, el baró de Vallroja, que va ser el primer a tot Catalunya que va crear una fàbrica d'estampats d'indianes, a mitjans del segle XVIII, i tot i que no se sabia segur que fos així, ell no ho desmentia.

Mateu Liubó vivia sol en un gran casalot de Sarrià amb un majordom tan ancià com ell, i amb tres noies del servei que, pel que deien les enraonies, acostumaven a tenir feines suplementàries a les nits. I encara que era un home feble i vell que no semblava gaudir de bona salut, es passava hores a la fàbrica, on manava amb veu de tro i mà de ferro, i des d'on dirigia el seu doble imperi, el del tèxtil vinculat al cotó, i un negoci més opac però encara més profitós: el de prestador.

L'Albert li va caure en gràcia ben aviat, i quan va complir sense preguntar la primera ordre tèrbola que li havia encarregat, la d'estomacar un botiguer de Sant Martí de Provençals que li devia diners, Liubó es va adonar que aquell jove ros amb la cara marcada, vell soldat de lleva sense ofici ni benefici, era una barreja perfecta de xicot desesperat i aprenent de malfactor, i el va convertir en el seu guardià particular. «Vostè em servirà per a tota mena de feines, senyor Albert, les que porten barret i les que s'amaguen sota les faldilles de les barjaules», li va dir amb una riallada tan esquerdada, que semblava l'esgarip d'un animal. I, dit i fet, es va convertir en la persona de confiança d'un home poderós, sense hereus i amb prou xacres per endevinar-li un futur escàs. Va ser aleshores quan es va imaginar que podia sortir de la pobresa, i va començar a fer créixer aquella idea, primer com un divertiment que el feia salivar, després com una possibilitat real, gairebé tangible, i finalment com un projecte perfectament planificat. Havia de fer-se necessari per al senyor Liubó, demostrar-li que no li faria basarda executar res que li manés, per convertir-se en l'home de confiança de l'empresa, però, sobretot, en el bastó imprescindible de la part fosca de la seva vida. Aquella seria una font que rajaria diners una vegada i una altra, perquè la voracitat del mal és insondable. I si se'n sortia, podia somiar molt alt, qui sap si a aconseguir la mateixa herència.

Els anys a la fàbrica del senyor Liubó van transformar l'Albert en l'home que després seria. El primer dia que va entrar a treballar, l'hivern del 1873, era una despulla sense delit ni horitzó. Sobrevivia, i aquella idea, la de sobreviure, era l'ambició màxima a la qual podia aspirar. Però lentament, a mesura que va anar agafant confiança en ell mateix i, alhora, va aconseguir la de l'encarregat, va superar l'estadi del tedi i la indiferència, per arribar a un estat anímic febrós que el feia treballar tothora, delerós de trobar un camí que tingués algun sentit. I va ser en la foscor on va trobar allò que buscava. Abans, però, passaria per totes les fases de la seva metamorfosi. Durant els primers temps només volia mantenir aquella feina, que li donava un sou i li permetia fer-se un racó. Volia sortir de la casa dels pares, i la fàbrica Liubó semblava l'únic clau al qual podia agafar-se. Després, quan va iniciar la relació amb Elisenda Puig, les ambicions es van desfermar. Va ser al mateix temps que el senyor Liubó va començar a fer-lo servir per als seus negocis tèrbols, i la coincidència d'aquelles dues realitats contradictòries, l'amor per una dona i la violència exercida contra altres homes, li va forjar la fortalesa que li faltava. Estimava l'Elisenda? No ho sabia del cert, però estimava la idea d'estimar-la, perquè tenir una dona al seu costat i ser, alhora, l'home que feia la feina bruta del seu amo li produïa una sensació de poder que no havia tingut mai a la vida. I va ser aleshores quan va entendre quines eren les regles del joc del món en què vivia. «Fer servir el martell, sense mirar els caps que s'esclafen», es deia. I afegia, «La qüestió és tenir el martell».

L'Elisenda era una jove de Gràcia que coneixia des de petit, i que sovint berenava a casa dels pares, perquè la seva mare era molt amiga de la Mercè, la mare de l'Albert. I, de mare a mare, la idea que els dos joves podien relacionar-se es va teixir com una teranyina. No era bonica ni lletja, ni prima ni grassa, ni simpàtica ni eixuta. «És com un lluç», va dir l'àvia Mariona un dia que creia que l'Albert no la sentia, i ell va pensar que era cert, que era com un lluç. Aquell lluç, tanmateix, posseïa uns pits tan abundosos que l'enfebraven a les nits i l'induïen a masturbar-se frenèticament.

I així, de nit en nit febrosa, els dies amb l'Elisenda van acabar a l'altar, el juliol del 1878. L'abril següent ja tenia el primer fill, l'Avel·lí, «El primer i l'únic de qui em puc fiar», repetia com una lletania quan les baralles amb el seu altre fill, l'Enric, el deixaven enrabiat i agrós. Després de l'Avel·lí arribarien en processó primer l'Enric, després la Mariona, més tard la Mercè i finalment la més petita, la Montserrat, que ara acabava de complir els tretze anys. Però abans de tenir els altres fills, pocs dies després del naixement de l'Avel·lí, l'Albert va matar el senyor Liubó.

Mai no havia deixat de pensar en aquell capvespre del 1879, quan la seva vida es va capgirar com un mitjó. Evocava cada detall, cada pensament, cada gest, com si el dia s'hagués gravat en un gramòfon i el disc es reproduís una vegada i una altra. Tanmateix, a mesura que el rememorava, tenia la impressió que anava variant subtilment, com si cada vegada fos un record més esmunyedís, precís en els detalls, però estranyament boirós en el conjunt. Amb tot, recordava amb precisió la calor d'aquell dia. Era una tarda de primavera assolellada que desmentia l'obstinada pluja d'un abril humit i ennuvolat. Com sempre que es fixava en el temps, havia recordat espontàniament una de les innombrables dites de l'àvia Mariona, «Rient i plorant, l'abril va passant», i se l'havia imaginat repetint la seva lletania, «Són les dites de l'àvia Merceneta, que les havia après de la seva àvia, com tu les aprens de mi, perquè la saviesa dels vells rebroti en els joves». I tot pensant en ella, que malgrat els anys mantenia un esperit indomable i una gran fortalesa, havia anat fent via cap a casa del senyor Liubó.

Estimava l'àvia Mariona. Fins i tot ara que, des que havia aconseguit una posició social rellevant, gairebé no es feia amb la família, l'evocació de l'àvia sempre l'amorosia, com si fos una abraçada càlida i tendra. I des que havia mort, ja no tenia cap motiu per anar a visitar els pares. Se sentia incòmode en aquella casa de Gràcia, que li recordava d'on venia i d'on havia fugit, i a més notava el menyspreu de la família, incapaç d'entendre l'home en què s'havia transformat. «Voldrien que fos pobre com una rata, com ells, i que m'arrossegués pel fang», li etzibava a la dona quan li venia l'amargor. I l'Elisenda, lluny de calmar-lo, li atiava el foc, «N'hi ha que neixen de genolls, i així moren, però tu no ets d'aquests. Tu t'has alçat».

Aquell 29 d'abril de 1879 encara no era un home dret, però ja feia temps que no anava amb l'esquena vinclada. Es dirigia a veure l'amo per donar-li les noves del que havia fet la nit anterior. Mateu Liubó l'havia enviat a fer una d'aquelles feines brutes que sovintejaven cada vegada més, no sabia si perquè el negoci creixia o perquè li tenia més confiança. El van acompanyar dos pinxos de la Barceloneta, amb els quals havia fet altres encàrrecs de la mateixa naturalesa, i després d'estomacar un venedor de fruites del carrer del Carme li van fer malbé tot el gènere. Encara recordava el soroll dels tomàquets en ser esclafats, xof-xof, i després tot el sòl tacat de vermell, com si aquella fruita sagnés abans de morir. L'home devia diners al senyor Liubó i feia temps que no li pagava els interessos, de manera que calia fer-li un primer avís. L'Albert mai no va arribar a saber si després d'aquells primers avisos violents en venien uns altres més violents i tal vegada letals. El senyor Liubó encara no li havia demanat aquell segon torn, però l'Albert estava segur que allò passava, i que devia haver mort alguns dels seus deutors. I també sabia que arribaria el dia en què li tocaria fer-ho a ell.

Arribaria el dia o... hauria arribat si aquell capvespre no hagués acabat en tragèdia. Va fer cap a la casa del senyor Liubó a l'horabaixa, amb un sol rogenc que llanguia a l'horitzó. El majordom li va obrir la porta amb una indiferència que contenia un cert menyspreu, i l'Albert va pensar que aquell home se sentia superior a ell perquè duia guants blancs i feia unes feines polides mentre ell s'embrutia les mans. Però allò no l'afectava, perquè estava segur que el món es dividia entre aquells que acceptaven un destí de servents i ajupien el cap tota la vida i aquells que es rebel·laven i canviaven el seu destí. I mentre recorria l'ampli vestíbul que duia a la saleta on el senyor Liubó l'esperava, va pensar que algun dia tindria un majordom com aquell, perquè ell seria un senyor.

Tot va passar condensat en un instant fugaç, per bé que l'estona semblava mantenir el ritme natural. I en aquell instant fugaç, l'ordre natural es va alterar i el relat de la seva vida va fer un tomb inesperat. El senyor Liubó comptava un feix de bitllets amb tanta dedicació que ni tan sols va aixecar el cap en sentir les passes. «Segui, segui, que ara estaré per vostè». L'Albert es va atansar amb un cert pudor, com si fos un intrús que obria la porta dels secrets d'aquell home. Però en veure'l tan tranquil, es va relaxar i es va asseure en un sofà Chester vermellenc, perfectament entapissat, que regnava orgullós en un racó de l'estança. Des d'aquell tron reial, va observar l'escena del seu amo, els dits angulosos que movien un bitllet rere l'altre, el cap vinclat sobre el feix, la llengua que passava febrosa pels llavis prims, i darrere d'ell un armariet obert de bat a bat que amagava més piles de bitllets perfectament arrenglerades. L'home emetia una mena de música mentre comptava, com si fos el sorollet dels gats quan se senten feliços, i de tant en tant alçava el cap, i els ulls vidriosos el miraven amb l'altivesa dels poderosos.

De sobte ho va entendre. Va ser un simple gest, una mirada esquiva, el darrer moviment d'aquella llengua reptiliana que intentava endebades humitejar la secor dels llavis. I quan la idea va penetrar en el seu cervell amb la voracitat de segles de pobresa, ja no va tenir aturador. Es va aixecar amb parsimònia, va somriure a l'home, que el va mirar amb certa sorpresa, i, dret davant del vell, va començar a escanyar-lo. Ni una herència que mai no arribaria, ni un racó fet a còpia d'estomacar pobres desgraciats, ni un cop de sort. No tenia temps, no volia esperar més, mai més no tindria una oportunitat com aquella, l'avi era un viu difunt. El reguitzell de justificacions balsàmiques va arribar de cop allà on la consciència burxa sense pietat, mentre el senyor Liubó intentava debades, tot movent els braços i donant coces desesperades, retenir la vida que expirava. Quan va relaxar les mans i va deixar el coll d'aquell home, el cos va caure damunt la cadira com si fos un sac, i va quedar mig assegut, vinclat cap a un costat, amb la boca torta. El va mirar sense cap engruna de remordiment, i en aquell instant va saber que podria viure amb l'assassinat de Mateu Liubó. No havia mort l'amo. Havia construït una vida nova, damunt les restes d'una deixalla. I mentre recollia els feixos de diners i els col·locava dins d'una bossa que Liubó tenia a tocar de l'armari, va pensar que aquell home mereixia morir molt més que la majoria dels mambins que havia matat a Cuba. La consciència no li donaria cap problema.

Així va ser com Albert Corner i Espiga, fill de la Mercè i l'Ignasi i nét de la Mariona, va canviar el signe de la seva vida i va començar a construir un imperi que li obriria la porta del territori prohibit del poder i la riquesa. Tenia vint-i-nou anys, una vida rebregada per la pobresa i la dissort, un passat de carn de lleva, enviat a la fi del món a matar altres rebregats com ell, i durant els darrers anys era l'home que exercia la violència per a un vell xacrós. Però des de l'instant en què va mirar el coll del senyor Liubó i va desitjar estrènyer-lo fins a matar-lo, va saber que tot allò havia acabat per sempre. Quan va cridar el majordom amb una veu trencada, «Socors, socors, el senyor Liubó és mort!», i el va ajudar a redreçar-lo mentre li donava tota mena d'explicacions, la seva nova vida ja havia començat.

Tot va ser fàcil, molt més del que es podia preveure. Les noies del servei van parlar de la mala salut del senyor Liubó, el majordom es va referir al cor feble de l'amo, l'Albert va reblar el clau amb tota mena de detalls del moment de la mort —un ofec, un esgarip, unes convulsions— i el metge va tancar l'expedient: el senyor Mateu Liubó i Fornell havia mort a casa seva, víctima d'un atac de cor, el dia 29 d'abril de 1879. Mai ningú no va imaginar que el jove que treballava per a ell i que es mostrava tan afectat fos el seu assassí. Fins i tot el majordom va tenir-li compassió, «Era ja molt gran, senyor Albert, havia de deixar-nos», i amb aquell consol l'Albert va consolidar la seva obra.

A partir d'aquell moment, el curs dels esdeveniments va lliscar suaument, com si la vida passés per damunt d'una gran taca d'oli i fluís sense pressa ni pausa. Primer van ser els negocis de préstec i usura, seguint l'exemple del senyor Liubó, a qui va furtar els clients i la logística. I després, els primers passos a la borsa, les inversions immobiliàries exitoses, l'exportació de productes, el patrimoni inicial, la fàbrica de cotó... En deu anys l'Albert havia aconseguit acumular una fortuna prou rellevant per començar a tractar com uns iguals els grans industrials del país, i a partir dels anys noranta, quan els anarquistes omplien de bombes els carrers de Barcelona, ell ja era un home ric, plenament instal·lat en l'estatus social que tant havia maldat per aconseguir.

Només hi va haver una sola vegada, des del dia de l'assassinat, que es va fer la pregunta. D'allò feia un any i escaig, i quan recordava aquell moment inquietant es posava tan neguitós que necessitava parlar frenèticament amb algú, per treure-se-la del cap. Va ser el 12 d'abril de 1904, el dia que un jove de dinou anys, a les portes de la basílica de la Mercè, va intentar matar el president Maura, durant la visita que feia a Barcelona. El dia abans l'Albert havia assistit a l'acte a l'ajuntament on Cambó va pronunciar el seu famós discurs de benvinguda, però no estava convidat a la missa de la Mercè. Ho va llegir als diaris: el cotxe descobert, un jove s'apropa al carruatge amb un sobre per a Maura, li salta al damunt traient-se la gorra, el president li dóna la mà, el jove crida «Ja ho veus, Germinal», treu el punyal, l'hi enfonsa en el costat esquerre, Maura intenta frenar-lo, els plecs de l'uniforme impedeixen la penetració del cisell, ferit però viu, el jove que fuig, «Visca l'anarquia», persecució policial pel carrer d'en Serra, l'agressor detingut, es diu Joaquim Miquel Artal... El ganivet usat pel jove anarquista decorava la notícia al detall: navalla de muntanya, longitud d'uns vint centímetres, mànec negre d'uns deu centímetres, fulla en forma de ganivet de cuina, molt afilat, punxegut.

Un atemptat contra el president del Consell de Ministres espanyol, a les portes de la Mercè, aquella era la gran notícia. Però no va ser l'intent de magnicidi, ni els detalls del coltell, ni els crits que va proferir el jove, ni la salvació miraculosa de Maura el que va deixar l'Albert profundament trasbalsat. Va ser el nom de l'anarquista, perquè coneixia aquell jove des de petit. Joaquim Miquel Artal tenia l'edat de la seva filla Mariona, i juntament amb l'altra filla, la Mercè, havien coincidit al convent de monges franciscanes de Badalona, on el petit feia d'escolanet i les seves filles ajudaven les monges. L'Albert tenia negocis a la ciutat. Feia temps que coneixia la superiora del convent, i va començar a portar les filles els caps de setmana, convençut que aquella activitat religiosa les convertiria en senyoretes de bé. L'escolanet, que corria pel convent, era prudent i ben educat, i alguna vegada l'havia trobat assegut al pati, llegint amb fruïció. Recordava que havia pensat que allò, la passió per la lectura, era una de les moltes coses bones que els joves aprenien per tenir contacte amb aquell convent. Però ara, de sobte, retrobava el noi convertit en un magnicida. Va ser en aquell instant, mentre llegia la notícia i intentava recordar aquell escolanet tímid de les monges franciscanes, quan la pregunta va sorgir com una daga i va començar a fer-li talls a les entranyes, el cervell, el cor i la consciència, «Si ell és un idealista, jo sóc un simple assassí?».

Fins a aquell moment havia bastit un sòlid edifici amb motius i justificacions que el disculpaven de l'assassinat del senyor Liubó, com si fos un element més en l'ordre natural de la vida. Ni tan sols dubtava quan el seu fill Enric, cada vegada més influït per les idees revolucionàries, li llançava retrets dolorosos a la cara, com si ell fos l'enemic i no el pare. Res ni ningú no l'havia fet dubtar. Però en trobar-se amb aquell jove anarquista, que havia destruït la seva vida per servir un ideal, els motius espuris del seu acte criminal havien quedat despullats de tota retòrica. Ras i curt, havia matat per poder robar, i no hi havia res més. Ell era millor que aquell jove? En pensar que era molt pitjor i que, per molt que odiés els anarquistes i estigués fart de les bombes, aquella gent intentava lluitar contra una societat injusta, mentre que ell només volia fer-se ric, va neguitejar-se fins al punt que durant dies va estar consirós i malhumorat. De sobte havia perdut la cuirassa que el protegia dels dimonis del seu passat, només perquè un escolanet tímid, transformat en jove anarquista, s'havia convertit en el mirall que reflectia el seu propi assassinat. I llegia les notícies amb delit febrós, delerós de saber-ho tot. El noi era fill d'un barber, s'havia educat al Col·legi dels Infants Orfes de Barcelona, coneixia Francisco Miranda, llegia Tolstoi i el diari *Pueblo*, havia decidit atemptar contra Maura després dels fets d'Alcalá del Valle. Fins a aquell moment l'Albert no s'havia interessat pels jornalers d'Alcalá, tot i que els diaris feia dies que parlaven d'un nano de quinze anys, *el Pelúo*, que la Guàrdia Civil havia mort quan disparava contra una manifestació plena de dones i nens, i també informaven de la detenció de desenes de jornalers, de les tortures que patien a la presó... El magnicida Artal va publicar un article al diari anarquista *El Rebelde* on explicava que havia volgut venjar aquells jornalers, i encara que l'Albert no el va llegir, les dades que donava *La Veu de Catalunya* eren prou explícites.

Aquella febrada de mala consciència va durar pocs dies, i quan, dos mesos després, Joaquim Miquel Artal va ser jutjat i condemnat a disset anys de presó al penal de Ceuta, ell ja no va llegir la notícia. Havia caigut en la temptació de sentir-se culpable, però després de transitar per aquell territori sòrdid de retrets i preguntes va sortir del clot reforçat i convençut. No tornaria a qüestionar el rumb de la seva vida, perquè l'única manera de lluitar contra la injustícia era sent més fort que els injustos, i no pas posant bombes que només podien generar més dolor i més injustícia. Cambó tenia raó, calia preservar l'ordre, i ell volia formar part dels guardians de l'ordre. I si la penyora per aconseguir un lloc entre els escollits era la mort d'un vell envilit i xacrós, la trobava barata. N'havia mort més a Cuba, i eren joves i innocents. Va ser així com Albert Corner i Espiga va obrir i va tancar alhora el capítol de la mala consciència. Fins i tot va creure que la caiguda en el dubte havia estat bona, perquè l'havia refermat en la fortalesa de les seves raons.

Assegut en el banc de fusta entapissat que hi havia en la balustrada de casa seva, sovint observava aquell carrer de Provença que bullia de bastides i d'obrers. Des d'aquell atri privilegiat, l'única certesa que regia el seu món era la del poder. I ell l'havia aconseguit.

Un mestre d'escola

De tots els fills de l'Albert, l'Enric era el que tenia un físic més privilegiat. Havia heretat la finor de l'àvia Mariona, i sovint li deien que tenia cara d'àngel perquè combinava una pell molt blanca amb uns cabells rossos sempre esbullats, que li donaven un cert aire de querubí. També era l'únic dels germans que havia mantingut el ros del seu pare i de molts homes de la família, per bé que cap d'ells l'havia tingut tan daurat. A diferència de l'Albert, era alt i posseïa una veu forta que xocava amb el rostre delicat, però el seu tret més notable era l'ardor que posava en tot el que feia, sobretot l'abrandament amb què defensava les seves idees.

La relació amb el seu pare mai no va ser bona, ni de petit, quan l'Albert no sabia què podia fer amb aquell nen que no es delia pels jocs violents i que mostrava una sensibilitat malaltissa, capaç de fer-se un tip de plorar en veure un ocell caigut, o que s'amagava sota les faldilles de la mare quan el pare el renyava. Tenia una devoció febrosa per les seves dues àvies, la besàvia Mariona i l'àvia Mercè, i passava moltes tardes a la casa de Gràcia escoltant velles històries de bullangues, d'avalots i de la revolta gracienca, on la Mariona va participar amb un coratge que impressionava l'Enric. També li parlava d'amors ferits, i a l'Enric li agradava especialment que li expliqués com havia conegut el seu marit, una tarda de passeig per la Rambla, empaitant-se per les paradetes dels Encants. I tot i que la Mariona mai no li va parlar malament del seu besavi, l'Enric intuïa que ella no havia estat feliç. «L'estimava a vostè, àvia Mariona?», li preguntava sovint, i la besàvia sempre responia «A estones, Enric, com fan tots els homes, a estones».

Quan la família va rebre la notícia que la Mariona estava agonitzant al llit, i que el metge havia avisat que li quedaven poques hores, l'Enric va asseure's a terra, amb l'esquena contra la paret del passadís, i va començar a somiquejar com un nen petit, vinclant el cos cap avall una vegada i una altra, en una esfereïdora lletania de laments. El pare el va observar, fastiguejat per la poca sang d'aquell fill fleuma, que no era capaç de mantenir les formes que un home ha de mostrar davant de la mort.

I aquell dia va saber que sempre el menysprearia, perquè aquell fill no era com el fill gran, l'Avel·lí, un home de bé, decidit i fort. «No, l'Enric és fluix i tou, un ocellet poruc, una neneta, vés a saber si encara sortirà una Paquita, com el rei consort», es deia amb ràbia, recordant les cobles dedicades al marit d'Isabel II...

Paquito Natillas,
que es de pasta flora,
orina en cuclillas,
como una señora.

...i tot i que li sabia greu, perquè era sang de la seva sang, no podia evitar sentir una forta ràbia cap a aquell fill, que li semblava tan feble.

La Mariona va morir el 12 de desembre de 1898, dos dies després que Espanya signés l'acord de París, en què concedia la independència a Cuba. «Ara sí que ja puc deixar aquest món», va dir en saber-ho, com si hagués burlat la mort fins a aquell dia, per poder venjar-se d'aquella guerra terrible que s'enduia els fills, els néts i els marits a morir lluny de casa. Havia culminat la seva vida, i al final, perduda Cuba, va creure que havia vençut. I així se'n va anar, gairebé feliç. Tenia noranta-tres anys, en feia quatre que havia perdut completament la vista i sordejava d'una orella, però va mantenir fins al darrer alè la ment clara i la força del cor, i per bé que havia patit molt al llarg d'una vida tan llarga, se sentia en pau amb Déu, a qui havia retrobat feia uns anys. Ja no era el de la seva joventut, un déu omnipotent i infal·lible que no permetia dubtes, ni tampoc el decebedor i fallit de les èpoques tràgiques, ni tan sols l'esquiu, el de quan el nét se'n va anar a la guerra. Havia retrobat un déu infant, tendre i comprensiu, que no li exigia res i tampoc no li prometia res, però li donava calma. I en els darrers anys de la vida havia tornat a pregar a Nostra Senyora de Montserrat —«Verge Pura Immaculada, / Mare del Fill Increat, / fieunos sempre advocada, / Princesa de Montserrat»—, perquè aquell goig antic li recordava l'àvia Merceneta, l'avi Eulogi, la seva mare Maria i tota la gent estimada que l'havia acompanyat en el camí i que se n'havien anat. I així va morir, rodejada de fills, néts i besnéts, i convençuda que era ella qui havia guanyat la guerra de Cuba.

Quan la Mariona va morir, l'Enric es va partir pel mig, com un tronc esquerdat pel llamp, i durant dies va sentir una tristesa tan gran, que la seva mare temia que tingués una malpensada i es fes mal. Es va refugiar a casa de l'àvia Mercè, i sovint anava a la cambra de la Mariona i olorava la seva roba, perquè aquella olor coneguda li donava una mica de pau. Tenia setze anys, però respecte a la besàvia sempre s'havia sentit un nen petit, i ara se sabia orfe.

«L'hauríem de fer militar», va etzibar l'Albert a la dona quan el fill va tornar a casa entristit i abatut. «No és un home del tot, és un mig home, necessita disciplina». Tot i que l'Elisenda sempre feia cas al marit i no era el seu costum portar-li la contrària, va defensar el seu fill amb fervor i li va respondre que era un noi sensible perquè era bo, i que no el pressionés perquè només aconseguiria allunyar-lo encara més d'ell. «Deixa'l respirar, que la vida ja el farà fort», però l'Albert va obsessionar-se amb aquella idea, i va cercar, preguntar i fins i tot va fer els tràmits perquè entrés en una escola militar. Tot intent va ser endebades perquè l'Enric no va escollir la carrera de militar, sinó la de mestre, i aquella elecció va significar el trencament definitiu entre pare i fill. «Un mestre, un simple mestre, un fill meu mestre». L'enuig li pujava per la gola i li venia el desig de trencar qualsevol objecte que tingués a prop.

A partir d'aquell moment, tot va anar pitjor. Primer va ser l'ingrés de l'Enric als estudis de Magisteri, després la seva lenta però cada vegada més insistent implicació en els moviments llibertaris i, més tard, en l'Escola Moderna, on completaria la seva conversió als nous ideals. En aquell punt, la relació entre l'Albert i el seu fill es reduïa al bon dia i als missatges que es passaven a través de la Merceneta, la germana gran, que era pacient i sabia tractar el germà i contenir el pare. Emperò, sovint, quan ningú no els contenia, iniciaven una cadena de retrets mutus que conduïa sense remei als crits i les baralles pujades de to, fins que algú de la família s'enduia l'Enric a una altra estança. Quan feia uns mesos que estudiava per ser mestre, va decidir anar a viure amb l'àvia Mercè, i aquella decisió va enrabiar de tal manera l'Albert, que va assegurar que no tornaria a obrir-li la porta de casa.

El contacte de l'Enric amb les idees llibertàries va ser pausat i inconscient. Primer van ser unes lectures que li va deixar el seu company Lliberi, un jove pèl-roig molt alegre que s'havia fet d'un ateneu obrer i que va caure-li bé des del primer moment. Aviat van ser amics, i a poc a poc les lectures d'en Lliberi van començar a ser les seves. Les primeres eren de la revista *Tierra y Libertad* que dirigia Joan Montseny, a qui tothom coneixia com a Federico Urales. La universitat bullia amb els textos d'aquell home, que assegurava que la propietat era un robatori i que calia educar les dones per tal d'alliberar-les del jou catòlic, i que defensava la vaga general com a instrument per enderrocar l'ordre establert. Tot allò el va impressionar tan vivament, que va començar a llegir tot el que tenia a l'abast, els llibres de Proudhon i de Jaurès i, sobretot, les proclames de Jean Grave, l'anarquista que li va permetre conèixer un autor que el va fascinar des de la primera lectura, el rus Kropotkin, que llegia en unes traduccions del rus al castellà que feien a la lògia maçònica on va ingressar. Però el salt definitiu va ser la descoberta de l'Escola Moderna i la relació personal que va establir tant amb Francesc Ferrer i Guàrdia, el pedagog anarquista que el seu pare considerava un foll radical, com amb la seva amant, la pedagoga francesa Clémence Jacquinet, a qui tothom coneixia com a Clemència, una dona que l'Enric va considerar extraordinària des del primer instant. «He conegut una altra àvia Mariona», li diria a l'àvia Mercè en una conversa setmanes més tard.

Aquella dona no només vivia el seu amor per Ferrer i Guàrdia amb una naturalitat que impressionava l'Enric, i que anul·lava qualsevol idea de pecat que tingués inserida en el seu codi cultural, sinó que era més brillant que la majoria dels homes, i quan donava conferències a favor de la nova pedagogia, en què parlava de barrejar els nens i les nenes, d'alliberar-se de «l'asfixiant poder infernal dels reis, els burgesos i els bisbes», de visitar museus, de tenir cura de la natura i d'aprendre a mirar el món amb els ulls del racionalisme, i «mai més amb els ulls de la por i la repressió», l'Enric quedava tan embadalit que no podia articular cap paraula. En els primers temps estava convençut del tot que mai no coneixeria cap altra dona com aquella. «Així devia ser l'àvia Mariona», es deia emocionat, i dibuixava una imatge idíl·lica de la seva besàvia, convençut que aquella dona senzilla que s'havia revoltat contra l'exèrcit espanyol i s'havia jugat la vida per salvar el seu nét era tan sàvia com la Clemència i, sobretot, igualment coratjosa. Però aviat va conèixer altres dones tan extraordinàries com ella, especialment les germanes Villafranca, unes navarreses, filles d'un sergent d'artilleria, que acabaven d'arribar a Barcelona. De totes les germanes, va ser la Soledad qui el va impressionar més, amb la mateixa intensitat que la Clemència, i en les converses amb la seva germana Merceneta, que sovint li feia de confident, li va dir que la gran revolució de l'Escola Moderna era la veu de les dones.

Va començar a relacionar-se amb l'escola quan tenia dinou anys i encara era estudiant. Havia obert les portes el 18 de setembre de 1901, i poques setmanes després l'Enric es va oferir per ajudar en el que calgués, sense cobrar res a canvi. Només volia contribuir a aquella experiència revolucionària que maldava per crear una societat de ciutadans justos i morals, arrelats en el coneixement científic i en l'amor a la naturalesa, i definitivament allunyats dels dogmes religiosos.

Es va sentir fascinat des del primer instant en què va entrar a l'edifici del carrer de Bailèn. El centenar de nens i nenes estudiaven barrejats, Déu havia estat foragitat de les aules i la ciència s'aprenia tant amb la teoria com amb la pràctica, i «la gran llei natural de la solidaritat», segons afirmava en Ferrer i repetia l'Enric, regia les relacions entre professors i alumnes, i també amb els pares. I mogut per un entusiasme desbordant, va començar a escriure al butlletí de l'escola, a preparar classes, a sortir a fer excursions al camp amb els nens i a formar-se com a professor d'aquella nova pedagogia que havia de canviar el món, creant ciutadans lletraferits i lliurepensadors. L'única cosa que el va inquietar, al principi de la relació amb l'escola, va ser l'obligatorietat de fer les classes en castellà, per bé que tots els nens tenien el català com a llengua materna. S'havia imaginat que les idees revolucionàries també incloïen la protecció dels idiomes perseguits, especialment el català, que s'esforçava per tornar a la vella esplendor, malgrat la persistent repressió de l'estat. Però ben aviat, després de parlar-ne amb el mateix Ferrer, va acceptar les idees internacionalistes que consideraven que les llengües petites i regionals podien ser un fre per a la revolució mundial. «Deixa el català per als burgesos, nosaltres estem fent la revolució internacional», va reblar el pedagog, un dia que en parlaven.

Quan va acabar la carrera, es va convertir en professor fix de l'Escola Moderna. Va començar a estudiar esperanto, animat per un anarquista francès, Paul Berthelot, que durant un temps va estudiar a l'escola nocturna que Ferrer i Guàrdia oferia als adults, va entrar a l'ateneu obrer del seu amic Lliberi, situat al cor de Sant Andreu de Palomar, va deixar la maçoneria i, sense esperar-ho ni preveure-ho, va quedar ferit per l'amor. Tot li va passar en un sol any, com si la seva vida plàcida s'hagués convertit en un remolí d'emocions incontrolables que l'alçaven per damunt de misèries i fracassos, i també dels complexos que arrossegava, definitivament convertit en protagonista orgullós de la seva pròpia novel·la. Havia passat un sol any, però el pas del 1904 al 1905 havia estat, per a l'Enric, com si un segle sencer s'hi hagués encabit.

—Vols dir que només fa un any? Quin dia som, 24 de novembre de 1905? I tant, només fa un any, i sembla que ha passat tota una vida.

—Una vida que en són dues, estimat.

«Una vida que en són dues, estimat...», va repetir l'Enric mentre alçava la mirada i acaronava els cabells foscos de l'home que el mirava amb uns ulls negres i profunds. I tot alçant el cap, es va adreçar cap als seus llavis i es va fondre en un petó ardent. Un any abans no hauria imaginat que el desig que sentia pels homes podia convertir-se en una relació intensa i estable. Rebutjava aquella idea, convençut que els somnis eròtics que l'enfebraven a la nit no eren res més que el símptoma de la seva depravació. Se sentia embrutit i només es calmava quan es convencia que no era culpable, perquè aquells desigs eren el fruit d'una malaltia. Durant anys, quan el pare li etzibava els seus retrets i li deia que semblava una neneta perquè era tou, i la plorera se li escapava fàcilment, ell es tancava a la cambra i pensava que tenia raó, que era poc mascle, i aleshores imaginava que estomacava el Periot, un milhomes de l'escola que es barallava amb tothom. Però mai no ho feia, perquè quan es trobava amb aquell fatxenda, només tenia ganes de ser servil i passar desapercebut. Era un marieta, un calces, un invertit, ell, l'Enric, el fill de l'Albert, era una Paquita?, i la pregunta li burxava el cervell i el deixava abatut i espantat.

Fins que va conèixer el Dionís, va creure fermament que era un malalt, i per això lluitava amb totes les forces contra aquell desig irrefrenable que el consumia. Durant uns mesos va sortir amb una parenta de la família materna. Es deia Roseta, i era una noia delicada que estava completament enamorada d'ell. Es va forçar a estimar-la i a imaginar-la com la seva esposa. Al capdavall, era bonica i respectuosa, i la seva ingenuïtat l'entendria. Però quan ella li deia paraules d'amor, encara se sentia més brut, i a les nits, quan es disparaven els retrets, es veia com un monstre. En aquells moments desesperats, s'agafava el membre i els testicles i els premia amb tota la força, fins que el dolor era insuportable. Després es deixava anar, completament derrotat, i plorava durant una bona estona. Va trencar amb la Roseta al cap de quatre mesos de sortir, i mentre ella bramava desconsolada i li pregava que no la deixés, ell se sentia trist, però alhora alliberat. «No sóc un home per a tu, Roseta, no ho sóc», li va dir mentre s'acomiadava. I quan ella li va demanar un darrer petó, va posar els llavis al front de la noia i va repetir la lletania, «No sóc un home per a tu».

Un dia, parlant amb en Lliberi, li va confessar que mai no havia estat amb una dona, «En el sentit bíblic, vull dir», i el seu amic va posar-hi remei, «Anirem a veure la Francisca». La Francisca era una andalusa grassa, amb uns pits enormes i una simpatia desbordant, que comandava un prostíbul del carrer de l'Hospital, on hi havia noies de molt bon veure. «Fins i tot una de negreta», va dir-li, «que quan la petoneges, sembla que llepis xocolata». Per bé que la Francisca gairebé no exercia, «És la reina dels mascles folladors», tenia fama de ser una autèntica devoradora d'homes i asseguraven, els que havien estat amb ella, que no hi havia llengua més ràpida ni llavis més xucladors. «Sempre s'encarrega dels fadrins verges», va avisar-lo, i més empès que convençut, l'Enric va fer cap al palau de la reina Francisca. I va ser així com, instruïda pel Lliberi, va desvirgar, una tarda del 1904, l'Enric Corner i Puig. L'acte va durar tan poc, que la Francisca va quedar-se una bona estona amb el cap de l'Enric damunt les seves cames, acaronant-li els cabells, mentre el jove tremolava, mig satisfet, mig abatut. En sortir de la cambra, li va fer un petó suau i li va dir, «*Chico, búscate unos pantalones, que lo tuyo no son las faldas*». I li va dedicar un somriure.

L'experiència de la Francisca només li va servir per sentir-se més buit, més fastiguejat i més desconcertat. No l'atreien les dones, però es negava a acceptar els desigs que sentia pels homes, i quan va buscar una explicació en els textos llibertaris, només va trobar rebuig i, en algun cas, commiseració. Un dia, en una reunió de l'ateneu, algú va comentar que un company era un invertit, i la riota de tot el grup el va deixar enfonsat. No es veia amb cor d'explicar el seu secret a ningú, no hi havia cap resposta als llibres revolucionaris que ho regiraven tot, i ni tan sols els nous pedagogs de l'Escola eren capaços de donar-li esperança. Havia nascut contaminat per la brutícia d'uns desigs prohibits, i hauria de viure amb aquella tara. Així ho creia, fins que va conèixer en Dionís.

Va ser una tarda, a l'escola. L'Enric s'havia quedat fins tard per acabar uns textos que havien de sortir al butlletí, i en Dionís va anar a recollir-los per incloure'ls a la publicació. Recordava el tema d'aquell número de la revista, «*La naturaleza como base de la humanidad y fuente del conocimiento*», amb tota mena de consells per tenir una vida més sana i educar els nens en el respecte al seu entorn. L'Enric se sentia molt orgullós del que havia escrit, i quan en Dionís va entrar a la saleta el va saludar sense mirar-lo. «Passi, passi, que estic a punt d'acabar». Era l'encarregat d'una impremta amb la qual treballava l'escola, però en general no era en Dionís, sinó l'aprenent, qui recollia el material. Aquell dia, però, el noi estava malalt i el va substituir. Tenia trenta anys i era un home de pell bruna i cabell fosc, la mirada era tan penetrant que l'Enric, quan finalment va alçar el cap i el va veure, es va sentir esborronat. En Dionís se'n va adonar, i ben aviat va saber que el jove el desitjava i també va intuir que mai no havia estat amb un home. Aquella circumstància el va atreure tant com la seva bellesa. I així, sense pressa, com si fos la seqüència d'un relat escrit des de feia segles, el ritual de la seducció va fer-se camí. Primer un joc de somriures, després uns comentaris badocs, unes mirades insinuants, una mà indolent que va tocar la seva, i després de tot, quan es van enderrocar els murs del pànic i les darreres defenses van caure, en Dionís va fer-li el primer petó. Suau, lent, profund, tan intens que l'Enric es va estremir com mai no ho havia fet, i superats els dubtes i les pors, i molt després del rebuig, va deixar-se dur per aquell home que el volia posseir. «Aprendràs molt aviat a estimar-te», li va dir quan, mig despullats i satisfets, va fer-li un darrer petó i va alçar-se per anar-se'n. Aquella nit l'Enric va ser feliç com mai no ho havia estat, i per primera vegada, en pensar en un home, no va sentir-se un monstre. Alhora, però, també va sentir-se més aterrit que mai.

Els dies van passar, els petons es van acumular i les pors van deixar pas a un amor abrandat i clandestí que si bé li creava forts neguits, també li donava una intensitat de vida que mai no havia imaginat. Se sentia derrotat pel vici i la depravació, però alhora satisfet i ple, definitivament convençut que l'única manera de superar la temptació era caure-hi. Quan en Dionís percebia la seva batalla interior, el calmava amb carícies i li deia coses que després l'Enric es repetia a la nit, quan recordava amb insistència les estones amb el seu amant.

«Estimar mai no pot ser dolent», li va dir en un d'aquells moments de foscor, ferotgement escapçat entre el desig i el rebuig que aquell amor li causava. «Estimar mai no pot ser dolent», va repetir en Dionís, i la frase va quedar ballant al seu cervell, suspesa en una tarda d'odi i d'amor, on el sexe havia estat tan intens com intensa la vergonya posterior. Però a la nit, quan, sol i nu, va posar-se a recordar els detalls de la tarda, la frase d'en Dionís va retornar insolent, sense vergonya ni culpa, i va començar a actuar com un bàlsam. Després, amb el temps, quedaria esculpida en el mur de la seva consciència, com un lema gravat a foc que el protegiria de pors i dubtes. «Estimar mai no pot ser dolent»..., ans al contrari, era tan bo que el convertia en un home fort, dotat d'una valentia en què no es reconeixia i que l'animava a abastar els projectes, els somnis i el món sencer. I quan arribava la nit ja no hi havia cap mirall que reflectís les seves misèries, perquè els detalls de cada estona passada amb en Dionís omplien l'estança, acaronaven els pensaments, entraven al llit i li dirigien la mà cap al membre, en un ritual persistent d'onanisme que era, en realitat, un homenatge diari al seu amat. Sovint, quan ja es relaxava, cansat i satisfet, imaginava que anava a veure l'Albert i li deia, «Pare, us presento el meu espòs». La tortura que aquella frase li infligiria li produïa un plaer renovat, com si tornés a masturbar-se. Gairebé sempre s'adormia amb la mà al membre, acaronant-lo suaument, feliçment superada l'època en què la seva sexualitat el repugnava. «L'únic déu que pot existir és el que viu en el nostre amor», va pensar un dia que s'havien estimat amb fúria, i aquell pensament d'una deïtat que estimava els homes que estimaven els homes li va semblar la idea més llibertària que mai ningú no havia defensat en nom de la revolució.

Algun pensador ho devia haver dit, en algun llibre devia estar escrit, algun revolucionari ho devia haver defensat, i aquella convicció l'animava a llegir sense aturador, delerós de trobar esberlats els tabús socials contra els homes com ell. Però aquelles idees modernes que volien dinamitar els fonaments del poder, que somiaven en una societat igualitària i lliure, i que fins i tot enderrocaven els pedestals dels déus, no tenien resposta per a l'amor entre els homes, i els prejudicis persistien amb la tossuderia dels segles. Ben al contrari, arreu on sortia el tema l'Enric escoltava els vells improperis, bastits sempre en un edifici de menyspreu i fàstic. «Hauria de moderar les seves perversions», va comentar-li en Lliberi un dia que parlaven d'un conegut empresari que acostumava a rodejar-se de jovenets. I quan l'Enric va intentar saber la seva opinió sobre els invertits, en Lliberi va donar-li un punt de vista que, tot i semblar-li voluntariós i comprensiu, el va ferir més que qualsevol dels insults tradicionals que es dirigien contra els homes de la seva mena.

—No són mala gent, Enric, perquè no tenen la culpa de la seva perversió. Pateixen una inversió de sentiments que fa que se sentin atrets per homes com ells, i això va contra la naturalesa. Fixa't que n'hi ha molts, sobretot, entre els reis i els poderosos, perquè és una malaltia de degenerats i el poder degenera els homes. Fixa't que hi ha pocs marietes que siguin del poble. Però són malalts, Enric, són pobres víctimes que no poden evitar ser com són, i hem de ser comprensius amb ells, perquè nosaltres som revolucionaris i ens mou la solidaritat. El millor és intentar que no practiquin els seus vicis, ajudar-los a contenir el desig, a superar-lo.

—Com? Com es fa això que algú deixi de desitjar el que desitja?

—Quina bestiesa de pregunta, amic, ni que en fossis, d'invertit! Doncs com vols que es resolgui? Hi hauria d'haver tractaments mentals, metges que s'hi dediquin, i també educació feta amb valors igualitaris, i la barreja amb homes normals, i la castedat, que en el seu cas, què vols que et digui..., és el més desitjable. A més, quan fem la revolució social i destruïm els corruptors de menors, quan ensorrem l'Església, la monarquia i el capital, aleshores podrem fer una educació sexual que evitarà aquestes perversions i s'acabaran els invertits. No els hem d'atacar per viciosos, Enric, els hem d'ajudar perquè són víctimes.

«Víctimes». Aquella paraula, que el seu amic havia dit de manera espontània, amb naturalitat, se li clavava en cada replec del cervell, convertida en una pedra llançada contra ell, contra en Dionís, contra tots els homes que n'estimaven d'altres, convertits en proscrits i empestats. Uns mesos abans hauria considerat balsàmica aquella condició de víctima, ell que se sentia com un monstre, però la relació amb el seu amant l'havia transformat de tal manera que allà on hi havia dolor, ara hi havia plaer, i on hi havia vergonya, ara sentia la força d'un secret lluminós. No era una víctima, ja sabia que no ho era, era una persona enamorada, i en l'amor no hi havia vici, ni perversió, sinó solament amor. Si la revolució, aquella revolució que era capaç de permetre l'amor lliure entre homes i dones, no servia, en canvi, per acceptar homes com ells, era realment una revolució? I durant un temps aquelles preguntes el van esperonar per intentar entendre per què els prejudicis socials eren més forts que les revolucions. Però no hi havia resposta enlloc, ni a l'ateneu, ni a l'Escola Moderna, ni als llibres dels grans llibertaris, ni a les converses revolucionàries, i a poc a poc va deixar de buscar-ne, decidit a aconseguir que la incomprensió general no li afectés la vida que havia escollit, ni l'amor que sentia, ni les idees que abraçava. «Potser la revolució també s'haurà de fer una revolució a si mateixa, quan hàgim vençut», va dir a en Dionís un dia que en parlaven. Però quan en Dionís li va respondre «Deixa de dir bestieses i abraça'm», va adonar-se que allò ja no era important. Faria la revolució social amb els companys, i alhora la revolució personal amb el seu amor, i si una no estava preparada per a l'altra, les faria per separat, una sota la llum del sol i l'altra en la foscor del desig prohibit. Una doble vida, doblement feliç, encara que fos clandestina, massa poruc per fer el pas final de mostrar-se tal com era, però ja prou fort per viure-la.

«Aprendràs a estimar-te», li havia dit en Dionís la primera vegada que es van besar, i era cert, havia après a estimar-se. No era una víctima. Era un home enamorat.

Plora el cucut

Era un dissabte humit, i sempre que hi havia humitat l'Albert notava un fort dolor al costat dret, allà on li cruixia una vella lesió de Cuba. S'havia trencat dues costelles en una mala caiguda, quan perseguia un escamot de mambins, i per molts anys que passessin, sempre es dolia quan el temps era plujós. Aquell dolor agut el va posar de mal humor i va començar el dia renegant del passat i de les ferides que deixava. «Els ullals dels malaguanyats», deia a la dona, «que encara mosseguen». Però aquell 25 de novembre de 1905 els ullals que li deixarien queixalada no serien els del passat, sinó els del present, i mossegarien directament l'ànima.

Era l'aniversari de l'Enric i, per bé que feia temps que s'havia traslladat a casa de l'àvia Mercè i que les relacions amb el pare no tenien terme mitjà, perquè o es tractaven amb la més absoluta indiferència o s'enlairaven en una simfonia de crits i retrets, tots dos respectaven sempre la treva dels aniversaris. L'Enric ho feia per la mare i l'Albert per la dona, i aquells dies de festa eren insòlites illes de calma en què, durant unes hores, desmentien el bram d'aquella relació tempestuosa. L'Elisenda tenia una cura especial els dies d'aniversari, estrenava roba, omplia els gerros de casa amb flors ben escollides, comprava regals valuosos i, sobretot, enviava una de les noies del servei a Sarrià a comprar dolços a la pastisseria Foix, on anava des que era petita, quan el pare li encarregava que comprés coques el dia de Sant Joan. I tot i que les grans festes familiars eren al desembre —la Nit de Nadal a casa de la Mercè i l'Ignasi, i l'endemà dinaven a casa dels seus pares—, l'Elisenda no les sentia com a pròpies, perquè no era l'amfitriona de la família, sinó una convidada més que anava a casa dels altres. Els aniversaris, en canvi, eren la seva festa gran, el dia que la seva família, la que ella havia creat, s'asseia al voltant de la taula del menjador, on ella havia amorosit cada detall, les copes de cristalleria fina, els plats, ben arrenglerats, o les estovalles de fil de la seva àvia Eustàquia, que havia cosit ella mateixa quan era joveneta, «en el temps en què els francesos ocupaven Barcelona, Elisendeta». I quan el primer plat feia l'entrada triomfal, l'orgull d'aquell dia esclatava al seu interior, convençuda que ningú a Barcelona parava la taula com ella. Per unes hores, era una reina.

Aquella reina del carrer de Provença no era una dona complicada. Era un lluç, havia dit l'àvia Mariona, i com un lluç caminava per la vida, sense altre esperit que el d'anar fent, com si la vida fos un camp de blat i ella fos una rosella nascuda al bell mig, indolent i feliç. No tenia opinió política, i per això mateix tenia la del seu marit, a qui venerava amb un sentiment sincer. Alhora, tenia un instint matern molt agut que la feia protegir els fills més febles, especialment l'Enric, però també la Montserrat, que era una nena delicada que, des que va néixer, no va parar d'emmalaltir. Tenia tretze anys i era tan alta i esprimatxada, que hauria passat per una noia de divuit si no fos perquè tenia la pell molt blanca i una mirada tan trista que semblava un fràgil bibelot. «Algun dia la Montserrateta se'm trencarà», deia al marit, i aconseguia amoïnar l'Albert, que sentia una estimació especial per la seva filla petita.

D'altra banda, l'Elisenda era una dona sense preocupacions, enamorada de la vida confortable i ostentosa que li havia construït l'Albert. «No és un bon partit», li va dir la mare a l'inici de la relació, però ella va intuir que aquell jove estava tocat per la ferida de la ràbia, i la ràbia era una gran constructora d'èxit. I va decidir fer camí amb ell. Al principi va ser costerut, però ben aviat la vida va començar a ser còmoda i agradable, i quan va prosperar, va adonar-se que la condició de senyora havia estat sempre en la seva naturalesa. I des del primer dia va deixar que l'Albert fos l'amo de la seva vida, perquè ella n'era la mestressa.

Com gairebé sempre, l'Enric va arribar tard, quan ja tothom era a la casa. L'àvia Martina, la mare de l'Elisenda, va arribar dues hores abans, i com també era costum va portar una crema cremada, «que és un bé de Déu!», que pensava imposar a les postres, malgrat els intents de la filla per deixar-la per a un altre dia. Era vídua i sempre anava acompanyada de la germana petita de l'Elisenda, la Rita, una filla conca que havia revellit més que ella, tant que totes dues semblaven el seu invers: mentre que la Martina tenia un físic abundós, una llengua desimbolta i una personalitat brillant, la seva filla era eixuta, tímida i mirava amb l'esguard de les ànimes perdudes. «Va néixer pòstuma», deia l'Albert a la seva dona, tot recordant una expressió que havia sentit en algun lloc.

Només arribar a la casa, la Martina va sacsejar el dia, feliçment dotada del sentit de la desmesura. Va remenar a la cuina, va regirar els regals, va posar a lloc el pentinat de la filla, va rondinar pel vestit de la Montserrat, «que no fa per a una nena de tretze anys, Elisenda, que la vols fer créixer massa de pressa», i sobretot va voler saber totes les novetats de la casa, tant les que es referien a les relacions familiars, com les més materials, que per a ella eren una font de felicitat. «Aquest canterano és nou!», va dir amb un esgarip d'alegria en veure un moble de roure que regnava altiu en el passadís que conduïa a la cambra de matrimoni. I entretinguda amb els detalls del canterano —quant havia costat, on l'havien comprat, de quina fusta era—, va passar l'estona enriolada.

A taula tothom tenia el seu lloc. L'Elisenda havia anat a unes reunions a casa de la senyora Adelina, que «és una senyora molt fina», per aprendre tots els formalismes de la correcció social, i era molt estricta amb el protocol. L'Albert i ella eren els caps de taula i la resta de la família s'asseia amb un ordre precís que, per a l'Elisenda, representava el del món. Al costat de l'Albert, la seva filla petita, la Montserrat. Després venien els avis Ignasi i Mercè, i a tocar de l'àvia Mercè, l'Enric i la segona filla del matrimoni, la Merceneta, que sempre s'asseia a tocar de l'Elisenda. I no era només per una qüestió de protocol, perquè tot i ser una noia formal i decent, l'Elisenda tenia la impressió que la seva filla Merceneta era diferent, com si el cap sempre fos en qualsevol altre lloc, menys en el que tocava, i sense ser rebel, li semblava que tenia una vida interior que els donaria feina. «Aquesta nena pensa massa», remugava l'Albert.

A l'altra banda de la taula, el protocol mantenia el mateix ritual ordenat, primer la filla gran, la Mariona, i després la tieta Rita i l'àvia Martina. Per acabar, l'Elisenda feia seure, entre la Martina i el seu marit, el seu fill gran, l'Avel·lí, i la seva promesa, una fadrina de bona família que es deia Dolcina i que, malgrat el nom, tenia un caràcter adust. Tot quedava equilibrat: dues filles al costat del pare, els dos fills i l'altra filla al de la mare i els avis a la zona central dels laterals de la taula. Tothom, doncs, tenia el seu lloc, i aquell lloc representava, alhora, el que ocupava a la família. D'aquella manera estricta i segura, l'Elisenda construïa el miratge de l'harmonia familiar, sense la qual se sentia desgraciada i perduda.

Va ser així com, asseguts al lloc corresponent, amb les estovalles perfectament emmidonades de l'àvia Eustàquia, guarnides amb el parament de les grans ocasions, l'Elisenda va fer dringar la campaneta de vidre i les noies del servei van començar a desfilar amb els plats que havien de coronar l'àpat. I tot va anar bé fins al segon plat.

A la matinada, tota sola al llit, mentre l'Albert era amb els companys de la Lliga a ajudar les víctimes de l'assalt que uns militars havien fet a la redacció de *La Veu de Catalunya*, «També han entrat al *Cu-cut!*, Elisenda, que sembla que ho han destrossat tot», ella es va fer moltes preguntes. No parava de sanglotar, esquinçada pel dolor que els dos homes més importants de la seva vida li havien causat en un dia que tot havia d'haver sortit bé, perquè així ho manava la llei de Déu. El marit acabava de sortir apressat i nerviós, després que l'haguessin avisat dels fets luctuosos d'aquella nit, i ella no comprenia que aquell enrenou aliè a casa seva fos més important que la trencadissa que s'havia produït en el si de la seva família.

Tot va començar quan el plat de xai va arribar a la taula. L'Albert va comentar que també n'hi havia al sopar de la Lliga, que havien celebrat dos dies abans. Estava pletòric per la victòria del seu partit a les municipals, que, contra tot pronòstic, havia guanyat els monàrquics i havia escombrat els lerrouxistes, i, amb l'eufòria que li era pròpia en els àpats familiars, perquè era la manera que tenia de demostrar la seva victòria, va començar a parlar en un to alt.

—El *Cu-cut!* l'ha batejat com el Banquet de la Victòria, i ja us puc dir que té raó, perquè hem tingut una gran victòria i hem fet un gran banquet, renoi, si que n'era, de sumptuós. I si haguéssiu vist els parlaments... Prat de la Riba estava grandiós dissertant sobre la nacionalitat catalana, i Cambó, quin home en Cambó, un gran líder.

«I un gran defensor dels opressors i dels burgesos», li va respondre l'Enric amb un to de veu que, tot i ser suau, era enèrgic. A partir d'aquí, van ballar pel cap dels presents retrets i acusacions que pare i fill van intercanviar-se amb un to de veu cada vegada més agre, i si un parlava de la defensa dels interessos de Catalunya, l'altre li etzibava els drets dels obrers, que contraposava a la defensa del país, i cap nexe d'unió permetia que es trobessin en un territori comú i amable. Burgesos i obrers, poderosos i poble, la nació i la classe social, tot confrontat en un aiguabarreig que contenia tanta intensitat com ràbia. En un moment precís, quan l'Enric acabava d'etzibar un atac ferotge al pare, «Sou els privilegiats que viviu a costa de l'esclavatge del poble», l'Avel·lí va fer un crit, «Prou!», i tot alçant-se, va rebatre el seu germà.

—De quin poble parles, tu, que mai no has patit fam, ni has anat a cap guerra, ni lluites perquè la teva família no passi penes? Una mica de respecte al papà, que ha patit com ningú, que ha sobreviscut i que ha triomfat pels seus mèrits, sense que cap anarquista, ni cap seguidor de l'Escola Moderna, ni cap salvador de la pàtria no li hagi donat res. I com goses parlar de privilegis, tu que treballes en una escola que només es poden permetre els rics. Cobreu uns preus de burgesos! I a sobre tot ho feu en castellà, valents revolucionaris de pacotilla! Deixa de dir bestieses i calla. Respecta el teu pare i respecta aquesta taula!

—Ja ha parlat el fill perfecte, l'hereu de casa. Ja t'has guanyat la teva medalla de la família! Però no em fareu callar, ni tu ni ningú. Vosaltres sou el passat, sou la xusma que viu a costa dels obrers, i no ens aturareu, no aturareu la nostra revolució perquè som el futur. Som la nova moral del món.

—De quina moral parles? De les bombes que maten persones, de la violència que tot ho destrueix, de la manca de respecte a les creences i als déus, del menyspreu a la gent que prospera? De quina moral em parles? Només sou uns paràsits que voleu imposar la vostra llei, si us plau per força. Què et penses, que els catalanistes no patim repressió, que no som perseguits, que no volem canviar les coses? Enric, estima més la teva pàtria i la teva gent, i deixa d'insultar-nos.

—La meva pàtria és el món, i em pixo damunt de la vostra bandera...

Feia estona que l'Elisenda sanglotava i demanava calma amb un fil de veu, però els tres homes van enlairar-se en un crescendo que no tenia aturador, i mentre l'Avel·lí apujava el to, i a l'Albert se li inflava la vena del coll, cada vegada més indignat, l'Enric va trencar per sempre la pau familiar.

—Sou la indecència del món. I com goseu parlar de la família? Tu, papà, tu en parles? Tu que mantens una *querida* des de fa anys, la passeges per tot Barcelona i la guarneixes amb les joies de la mare? Quina és la teva família, la mamà o la teva *querida*?

La bufetada va ser seca, i després en va venir una altra, més sorollosa, i encara una altra, i quan l'Enric va fer un salt de la taula i es va arraconar contra la paret de la balustrada, l'àvia Mercè va posar-se entremig del pare i el fill i va imposar el seu crit per damunt dels plors, els insults i el soroll de la baralla. «Vés-te'n d'aquesta casa, ara mateix!», va cridar a l'Enric mirant-lo als ulls sense cap espurna de pietat i ell, alçant el rostre per damunt de tota la família, dotat del sentit de l'orgull, va anar-se'n de la casa dels pares. Abans de sortir, encara va tenir temps de deixar anar una darrera frase, mentre els mirava amb menyspreu, «Sou una mentida», i va tancar la porta amb inesperada suavitat.

«Per què m'ho ha fet, per què?», es repetia una vegada i una altra l'Elisenda, en una lletania de dolor i desesper. Tan bon punt se'n va anar el fill, es va tancar a la cambra de matrimoni, incapaç de suportar la vergonya davant de la família, tan fugida de la realitat, que ni tan sols s'adonava dels intents de l'àvia Martina per obrir la porta, mentre cridava el seu nom. Se sentia despullada i embrutida, no pas per l'amant del marit, l'existència de la qual coneixia des de sempre, sinó per l'exposició que n'havia fet el fill, que havia convertit un secret còmode en un pecat públic. Fins a aquell fatídic dia, la Bibí era un membre més del matrimoni, i l'Elisenda l'havia assumida sense cap neguit, com un tribut lògic a l'estatus social del seu marit. A més, des que l'Albert anava amb la Bibí, se'l veia més relaxat i ja no li demanava relacions a les nits, i ella agraïa aquella pau adquirida després d'anys de sexe no desitjat i brut. Altrament, tots els homes poderosos de Barcelona tenien la seva Bibí, i precisament l'Albert, que tant havia batallat per aconseguir entrar en l'alta societat, no podia ser menys. Però hi havia un abisme de dolor i ràbia i desconcert entre la Bibí secreta, que habitava feliçment a les ombres del matrimoni, i aquella mateixa que el seu fill havia situat al bell mig del menjador, exhibida i envilida. I en pensar-hi, sagnava la ferida pel fill que estimava tant, i que no havia dubtat a clavar-li el cisell davant de tothom, el dia del seu aniversari, a ella, que tanta cura havia tingut dels detalls de la festa, de les flors, els regals, les estovalles de l'àvia Eustàquia. I aleshores tornava la lletania de la feridora pregunta sense resposta, i s'imaginava que mai més no podria mirar la mare a la cara, ni els fills, ni la resta de la família, perquè havia estat menystinguda de la manera més cruel, de l'única manera que no es pot menystenir una senyora.

Abans de tancar-se a la cambra, just quan l'Enric acabava d'abocar el seu menyspreu, «Sou una mentida», encara va sentir una frase del marit que, en aquell moment, només li va semblar el soroll afegit al sinistre soroll d'aquell dia. «És un fill bord, fet malbé pel fanàtic de Ferrer i Guàrdia. El maleeixo». I mentre les filles l'abraçaven, en un intent inútil per calmar-lo, la resta de la família provava d'entendre el que havia passat, corpresa per la virulència d'aquella baralla inesperada. L'existència de la Bibí no era una sorpresa per a ningú, però mai no haurien imaginat que es convertís en la protagonista d'un àpat d'aniversari a casa de l'Albert. «Què li ha passat, a aquest nét meu?», es preguntava la Martina, desfeta per l'enrenou que acabava de viure, i tot i que l'àvia Mercè era una dona d'ordre pel que feia a les relacions familiars i havia estat inflexible a expulsar el seu nét de la casa, no va poder evitar una resposta que va sorprendre la Martina:

—Potser caldrà preguntar-vos què li ha passat al vostre gendre.

—Però si és el vostre fill, Mercè, què voleu dir?

—Vull dir que a vegades una mare no entén un fill.

La vella ànima dels anys joves de la Mercè, quan se sentia una revolucionària i es manifestava amb la gent de Valentí Almirall i alçava ensenyes republicanes, acabava de prendre's una petita revenja. Al capdavall, era cert que el seu nét Enric no s'havia portat bé, i que tot allò dels anarquistes li feia por —les bombes, els morts—, i també era cert que sentia simpatia per Prat de la Riba, que li semblava més de fiar que Cambó, però l'opulència i l'excés de la vida del seu fill Albert li repugnaven.

La Bibí va arribar a la vida de l'Albert de la mà del seu amic Xió, que feia temps que tenia una amant i la mantenia. Fins i tot li havia comprat un pis. «La Xineta té una amiga francesa que hauries de conèixer», li va dir un dia que havien anat, amb altres amics, a veure una exhibició de doma al Club de Polo. Feia poc que l'havien inaugurat, però des del primer dia es va convertir en un centre de trobada dels aristòcrates i les grans famílies de la burgesia de Barcelona, i tot i que l'Albert no sabia res de cavalls, excepte per la poca experiència de la guerra, «i esquivar tifes», es deia a si mateix, tot recordant les primeres nits a Cuba, va fer-se soci del Polo només obrir, perquè aquell club li atorgava categoria, tant com el relacionava amb el millor de la ciutat. I ben aviat, amb en Xió, va passar-hi llargues estones, tant al restaurant com al tennis, que jugava amb poca gràcia, però amb dedicació. També anava als esdeveniments esportius que s'hi celebraven. Li agradava molt veure els partits de polo, perquè aquell esport li semblava un espectacle dur i alhora elegant, que conciliava la fortalesa dels guerrers amb la categoria de la classe. «Quina precisió que tenen, tot i estar dalt del cavall», es deia, i bavejava d'admiració per aquells homes, a qui reconeixia una superioritat social. No eren sobrevinguts com ell, sinó gent de noble nissaga, i aquella condició li causava un respecte malaltís.

Va ser al Polo, mentre uns genets s'esforçaven a enlluernar els espectadors amb l'exhibició de doma, on en Xió li va parlar de la Bibí. Més tard tot aniria rodat. Després d'una tarda de xocolata desfeta al club, amb la Xineta i la Bibí ben vestides i perfumades, uns somriures, unes frases picants, les mans movent-se amb l'alegre desvergonyiment de la seducció, el dia va acabar a la fonda on la Bibí s'havia instal·lat des que havia arribat de Marsella. Era una joveneta de pell bruna i cabell negre abundant i rinxolat, amb uns ulls grans i una boca carnosa, que van fer embogir l'Albert des de la primera vegada que la va tastar. No va trigar gaires setmanes a posar-li un pis. Quan l'Elisenda ho va saber, va sentir-se feliç: la Bibí culminava la imatge d'èxit social de la seva família. I amb aquella convicció, va acceptar amb orgull que el seu matrimoni fos cosa de tres. Al capdavall, ella sempre seria l'esposa, la senyora de la casa... Però ara, el dia que el seu fill petit, aquell que havia protegit i estimat tant, ho havia convertit en un pecat públic, com quedava ella? La trencadissa que sentia per dins la deixava sense terra per trepitjar, abandonada a la caiguda lliure dins d'un pou que no semblava tenir final.

Feia estona que l'Albert havia sortit de casa amb el seu fill gran, que el va voler acompanyar. L'Avel·lí s'havia anat implicant en la Lliga cada vegada amb més fervor i, a diferència del pare, la seva militància no era oportunista, sinó que es movia pel convenciment honest que calia defensar els interessos de Catalunya amb un partit genuïnament català. A més, era un lector fervent de Prat de la Riba, i la idea que Catalunya no era una simple regió, sinó una nacionalitat, tal com ho explicava el polític, li havia canviat completament la mirada. Si el seu pare era un cínic, mogut per l'interès de l'estatus, l'Avel·lí era un convençut, disposat a posar en risc la seva posició en defensa d'aquells ideals que li semblaven nobles. Pare i fill caminaven per la mateixa sendera de la Lliga, però no eren, sense saber-ho, companys de viatge.

La nit d'aquell dissabte era fosca i humida, per bé que ja no plovia com havia plogut durant tota la tarda. Tan bon punt van sortir de casa, l'Albert, que encara estava enfurismat amb el seu fill petit, va dir a l'Avel·lí que maleïa l'Enric, que era un jove perdut, que l'havien contaminat unes idees embogides i que no el podria tornar a mirar a la cara. «Si el boig de Ferrer i Guàrdia no l'hagués embrutit del tot...». I afegia, desfermat, «Si volia ser mestre, podria haver entrat a les escoles de Flos i Calcat, i treballar per a l'Associació Protectora de l'Ensenyança Catalana, que aquests són bona gent, gent d'ordre, que eduquen nens cabals que estimen Catalunya i tenen un sentit de la vida, però no, cap a l'Escola Moderna hi faltava gent, i ara tinc el meu fill ajudant a crear revolucionaris, homes i dones sense sentit del pudor, sense educació ni Déu, que tot ho volen malmetre, una gentussa que ha convertit l'Enric en un boig». Parlava tan embarbussat i rabiós, que l'Avel·lí no aconseguia seguir-li el raonament.

Però els esdeveniments violents d'aquell 25 de novembre de 1905 els van alliberar ràpidament dels disgustos familiars. El relat arribava a batzegades on estaven reunits alguns de la Lliga. «Anem a casa dels Oller», van dir a l'Albert quan el van avisar. Per primera vegada va fer cap al domicili de Narcís Oller a la Rambla, on no havia estat mai, tot i que ja feia temps que tractava l'escriptor. En arribar es va trobar amb alguns redactors de *La Veu de Catalunya* que s'havien refugiat a dins, i va ser un d'ells, un jove prim i abrandat que parlava amb molt de nerviosisme, qui va explicar els fets.

—Han sortit de la plaça Reial. En són més de tres-cents, de militars, i el mateix general Brandeis és qui els comanda. I no us imagineu la seva fila, que fan por de veure, per l'odi que respiren, i vinga cridar «*Viva el Ejército*» i «*Viva España*», mentre espanten la gent, que fins i tot han estomacat algunes persones que hi havia a la Rambla perquè no cridaven els seus «*vivas*», i després cap a Avinyó, a destrossar la impremta Bagunyà, i quan han arribat al *Cu-cut!* no han deixat res sencer, que tot ho han trencat i esbotzat, aquesta gentussa, i quan eren prop de la Virreina, cames ajudeu-me, que venien cap a *La Veu*, i els que érem dins hem fugit com hem pogut. Sort n'hem tingut, senyor Oller, que ens ha amagat a casa seva.

—Diuen que estan fent fogueres a la Rambla amb tot el que han trobat a *La Veu*, que cremen el mobiliari, els llibres i tots els exemplars del diari, i que fins i tot han llançat la maquinària al foc i no paren de fer crits patriòtics. Ja us podeu imaginar, amics, que amb els militars també hi ha els republicans de Lerroux, que encara ho destrossen tot amb més fúria —va afegir un altre periodista, encara més excitat.

I va ser Duran i Ventosa qui va reblar la conversa:

—I què podíem esperar dels lerrouxistes, després del que va passar al Banquet de la Victòria? Però si ens van disparar trets i fins i tot van intentar atropellar-nos, valga'm Déu, que encara tenim el Tianet i Pep Ruall ferits greument, i l'Ofili ha perdut un braç! Com diu Lerroux, «*El catalanismo es el hijo degenerado de un contubernio monstruoso*». Doncs ja ho tenim tot dit, que sembla que vol posar fi a aquest *contubernio* amb les seves mans.

—«*Republicanos y españoles*». Aquest és el seu lema. El malparit prou que ho deixa clar a *La Publicidad* —va afegir una veu des del fons de la sala.

Aleshores, en un garbuix de converses encreuades, el recordatori dels darrers dies va sacsejar els ànims dels presents, i es van amuntegar els fets passats, com a premonició d'aquella nit violenta. Van parlar del gran èxit electoral del partit, inesperat després de la ruptura de la gent del Centre Nacionalista Republicà amb la Lliga. «Catalunya ha respost», deia Prat de la Riba, i aleshores van comentar l'enuig dels monàrquics i dels lerrouxistes, que feia preveure alguna mala reacció, i el gran banquet per la victòria que havien celebrat al Frontón Condal, i sobre els militants de la Lliga que n'havien sortit cantant *Els segadors*, i novament sobre els lerrouxistes, que els havien disparat quan passaven per davant d'un local del partit de Lerroux, i també parlaven de l'acudit de Junceda que havia publicat el *Cu-cut!*, on es burlava de les derrotes dels militars espanyols... Tot es barrejava en el calaix de sastre d'aquella estança, que s'anava omplint de líders i militants de la Lliga, mentre es coneixien més detalls dels fets violents de la nit. Algú va explicar que no quedava res del *Cu-cut!* i d'altres van descriure la destrossa que havia patit la impremta i la redacció de *La Veu de Catalunya*.

«Els militars s'han venjat dels catalanistes», va asseverar Ramon d'Abadal, que feia un any que comandava la Lliga amb Cambó i Prat de la Riba. «No suporten la nostra victòria, i ens faran mal», va respondre un home gran que anomenaven Xico d'Oli. «Odien Catalunya», va asseverar un jove que acabava d'arribar i que no havia tingut temps de treure's el barret. Alguns van recordar el desànim del doctor Robert quan havia estat diputat a Madrid, poc abans de morir. «Per als catalans, allò sembla una cort militar sumària, i no un parlament», deien que explicava enutjat. D'altres citaven Maura amb ràbia, que assegurava que el catalanisme era «*la enfermedad nerviosa*» de Catalunya. «Això no és com Noruega, que s'acaba d'independitzar de Suècia amb un tractat entre cavallers. Aquests no ens deixaran mai», va sentenciar Albert Rusiñol. «I qui no recorda el que li ha passat a Folch i Torres!», va reblar algú des del fons de la sala, i durant uns minuts es va parlar de Folch, que ja havia estat detingut a la manifestació de la Diada del 1901, i que ara estava condemnat a l'exili a França per haver publicat un número especial sobre la independència de Cuba a la seva revista *La Tralla*. «Qui no ha estat a la presó? Recordeu en

Prat!», deia algú, i aleshores l'empresonament de Prat de la Riba el 1902 per haver publicat un article sobre les revoltes dels vinyaters del sud francès ocupava l'espai en l'atapeït cafarnaüm de la conversa. «Pobre Ignasi Corma, tan bon jan, que no li passi res!», va dir algú altre, i les cares es van girar cap a Corma, que estava assegut i inquiet en un extrem de la balustrada. Era el director de *La Veu de Catalunya*, un director de palla per evitar la presó dels grans prohoms que hi escrivien, però justament perquè feia aquell paper, tots sabien que podia patir-ne les conseqüències. «Anirà a presó, no en tingueu cap dubte». La conversa saltava d'història en història, en un trànsit sense cap altre rumb que omplir de paraules el neguit d'aquella nit. Fins i tot, en aquell concert estrident de queixes, retrets i laments, n'hi va haver que van recordar les baralles del mateix Narcís Oller amb Benito Pérez Galdós, quan l'escriptor li enlletgia que no escrivís en castellà i que era «*tontísimo*» que ho fes en català. «Ni en la literatura, no ens suporten, o ens fem castellans o som enemics», va repicar amb contundència l'Avel·lí, amb un abrandament que va sorprendre el seu pare. I mentre la casa obria i tancava portes, en un traspàs inacabable de persones, alguns dirigents van decidir anar a protestar davant les principals autoritats, primer a l'ajuntament i després a Capitania i al Govern Civil. Va ser allà on van saber, després de parlar amb el general Castellví i amb el governador Julio Fuentes, que l'atac dels militars quedaria impune, i de retorn a la casa dels Oller van pronosticar el que passaria, «Companys, res a fer. No només no aturaran els militars, sinó que els han animat a atacar-nos. Ningú no defensarà els catalanistes». El desànim general va ser el rèquiem de la nit.

Els fets del *Cu-cut!* van inundar durant setmanes les sobretaules, els articles dels diaris i les tertúlies de l'Ateneu, però sobretot van confirmar els mals pronòstics de la nit a casa dels Oller, i damunt dels catalanistes va caure el que l'Avel·lí en diria «el diluvi universal». Lluny de ser el fre de la pressió espanyola sobre Catalunya, i de rebre la solidaritat dels partits i dels periodistes espanyols més avançats, l'assalt va esdevenir l'espoleta d'una intensa reacció que va empeltar d'anticatalanisme tots els segments polítics, militars i periodístics d'Espanya. Ben aviat van arribar els telegrames d'adhesió a l'assalt de nombrosos capitans generals, les cròniques exaltades contra els «secessionistes» que es van publicar a *El Ejército Español* i *La Correspondencia Militar*, la coordinació que va fer el coronel Ricardo Burguete des del Casino Militar de les peticions al rei perquè castigués els separatistes, les pressions perquè el general Valeriano Weyler tornés a ser el capità general de Catalunya —«Valga'm Déu, el carnisser de Cuba escollit per sotmetre'ns», comentaven els articulistes més compromesos—, la dimissió de Montero Ríos, després d'haver intentat castigar els militars i de ser desmentit pel mateix Alfons XIII, que defensava en privat l'assalt. I en el centre de l'ofensiva, regnant des de les cavernes més obscures, Lerroux incitava a la violència...

«*El partido republicano de Barcelona, mejor aún, el pueblo republicano de Barcelona, mientras oiga mi voz y atienda mi consejo, no pactará con los regionalistas que han maldecido de la patria y que tienen al frente hombres tan indignos que en Barcelona oyeron los ultrajes sin protesta y en Madrid la ultrajaron nuevamente con palabras de amor serviles, cobardes, falsas. El amor a la patria, como yo lo entiendo, borra las fronteras, pero no levanta otras más acá, ni las cimenta en el odio y en el ultraje al suelo de cuyo engrandecimiento moral nos encargó la naturaleza. Así, no me digáis que condene la violencia iracunda con que los representantes del Ejército vengaron a la patria en Barcelona.* [...] *Yo digo que si hubiera sido militar, hubiera ido a quemar* La Veu, *el* Cu-cut!, *la Lliga y el palacio del obispo, por lo menos. Y si yo hubiera estado en Barcelona la noche de autos hubiéramos ido el pueblo y yo a quemar varios conventos, escuelas de separatismo, y a llamar a la puerta de los cuarteles y a decirles a los soldados que antes que la disciplina están, en la conciencia de los hombres, la libertad y la patria*».

...s'exclamava en un article titulat «Alma en los labios», per bé que l'Avel·lí assegurava que l'ànima la tenia al cul.

Quan van abolir les garanties constitucionals a Barcelona, van prohibir l'ús públic del català i van suspendre la publicació de *La Tralla* i també de *La Veu de Catalunya*, mentre empresonaven el seu director, ningú no se'n va sorprendre, i la convicció que la lluita dels catalans seria titànica va convertir-se en un motiu de neguit, però també d'impuls, en el si del catalanisme, i refermada la convicció que calia organitzar-se per defensar els interessos catalans. Va ser durant aquells dies, en plena onada de bombes anarquistes i un cop declarat l'estat d'excepció, que Cambó es va exiliar a Tolosa. «No fos cas que ens el matin», deien els líders de la Lliga. El bram per una unió de tots els partits catalanistes va augmentar a mesura que ho feia la repressió.

Si de portes enfora, l'assalt al *Cu-cut!* havia sacsejat Barcelona i tot Catalunya, de portes endins també va tenir un gran efecte en els dos Corner, pare i fill, que se sentien implicats en els fets. Però mentre que l'Avel·lí ho vivia amb un renovat abrandament a favor de la causa catalana, l'Albert va sentir-se colpit per l'única emoció que el podia fer trontollar, la por a perdre el que havia aconseguit. L'atac a la revista li va fer recordar, de manera seca i implacable, que els militars tenien les armes i que, sobretot, gaudien de la impunitat per usar-les. Els catalanistes estaven sols i a la intempèrie, tan sols i desprotegits que, tot i ser les víctimes d'aquell assalt, havien esdevingut els botxins d'una Espanya que reaccionava amb fúria contra aquells catalans insolents que li plantaven cara. Va ser aleshores quan l'Albert es va adonar que havia triat el bàndol dolent, que tot i la seriositat de Cambó, l'elegància de Prat, els articles acurats de Maragall, els llibres d'Oller, les raons de *La Veu de Catalunya* i l'entusiasme del seu amic Xiol o del seu fill Avel·lí, fins i tot malgrat la memòria insigne del doctor Robert, amb tot, aquell bàndol seria el perdedor. I ell tenia una única fita a la vida, una sola idea que l'empenyia a lluitar: mantenir i engrandir la fortuna i l'èxit social que havia assolit amb tanta dificultat. S'havia fet de la Lliga perquè era el partit de la gent benestant de Barcelona, la gent amb la qual es relacionava, la que el convidava a les festes i amb qui feia negocis. Eren els que de manera natural havien creat una eina política per defensar els seus interessos. Però i si no els podien defensar?

«Ara parlem d'unir-nos entre tots i fer una mena de moviment, Solidaritat Catalana, o alguna cosa així. Mira, Elisenda, què vols que et digui? A què treu cap, tot això, si a la primera ocasió ens envien l'exèrcit i s'acaba la festa?». I aleshores es preguntava si aquella gent amb qui anava era capaç de defensar els seus interessos davant les bombes anarquistes, les atzagaiades lerrouxistes, els assalts militars i, sobretot, la implacable duresa dels polítics espanyols, emparats per un rei que els animava a tenir Catalunya dominada. Potser s'havia equivocat d'aliats. Aquell neguit sobtat, que abans dels fets del *Cu-cut!* no el burxava, ara el devorava per dins, orfe de seguretat i d'opcions. Si es quedava amb la Lliga, formaria part dels perdedors, «que no cal ser gaire llest per veure que Espanya ens guanyarà sempre», remugava capficat. Si feia el salt als monàrquics, on aniria a parar? Ell no era un aristòcrata, ni tenia res a veure amb tota aquella gent, i encara que se'ls trobava al Polo i en coneixia alguns, mai no li haurien permès formar part d'aquells cercles privilegiats i tancats. I fora d'aquelles dues opcions, que eren les úniques que podien correspondre a un home del seu estatus, no hi havia res, «Només caos i bombes i revolucionaris», es deia amb ràbia, i posava al mateix sac tots aquells que odiava amb fúria, els anarquistes, els obreristes de Lerroux, els seguidors de l'Escola Moderna, «aquests escurçons que han enverinat l'Enric».

Per primera vegada després de molts anys, no

sabia què havia de fer i el corc de la desesperança, que tant havia rosegat l'ànima del vell soldat de lleva, va tornar amb voracitat. «I si la gent de la Lliga és més perillosa que els anarquistes?», es capficava en silenci, espantat de fer-se aquella pregunta. «Al capdavall, atien la protesta contra Espanya». Continuava el fil del raonament convençut que eren ells mateixos, els catalanistes de la Lliga, els culpables del diabòlic mecanisme d'acció i reacció a què estava condemnada Catalunya. «No canviarem Espanya, no podem enfrontar-nos-hi perquè sempre prendrem mal. Potser és l'hora de fer-nos amics». I sí, ja sabia que el govern espanyol i la monarquia feien molt de mal als interessos catalans, sobretot als dels industrials com ell i als dels comerciants, i en general als de tota la burgesia, i què caram, als de tot el poble, però potser la posició intel·ligent era aliar-se amb el poder de Madrid i no pas enfrontar-s'hi. «Sóc un covard?», i al moment es deia que no, que era un lluitador, un miserable que s'havia alçat contra els fats que l'havien marcat, i havia vençut. I per això mateix, perquè coneixia la victòria, però sobretot la derrota, no podia deixar-se endur per sentiments patriòtics, ni per febleses emocionals, perquè era el guardià de la vida que havia creat, i no podia permetre que ningú li enderroqués el castell.

Aliar-se amb Espanya, aquell era el camí. No era

allò el que deia Joan Maragall als articles de *La Veu*, que sovint llegia en veu alta l'Avel·lí? No era millor intentar canviar Espanya que no pas provar de vèncer-la? Però semblava que el mateix Maragall hi havia desistit, i aleshores el record del poema en què deia adéu a Espanya li desmuntava el castell d'arguments que maldava per construir.

Va pensar en el poema. L'Avel·lí l'havia portat a l'àpat d'un diumenge de feia uns mesos, quan començava a implicar-se amb intensitat en la vida de la Lliga. «El senyor Maragall el va escriure quan la pèrdua de Cuba, però aquests anys que han passat encara li donen més la raó». I tot demanant permís a la mare, l'havia llegit, corprès i solemne.

> Escolta, Espanya, — la veu d'un fill
> que et parla en llengua — no castellana;
> parlo en la llengua — que m'ha donat
> la terra aspra:
> en 'questa llengua — pocs t'han parlat;
> en l'altra, massa.
>
> T'han parlat massa — dels saguntins
> i dels qui per la pàtria moren;
> les teves glòries — i els teus records,
> records i glòries — només de morts:
> has viscut trista.

[...]

te satisfeies — d'honres mortals,
i eren tes festes — els funerals,
oh trista Espanya!

[...]

On ets, Espanya? — No et veig enlloc.
No sents la meva veu atronadora?
No entens aquesta llengua — que et parla entre perills?
Has desaprès d'entendre an els teus fills?
Adéu, Espanya!

«"Adéu, Espanya!". No, no i no», va cridar sobtadament, esgarrifat en adonar-se que el record d'aquells mots intensos del poeta l'havia emocionat. Alguna cosa de la seva terra es removia per dins, potser a la recerca d'uns impulsos antics, de quan era jove, quan la guerra no l'havia malmès, quan les idees de l'àvia Mariona el seduïen. Per uns instants s'havia deixat ferir per la febre patriòtica, revoltat contra ell mateix, gairebé inconscient, però havia estat un instant fugaç. «No, no i no», i tot clavant una puntada de peu a l'escambell que romania, indiferent, en un racó del despatx, ben bé al costat de la biblioteca que tant s'obstinava a ampliar, va dir-se, «Què caram estic fotent?». Va sortir de l'estança amb fúria. Ell, Albert Corner i Espiga, nét d'una revoltada de Gràcia, fill d'una republicana convençuda i pare d'un seguidor de l'Escola Moderna, ell no seguiria les ximpleries revolucionàries, ni es deixaria dominar per les emocions, ni cometria cap error que el desviés del seu camí. Era un supervivent. «Sóc un supervivent», es repetia, i es deia que havia sobreviscut a una guerra terrible, havia matat un home per poder sortir del pou de la pobresa, havia sabut fer una fortuna, i tot allò no ho havia aconseguit emocionant-se amb pàtries, ni amb llengües, ni amb paraules de poetes rics que no tenien altra feina que fer poemes. Era un supervivent, i si la supervivència l'havia de portar a tallar els vincles polítics que havia creat i a girar l'esquena a totes aquelles idees i persones, ho faria, perquè l'única pàtria que coneixia era la de la seva casa al carrer de Provença, a tocar dels Almirall i els Batlló, en ple cor de la Barcelona poderosa. Era una pàtria que es mesurava per la balustrada modernista del seu menjador, per les joies que lluïa l'Elisenda en les festes dels coneguts, per la boca carnosa de la Bibí, que xuclava el seu sexe amb una fam que no tenia límit. Aquella era la seva única pàtria, la que l'havia salvat d'una vida miserable, la que l'havia acollit en plena dissort, aquella i no cap altra; la pàtria que onejava a les senyeres i bategava al cor de l'idioma dels pares, els avis i els besavis, i de generacions senceres de derrotats, aquella pàtria no havia fet res més que condemnar-lo. I, convençut, va dir-se que havia d'abandonar la Lliga i canviar de relacions. Aquella aventura política no podia acabar bé.

Cartes intercanviades

Mentre l'Albert iniciava el seu enèsim procés de reinvenció, convençut d'haver arribat a una cruïlla del camí, el seu fill Avel·lí intentava ajuntar els bocins del bibelot trencat de la seva família. No suportava veure la mare trista, i sentia pel seu pare una admiració sincera i intensa, però sobretot estimava el seu germà, i el que havia fet l'Enric el tenia enfonsat. Només li duia tres anys, però es prenia el rol de ser el fill gran amb un zel rigorós i sovint adoptava actituds paternals, com si aquell germà petit, que sempre havia amoïnat la família, fos la seva responsabilitat. A diferència dels pares, que el consideraven un jove feble i atemorit, i per això la mare el protegia mentre el pare el reptava, l'Avel·lí intuïa que l'Enric era més fort del que semblava, i aquella dualitat entre la imatge exterior que projectava i la revolta íntima que li endevinava l'inquietava en gran manera. Estava convençut que l'Enric vivia un combat interior descarnat i que acumulava tanta ràbia com infelicitat. No sabia per quin motiu patia, ni entenia d'on havia sortit aquell esquerp que cada dia s'allunyava una mica més d'ells, com si anés allargant un comiat inevitable. «El perdrem», havia dit al pare en alguna ocasió, i aquella idea s'havia anat consolidant a mesura que el germà s'havia apropat als anarquistes i a la gent de l'Escola Moderna. «Li tenen el cervell enverinat», li remugava l'Albert.

Encaboriat i rabiüt, va obrir la porta de la seva cambra i hi va entrar. Tan bon punt va arribar a casa, va anar a veure la mare, que tot i que feia dos dies de l'aniversari, continuava somicant pels racons i repetia «Quina vergonya, mareta, quina vergonya», com si fos una lletania inacabable. L'Avel·lí encara vivia amb els pares al carrer de Provença, però la Dolcina i ell ja feia setmanes que estaven mirant pisos per planificar les noces. Així que va tancar la porta de la cambra, va deixar-se caure damunt el sofà Chester que feia dos mesos que la mare li havia comprat, «Acabat d'arribar d'Anglaterra, Avel·lí, que te l'enduràs quan et casis», i va sentir una fatiga pregona, com si no hagués dormit durant setmanes. D'una banda, l'assalt al *Cu-cut!* i totes les malvestats que anunciaven els diaris; de l'altra, l'assalt que el germà havia fet al tron familiar, i tota la destrossa que hi havia deixat. No s'entenia amb l'Enric des de feia temps, i no suportava aquella sensació de llunyania creixent, ni les paraules que es deien i que cada dia tenien menys sentit, era com si tots dos anessin perdent la noció del llenguatge i l'Enric esdevingués un estranger. Emperò, fins i tot amb la convicció que arribaria un dia com aquell en què es trencarien els lligams, mai no hauria imaginat que el seu germà petit arribaria a ferir la família, i sobretot la mare, d'aquella manera tan brutal. I tot i que l'assalt al *Cu-cut!* no li va permetre dedicar prou temps a l'espetec que havia sacsejat l'àpat d'aniversari, el record punyent de l'ofensa del germà no l'abandonava ni un instant. Durant aquells dos dies havia anat acaronant la idea d'escriure-li una carta, «una carta sense embuts, ni miraments», delerós de buidar un pap ple de dolor i de ràbia.

Alhora, havia de trobar el to, l'equilibri entre les emocions confrontades que sentia pel germà, a qui estimava i odiava com només es pot fer alhora a qui s'estima molt. Es va aixecar del Chester lentament, atrapat en el ritual parsimoniós que precedeix les grans decisions, i, assegut davant la taula modernista que havia dissenyat Joan Busquets i Jané expressament per a la família, durant uns segons va quedar-se quiet, embadalit amb el silenci de la cambra. Va resseguir amb la mirada els pirogravats i les incrustacions de marqueteria del moble, mentre recordava el dia que el van portar a casa, «Serà per a l'Avel·lí», havia sentenciat el pare, i l'orgull que va sentir quan els operaris el van col·locar davant el finestral. I després d'acaronar lentament un delicat pirogravat amb la imatge d'un querubí que hi havia al frontal del calaix central de la taula, va fer una alenada forta, va agafar la ploma i va sucar-hi la tinta.

Estimat Enric,

No sóc un home de cultura com tu, però hi ha coses que un germà ha de dir a un altre, encara que no domini l'art de les paraules. I com que no en sé, d'escriure, t'ho diré a boca de canó, sense fer giragonses ni buscar expressions polides. Et parlo amb el cor a la mà, un cor ferit i espantat per un germà que ja no conec.

Què has fet? En quin monstre t'has convertit? Com pot un fill avergonyir la seva mare davant tothom, sense cap pietat ni espurna d'amor? Què t'ha passat, què li ha passat al germà sensible que patia per tots i que abraçava la mare com cap fill ho havia fet mai? Recordes les nits d'agost, quan, als estius, sortíem a la balconada de la casa de Badalona i parlàvem del que faríem quan seríem grans? Recordo que somiaves a viatjar lluny, a les Índies, deies, allà on et portés el desig. I quan m'ho deies, jo m'imaginava que el meu germà petit era un aventurer, que veuria ciutats misterioses i viuria històries màgiques, i ens quedàvem mirant el mar, mentre somiàvem. I aleshores venia la mare i ens renyava, «Aneu a dormir, que ja és tard», i ens agafàvem de les espatlles i anàvem junts al llit. Aquell era un germà que jo coneixia, que estimava, que respectava, perquè era un germà que ens estimava i ens respectava a tots. Però ara, ara no sé qui ets. T'has trencat a bocins, com si fossis un trencadís dels modernistes, i ja no sé com reconstruir el germà que tenia. No, no et conec.

Sé que mai no t'has entès amb el papà i que és cert que el papà pot ser inflexible i dur, però és un gran home, un home que va sortir del no-res, que va patir la fam i la guerra i va estar a punt de morir, i que a poc a poc es va alçar i va construir un imperi. Tot el que tenim ho ha aixecat amb les mans, sense cap altra ajuda que la seva força i la seva tenacitat. Qui ets tu per menystenir-lo, per avergonyir-lo davant la família? Qui ets tu per embrutir el seu nom? Tu, que no has fet res més que viure la bona vida que t'han donat els papàs, que sempre ho has tingut tot, les millors robes, les millors escoles, l'amor de la mare. Si ets el preferit! Si sempre ho has estat! Tot el que demanaves t'ho donaven. Puc entendre que la relació amb el papà sigui difícil, però per què has d'odiar-lo?

Sí, Enric, sí, odiar-lo, dic, perquè això és el que demostres, demostres odi, odi al papà, i també a la mamà, a qui enutges sense motiu, i odi a la vida que t'han donat. «Maleïda burgesia», ens dius. I què et penses, tu, que ets un obrer? No saps què significa ser un obrer, només ets un fill de papà que vol fer la revolució perquè mai no ha passat gana, ni patiments, i que pensa que amb quatre llibres i quatre bombes canviarà el món. Maleïda revolució! Que no veus que només ens portarà patiment i més dolor? Que no veus que per culpa dels teus amics ens persegueixen a tots, ens disparen, ens tanquen les fàbriques, ens destrossen els diaris i ens envien la millor gent a la presó?

Cada vegada que els teus amics fan un disbarat, qui creus que ho pateix, els revolucionaris o tots nosaltres, sobretot els catalanistes, que som els que fem por de veritat? No t'adones que els que lluitem per Catalunya som el blanc de totes les lleis i de tota la repressió del govern? No t'adones que la veritable revolució és la que fa la gent d'ordre, amb idees assenyades, pas a pas, sense matar ni violentar ningú, però amb la fermesa de les conviccions i l'amor a la pàtria? Vosaltres feu el mal i els doneu l'excusa per esclafar-nos, perquè som nosaltres els que podem canviar de veritat les coses.

Sí, Enric, t'omples la boca de revolucions, d'escoles llibertàries que faran lliures les persones, dels obrers, de suprimir els reis, els bisbes i els exèrcits. Em parles de justícia universal, de fraternitat i de viure en harmonia amb la naturalesa, i tot el que dius sembla poesia de grans poetes, la bellesa de l'ideal. Però res d'això no és cert, perquè després els teus posen bombes i maten homes, dones i nens, i odien la Mare de Déu, la nostra Catalunya estimada i els homes que han aixecat fàbriques i han lluitat per fer avançar aquest país, com el teu pare, com la teva família. Ens odieu a nosaltres, als teus. Vosaltres, Enric, no sou fraternals, sou fabricants d'odi.

Sóc un burgès, sí, m'omplo la boca dient-ho, i ho sóc perquè pertanyo a una família que s'ha fet a si mateixa i no s'avergonyeix del que ha aconseguit, i estimo l'ordre social, la cultura, les bones maneres i la paraula donada, i defenso el meu bé perquè sóc un home cabal, i no permetré que cap revolucionari destrueixi la vida de la meva família. Encara que sigui el meu germà, no ho permetré. Però sàpigues que aquest burgès que és el teu germà es compromet amb el seu país. M'hi jugo la llibertat, Enric, i el patrimoni, i potser la vida. O creus que lluitar per Catalunya no té riscos altíssims? Hauries d'estar orgullós de nosaltres, que, tenint una vida benestant, la posem en perill per defensar tots els catalans. O què et penses que fem, sinó defensar la nostra pàtria?

Enric, les revolucions només porten mort, dolor i caos. Mira't a tu mateix. Què has aportat a la teva família, sinó dolor i caos, i potser algun dia, que Déu no ho vulgui, la mort... Defenses unes idees que destrueixen amb eficàcia, amb les seves bombes i les seves paraules incendiàries. Però, Enric, alhora que saben destruir, mai no saben construir. Són idees destructores, i tu les defenses amb l'arrogància dels fanàtics.

No et reconec, no reconec el meu germà, mai no me l'hauria imaginat fent tant de mal a la mare, al pare, a les germanes, a mi... No tornis a casa si no és per demanar perdó. Aquell nen que mirava el mar d'estiu i que es delia per recórrer el món sempre serà el meu germà petit, estimat, enyorat... Però aquest home que vomita el seu odi sense respectar el menjador de la seva família, que fa mal a la mamà, vol ensorrar tot el que tenim i no estima l'ordre, sinó l'enrenou, el brogit i la destrucció, aquest home no el conec i no permetré que torni a fer mal a la meva família. Escull quin germà ets, i si ets el que ara ens ha ferit, no tornis. Sempre t'enyoraré i sempre estimaré el nen que eres, però mai no podré estimar l'home que vols ser. O que, tal vegada, ja ets...

Pensa en aquestes paraules que surten d'un cor ferit. I pensa en la mamà, que mai no ha fet res més que estimar-te.

El teu germà, Avel·lí.

Quan en Tico, el noi que feia d'escarràs a l'escola, li va donar la carta, «Ha vingut un criat molt polit, senyor Enric, i ha dit que era per a vostè», va sentir un neguit conegut, i la tremolor de quan era petit i el pare l'aterria li va tornar sense remei. S'havia fet gran, havia marxat de la casa dels pares, s'havia implicat en idees revolucionàries i fins i tot havia après a estimar un home, i tanmateix encara li venia aquella vella tremolor. «El papà, que mai no en té prou d'humiliar-me». I tot rebregant la carta sense obrir-la, va pensar que els fills mai no s'alliberaven del tot dels pares, «Potser si els matem», va dir-se amb una ràbia que, per uns instants, el va deixar sorprès, però va imaginar que ni així, ni matant el pare un fill se n'alliberava. «El tinc a dins, com un corcó, com un cuc que em rosega, i em va foradant les entranyes», i va prémer el puny amb força. Després, amb resignada lentitud, va mirar la carta, convençut que només trobaria l'ullal d'aquell home que, des del primer instant que li va donar la vida, va començar a xuclar-li la força, com si fos un vampir.

En llegir el remitent, però, «Avel·lí Corner i Puig», el sentiment de neguit i ràbia va transmutar en desànim, i, esmaperdut, va estripar la carta pel mig. Feia temps que la relació amb el seu germà no era la d'abans, i ja no sabia gairebé com parlar amb ell, cada vegada més distants en idees, vides i voluntats. Però, fora de la mare, havia estat la persona més important a la seva vida, fins que va conèixer en Dionís. L'Avel·lí era la fortalesa, els dies que li defallia l'ànim, la roca immutable quan el terra es movia sota els peus i el pare que no tenia, perquè el real era l'ogre que el visitava en els malsons. Si aquella carta era de l'Avel·lí i li havia escrit allò que imaginava, li hauria de respondre i no seria suau amb ell, ni comprensiu, ni li estalviaria res, però aleshores tot estaria perdut entre ells, definitivament tallats els fràgils fils que encara els unien. No, no la llegiria.

«No, no ho faré», es deia amb decisió mentre les mans es movien frisoses per encaixar els dos trossos de la carta per permetre'n la lectura. La voluntat i el desig, dos estranys que gairebé mai no anaven de bracet en el garbuix de sentiments que era el seu estat d'ànim. I mentre no volia, es delia per llegir el verí que, de ben segur, li havia enviat el seu germà, embolicat en el caramel de l'amor que es tenien. Cada frase, un cop sec, cada mot, un cisell de foc, cada punt i a part, una passa que l'allunyava d'ell, esmunyedís, estrany, cada vegada més un intrús. La ferida d'aquella carta restaria oberta.

Va trigar dos dies a contestar a l'Avel·lí, però quan s'hi va posar, el dolor s'havia suavitzat, la ràbia era menys intensa i una serenor inesperada acaronava el moment, com si la calma fos el que sempre era, el preludi de la tempesta. «Et responc, germà», va dir-se, i va començar a dibuixar la grafia d'unes paraules antigues que feia segles que bullien al seu interior. «Estimat Avel·lí...».

A la tarda, ajaçat sobre el pit del seu amant, que

s'havia adormit després de fer-li l'amor, alguns fragments de la carta van començar a martellejar-li el cervell, com un soroll mut, que cridava en silenci. «Nosaltres, els miserables, els abandonats, els leprosos, nosaltres som un nou temps, un nou vent de la història, i res no ens aturarà, perquè som la revolució dels esperits i capgirarem el món, serà la venjança dels desvalguts...», pam, pam, «No és odi el que sentim per vosaltres, és ràbia...», pam, pam, «Si per un instant poguessis entendre la meravellosa força que ens empeny», pam, pam, «Què en saps, tu, de la meva vida? No he estat un fill de papà, he estat un desplaçat, un intrús, un estrany vivint la vida d'uns altres», pam, pam, «El papà és un explotador, un capitalista que ofega el poble, part de l'engranatge d'un sistema podrit que farem petar pels aires», pam, pam, «No, no l'he estimat mai». I lentament, amb el batec del pit d'en Dionís amansint-li els sentits, va anar calmant el neguit interior, definitivament convençut que ja no pertanyia a aquella família que havia estat la seva.

L'endemà, va enviar la carta a l'Avel·lí, deslliurat de dubtes i culpes, i just després va anar al calaix del despatxet que tenia a l'escola i va obrir el sobre que el pare li havia enviat el dia anterior. També en aquest cas va pensar a estripar-lo. Després va decidir que el deixaria al calaix durant setmanes, tal vegada mesos, com si condemnés les paraules del seu pare a una mort lenta i silenciosa. Però sentia una atracció malaltissa per aquell paper, que sabia que escopiria pus, perquè venia d'una llaga que mai no es tancava. Amb tot, no podia evitar l'atracció. «El corc, que sempre em rosegarà», es deia.

Finalment va obrir el sobre, decidit a no sentir-se abatut per res del que hi digués. La carta era molt curta. El pare l'informava que l'havia desheretat.

Foc

(1909)

«D'un pobre reservista / que a Melilla va anar,
us contaré la història / si la voleu escoltar.
Quan va esclatar la guerra / d'Espanya amb el
Marroc,
era un pobre reservista / que era casat feia poc.

Quan va cridar el Govern / tota la seva quinta,
tant ell com sa muller / van suar tinta.
I sola la deixà / complint així la llei
per anar-se'n a lluitar / per la pàtria i el rei.

Quan va arribar a Melilla / a tot el batalló d'ell,
el van destinar / a guardar un castell.
Va estar set o vuit dies / sense poder dormir,
vigilant que aquells «rifenyos» / no s'acostessin allí.

Quan va ser el primer foc / va ser l'hora arribada,
mirant al cel pensant / en sa esposa estimada.
I per poder salvar / de sa pàtria l'honor,
contra els moros lluità / mostrant-se un gran valor.

Al mig d'un foc de bales / i crits esfereïts,
als seus peus van caure / dos «jefes» malferits.
I en el camp de batalla / ell fou qui els va salvar,
barallant-se amb alguns moros / que els volien
rematar.

Més astúcia faltà / i tant fou el seu empenyo
que a cada cop de puny / matava un «cabilenyo».
I aquells braus oficials / que amb honra va salvar,
en paga de tal servei / una creu li van dar.

Un dia el valent «héroe» / damunt d'un roc molt
dur
escrivia una carta / de cara al Gurugú.
I a sa esposa explicava / tot el que havia fet
i en pensar se lamentava / que patia gana i set.

Li deia que al Rif / era brau com un toro
i li volia enviar / les orelles d'un moro.
Quan la carta acabà / bramaven els canons
i en anar-la a tancar / li va fer dos petons.

Un dia a l'avançada / el van destinar
i aquell dia una bala / en el camp el va matar.
Vora del seu cadàver / morien molts soldats
i un comboi se'ls emportava / per després ser enterrats.

Mentrestant sa muller, / confiant en l'esperança,
li escrivia a l'instant / que en fes bona matança.
Mes quan un dia trist, / la mort d'ell va saber
de sentiment, la pobra, / va morir també».

Cançó popular
de les Planes d'Hostoles (1909)

Noces de sang

«Fuig, Enric, fuig a França, fuig ara mateix». Tot i el temps passat, encara sentia una tremolor intensa quan recordava aquells crits d'en Lliberi, en plena nit, trucant enfollit a la porta de la seva cambra, a la fonda del Barri Xino on vivia des de feia mesos. Acabaven de detenir Ferrer i Guàrdia, «i també la Soledad, que se l'han enduta de males maneres, i tothom que coneixia en Mateu, Enric, i ja veuràs com tu i jo caurem». Les paraules d'en Lliberi li sortien a tropells, com si elles mateixes fugissin de la persecució que explicaven, sospitoses de ser còmplices de l'intent de regicidi. El bibliotecari de l'escola, Mateu Morral, havia intentat matar Alfons XIII el dia de les seves noces amb Victòria Eugènia, tot llançant una bomba, embolicada en un ram, des d'una finestra del tercer pis de la pensió del carrer Mayor de Madrid on s'allotjava, però l'artefacte es va enredar amb els cables del tramvia i no va caure damunt la comitiva reial perquè es va desviar en direcció a la multitud. La xifra de morts va superar la vintena. «Sembla que l'Orsini que ha fet esclatar ha matat quinze militars i molta gent que badava, i n'ha ferit més de cent, però el refotut rei se n'ha sortit», explicava en Lliberi a l'Enric, que, nerviós i apressat, encabia roba en una bossa de viatge.

Quan tot allò va passar, el juliol de 1906, feia un any que en Lliberi, el vell amic d'universitat de l'Enric, col·laborava amb l'escola, i tot i que no tenia una relació d'amistat amb en Mateu, coneixia aquell jove de Sabadell, fill d'un empresari del tèxtil, que havia abandonat l'empresa familiar per lluitar per l'anarquia, i que s'havia ofert a l'Escola Moderna «pel que calgui, de camàlic si s'escau». Però el que li agradava era treballar amb els llibres, perquè posseïa una àmplia cultura i parlava diversos idiomes, i així ho va reblar en Ferrer, «Seràs el nostre guardià dels llibres», i li va donar les claus de la biblioteca. Ordenava els volums, feia fitxes on anotava les característiques de cada obra, establia llistats per temes i es movia arreu per aconseguir ampliar el nombre de volums. A més, a les tardes traduïa obres d'anarquistes europeus, especialment de l'italià i de l'alemany, i així va començar a ser un home respectat per tothom. Era un jove de bon veure, de maneres refinades i verb arrauxat, i amb una força interior que feia que la majoria l'admiressin. L'Enric hi va fer amistat a partir d'uns escrits d'en Mateu que s'havien comentat molt a l'Ateneu. *Pensamientos revolucionarios de Nicolás Estévanez*, va llegir, i se'n va anar a veure'l, delerós de saber alguna cosa més d'aquell Estévanez que protagonitzava el llibre. «És el meu mentor, Enric, la meva font d'inspiració». I va saber així que Nicolás Estévanez era un militar canari de fortes conviccions republicanes. «Va participar en la Gloriosa!», li va dir en Mateu amb fervor, i afegia que havia entrat en crisi a la guerra de Cuba, quan van afusellar vuit estudiants de medicina, i que per això se n'havia anat de l'exèrcit, perquè deia que «*Antes que la patria, están la humanidad y la justicia*». «Has de llegir els seus escrits defensant l'autonomia de Cuba, i també de les Canàries, perquè era molt amic de Secundino Delgado, el gran heroi canari». Aleshores li explicava les trobades que havia tingut amb Estévanez al seu exili francès. «Sé alguna cosa d'aquells estudiants de medicina», li havia respost l'Enric, perquè recordava aquella història de les èpoques que el seu pare li parlava de la guerra de Cuba. I amb un inesperat orgull, que ni ell mateix es va reconèixer, va mussitar, «El papà ho va viure». Després vindrien moltes converses al capvespre, discussions animades sobre la vaga general, arran de les lectures dels articles que es publicaven a *La Vaga*, el diari que editava Ferrer i Guàrdia. També parlaven del paper de l'educació per crear éssers lliures des de la infantesa, i dels èxits que aconseguien, com la visita del savi Santiago Ramón y Cajal, que havia pronunciat una de les conferències dels diumenges per als pares dels alumnes. I tot i que no gaire sovint, algunes vegades parlaven de les bombes, «que acceleren la transformació social», segons deia convençut en Mateu. «Però també augmenten la repressió», responia l'Enric, i en Mateu reblava, «D'això es tracta, amic, d'això es tracta», i la idea de l'acció-reacció com a benzina de la revolució prenia cos en aquelles tardes abrandades. Un dia li va dir, «Enric, si acabes acceptant la necessitat de la violència, recorda que les Orsini són molt fàcils de fer», i aleshores li va donar un llibre del mateix Mateu, *Pensamiento revolucionario*, on feia una descripció acurada de com fabricar una bomba casolana.

De tot allò feia tres anys justos, de juliol a juliol, i a partir d'aquell moment el món s'havia enfonsat. Ajagut al llit de la seva cambra al pis del carrer de Bailèn, que compartia amb dos companys llibertaris i que era propietat del senyor Genís Tocadell, un comerciant de vetes i fils que tenia simpaties per l'anarquisme, els records d'aquells darrers anys de la seva vida li pesaven com una llosa. En tres anys havia perdut la feina, havia estat perseguit per la policia, s'havia exiliat, havia viatjat per Europa, s'havia fos l'amor de la seva vida i, novament, com si fos un càstig cíclic del destí, havia estat ferit per l'urpa del pare. De retorn a Catalunya, badava entre treballs marginals, amants ocasionals i conspiracions de baix sostre, i tot el que feia li recordava el fracàs de la seva existència. Havia perdut la grandesa d'una vida d'entrega a una causa, i per bé que la causa encara era grandiosa, ja no ho era la seva vida. «La bomba d'en Mateu havia de matar un rei, i ens va matar a tots nosaltres», es va dir, i aleshores imaginava un món sense reis, ni revolucionaris, ni bombes, el de la fraternitat universal que defensava Ferrer i Guàrdia, i aquella idea ja no li semblava un ideal lluminós, sinó una ingenuïtat inútil i letal, perquè l'ésser humà sempre seria un depredador que imposaria privilegis a través del poder i la força. Se sentia tan abatut que ni tan sols llegia els llibres que l'havien acompanyat durant tot aquell viatge llibertari, i per bé que continuava sentint-se un anarquista pur, convençut de la vaga general, de la destrucció de la propietat i de la necessitat d'una revolució que posés fi a la monarquia i neutralitzés el poder de l'Església, ja no pensava que allò ho poguessin aconseguir les noves generacions per mitjà de la formació lliure dels individus. «Potser», deia als companys amb creixent convicció, «només ens queda la violència».

S'havia convertit en un pessimista, un jove envellit pels estralls que havia patit el seu equilibri vital, construït amb el granit d'una feina que l'emocionava, un amor que l'omplia i un ideal que el motivava. Però no era granit, sinó sorra, i tot allò que durant un temps va ser perfecte va volar pels aires a causa d'una bomba que un company va llançar contra un rei, a sis-cents quilòmetres de distància. La vida devia ser allò, una suma caòtica de petites circumstàncies que alguna vegada, inesperadament, creaven un espai equilibrat on poder sentir-se feliç. I ell havia tingut la sort de trobar aquell moment vital, en què les emocions s'harmonitzaven amb les accions i l'existència adquiria un sentit profund. Però ara que ho havia perdut tot, es volia convèncer que la felicitat era una mentida, un respir al desesper i a la inevitable derrota. I quan aquells sentiments l'envaïen, l'envaïa també la ràbia.

La bomba de Mateu Morral havia desencadenat una repressió minuciosa i implacable, que va desfer el somni de l'Escola Moderna. Francesc Ferrer i Guàrdia, Soledad Villafranca, el periodista José Nakens, a qui van acusar d'haver amagat en Mateu a la redacció d'*El Motín* en la seva primera nit de fugida, i molts altres anarquistes rellevants van ser detinguts, acusats de complicitat amb l'autor de l'intent de regicidi, i l'escola va ser clausurada per sempre. Ferrer i Guàrdia va estar més d'un any tancat a la presó Model, i l'Enric, juntament amb en Lliberi i altres companys llibertaris, van esperar el seu alliberament allotjats al celler de la granja d'un pagès francès, membre del Grup Anarquista Espanyol de Perpinyà, que ajudava els companys exiliats que travessaven la frontera. L'home es deia Galdric i parlava el català del nord, amb un accent cristal·lí i un vocabulari afrancesat que els recordava que aquell tros de món pertanyia a la memòria catalana. I encara que l'Enric se sentia un ciutadà del món, i no volia saber-ne res de pàtries ni de banderes, «que no fan altra cosa que embrutir els homes», quan sentia en Galdric notava una certa pena pel seu petit país, tan castigat per la història. En una d'aquelles converses denses a les nits de Perpinyà, amb companys anarquistes vinguts de tota la regió, va sortir el tema de les nacions oprimides, i l'Enric es va sorprendre a si mateix verbalitzant un sentiment que hauria estat més propi del seu germà Avel·lí.

—Pobra Catalunya. Primer la van vèncer, després la van reprimir brutalment, més tard la van negar i ara, quan alça el cap, la fan culpable dels mals d'Espanya. També és una ànima maltractada.

—Som germans de tots els homes de la terra

—va respondre, amb contundència, un home d'edat avançada nascut a l'Empordà, a qui tothom considerava un gran teòric del moviment. I va afegir—: Les banderes són draps, com *naranges* són taronges, que diem a l'Empordà. Si us aferreu al sentiment d'una pàtria, oblidareu la causa de la humanitat. Les pàtries són com l'Església, com el poder, com els reis, com els déus, són instruments d'opressió del poble, l'enganyen, l'envileixen, el fan morir a les guerres, el fan odiar els de la pàtria veïna, són separadors de fraternitat.

—Però hi ha pàtries que són com el poble, que també han patit la repressió i han estat aniquilades. També hauríem de salvar les pàtries oprimides. Recordeu Lord Byron. No va ser noble la seva lluita per la independència de Grècia? No va morir per una causa bella? Potser hi ha pàtries que val la pena salvar —va dir l'Enric, tot i que amb menys convicció.

Quan va rebre una allau de respostes crítiques, i la conversa va continuar fins a perdre's en disquisicions abrandades sobre nacions i poder, i sobre l'ideal d'una civilització global, sense banderes, ni déus, ni fronteres, va decidir callar. En Lliberi, entre sorprès i divertit, li va etzibar, «Noi, has tingut una petita febrada patriòtica. Et passarà».

També va ser a Perpinyà on va conèixer el famós Charles Malato, de qui Ferrer i Guàrdia deia que era l'anarquista més lúcid del món. Precisament a causa de la seva amistat amb el català, Malato acabava de ser imputat a França com a còmplice de l'atemptat contra Alfons XIII, i quan va reunir-se amb el grup de Perpinyà, a l'espera del judici, els va dir que havien d'estar preparats per patir aquella mena d'atacs i falsedats, perquè eren revolucionaris i el sistema de poders que dominava la societat intentaria tallar el cap a tots els líders per esclafir la revolució. «Però, companys, som l'hidra dels mil caps, si en tallen un, en sortiran deu més, perquè som els hereus de la terra i ens mou la força de la llibertat», els deia. Després els va explicar que havien d'usar els mateixos mètodes bruts que feia servir el poder, i que tot valia per embrutir i desacreditar els enemics del poble. Aquella nit l'Enric va pensar que la intel·ligència del món estava amb l'anarquisme.

Després de Perpinyà vindria una de les èpoques més intenses de la seva vida. Ferrer i Guàrdia i la Soledad, que, després de la ruptura d'en Francesc amb la Clemència, era la seva companya sentimental, havien arribat a París i volien crear una lliga internacional a favor de l'educació racionalista, amb la idea de continuar a Europa l'experiència pedagògica de Barcelona. L'Enric es va unir al grup d'anarquistes que volien tirar endavant el projecte, i a París va retrobar Malato i va conèixer Eugène

Fournière i altres grans pensadors del socialisme llibertari, que acompanyaven Ferrer i Guàrdia en el seu projecte pedagògic. Des del primer moment, l'activitat va ser frenètica, reunions, contactes, creació d'un comitè internacional, primers passos de la formació de la *Ligue internationale pour l'éducation rationnelle de l'enfance*, amb l'escriptor Anatole France de president d'honor, edició de la revista *La Escuela Laica*... «Ni un moment per avorrir-se», li deia la Soledad quan el veia tan atrafegat, i l'Enric li responia «Millor, Soledad, millor, així s'escampen les boires del cap».

«Del cap i del cor», afegia per a si mateix, convençut que tot aquell tràfec motivador i intens l'havia ajudat a reconstruir-se. Quan l'Enric va arribar a París, feia dues setmanes que la relació amb en Dionís s'havia trencat definitivament, després d'uns mesos de lent comiat. Primer va ser la distància física, durant l'estada clandestina a Perpinyà, però ben aviat es va afegir una distància emocional, que creixia a mesura que les trobades es feien més esporàdiques. En Dionís va visitar-lo algunes vegades a Perpinyà, i d'altres l'Enric travessava el Pirineu i quedava amb ell en una fonda als afores de Figueres. I tot i que el foc sexual continuava intens i quan es trobaven es fonien en abraçades i petons, embogits de desig, l'Enric va adonar-se ben aviat que només quedava aquell foc carnal, esllanguit l'amor que s'havien tingut. No va ser una ruptura en sec, ni aspra, ni abrandada com l'havia imaginat sempre, sinó un anar-se deixant suaument, com si fos una llàntia que s'anava quedant sense oli, fins a apagar-se del tot. I quan en Dionís li va dir «No tornaré, Enric, seria un engany», ell va saber que era cert, que feia temps que n'hi havia un altre, i que aquella relació era una mentida. Però no es va sentir ferit, ni abandonat, sinó tan sols trist, amb una tristesa tan fonda que no permetia les llàgrimes ni els laments, només la fosca solitud. Va ser aleshores quan va començar a escriure, primer uns poemes i algunes reflexions, després un dietari, i aquelles estones d'escriptura es van convertir, ben aviat, en un ritual balsàmic que l'ajudava a temperar el profund desconcert que el tenallava. Com si fossin les crosses de la seva vida coixa.

Sempre m'he trobat perdut. I això no vol dir que no sàpiga cap on vaig, ni quin és el sentit de la meva vida. Al contrari, sé qui sóc i amb qui faig camí, perquè pertanyo a una família nova i lluminosa que vol capgirar el món. Sóc un guerrer, un soldat de la revolució, un constructor d'utopies, un revoltat. No reconec el país on vaig néixer, ni la família que em va crear perquè m'he construït a mi mateix, i la meva pàtria és el món. Tinc un ideal, pertanyo a un moviment, sé qui sóc i qui vull ser, i he conegut l'amor. I, tanmateix, encara em trobo perdut.

Aquest neguit que mai no descansa, aquest corc interior que em rosega les entranyes i em recorda que visc entre ombres, fugitiu de mi mateix, eternament condemnat a no estimar-me. I sí, m'enganyo, avanço coratjós i convençut, com si el camí fos pla i conegués la drecera, però és tot mentida, perquè cada dia és costerut i em perdo una vegada i una altra, presoner de les meves pors. Per això estimo els homes, perquè cerco la solidesa que no tinc? El meu amant em deia que el desig i l'amor no tenen preguntes, i, alhora, sempre ofereixen respostes. I és cert que vaig trobar respostes en el seu cos, en els seus petons, en el seu foc, però mai no van apaivagar el neguit. No sé estimar-me, i camino d'esma cercant l'estima dels altres, amb l'esperança que omplin el meu pou sense fons. I en algun moment ho he aconseguit, sí, hi ha hagut un temps en què m'ha semblat que era feliç, i aleshores m'he alçat i he mirat la vida a la cara. Però era un miratge, perquè em sostenia l'amor d'un altre, i no la meva pròpia seguretat. I ara que el miratge ha desaparegut, he tornat al desert del meu interior, i les ombres han tornat a senyorejar en la meva ànima. Mai no seré feliç, però anhelo trobar petits oasis on, de manera inesperada i, alhora, intensa, visqui el miratge de la felicitat. Em conformo amb els bocins, rosegador de petites emocions que em calmen la fam.

Després de la creació de la Lliga Internacional, l'Enric es va afegir a la gira que Ferrer i Guàrdia va fer per tot Europa, per França, Bèlgica, Alemanya i Anglaterra, van anar on tenien interès per conèixer les bondats de l'educació racionalista. En les conferències i presentacions, el pedagog parlava de la revolució de les idees, de la formació d'éssers lliures, deslliurats dels prejudicis i els dogmes, i sempre aprofitava per denunciar el poder absolut de l'Església catòlica espanyola, que considerava la principal culpable del que ell anomenava l'«alienació del poble». «Per això t'odien els bisbes i et volen mort, que ja veus que han començat una croada en contra teu. Quantes vegades t'han excomunicat, Francesc?», li deien els companys entre rialles, i sempre hi havia algú que afirmava que havia estat l'Església qui l'havia implicat en l'intent de regicidi de Morral, «que volien aprofitar la bomba per desfer la teva obra», li deien, i la majoria assentia, convençuda. «Però encara sóc viu, i si han matat l'Escola Moderna, no mataran mai el seu esperit», responia en Francesc, i el cor assentia amb renovada esperança. Se sentien imbatibles, perquè eren els constructors del futur.

De tot el grup que acompanyava Ferrer i Guàrdia per Europa, l'Enric tenia especial veneració per Soledad Villafranca, a qui en Francesc anomenava Soli. L'havia coneguda tan bon punt va arribar a l'escola, quan la Soledad va començar a fer classes d'estudis elementals als nens més petits, però no va ser fins a la gira per Europa que va tenir l'ocasió de fer-hi amistat. Era una dona d'uns vint-i-tants, d'una bellesa torbadora, formes voluptuoses i ulls foscos tan penetrants, que sovint desconcertaven a qui miraven. L'Enric tenia la impressió que era la dona més bella que mai havia conegut, i alguna nit, quan la mà es perdia cercant el plaer solitari, havia notat, amb sorpresa, que la Soledad l'excitava. Però allò que la convertia en una dona realment especial era la seva brillant oratòria, tan captivadora, que quan ella parlava, callava fins i tot en Ferrer, que no amagava l'admiració que sentia per la seva amant.

Una tarda, tot berenant sols en un petit cafè de la Grand-Place de Brussel·les, mentre esperaven l'arribada dels companys, la Soledad va parlar-li de la seva vida. Era filla d'un sergent d'artilleria d'un poblet de Navarra, «Aoiz, segur que no el coneixes», que havia mort quan ella tenia cinc anys. La seva mare es va traslladar amb tots els fills a Pamplona, on va regentar un estanc, fins que el 1902, quan la Soledad tenia vint-i-dos anys, va emigrar a Barcelona. «La mare és molt dura, és una dona que ha fet créixer nou fills tota sola, sense cap altre ajut que la seva força i la seva constància. La veig com una mare del poble, com una maternitat universal, i tot i que ella no entén el que jo faig, i s'avergonyeix de la meva vida, que diu que és pecaminosa, en realitat forma part de la nostra revolució, Enric, com totes les dones com ella. Sense saber-ho, són la forja de la nostra fortalesa».

Aleshores li parlava del paper de les dones, del nou món que només es podia construir amb la mirada femenina, «perquè nosaltres sabem mirar l'ànima humana», i li assegurava que ella dedicaria la vida sencera a l'ideal llibertari. I de ben segur que devia ser cert, sobretot a la família de la Soledad, perquè totes les germanes estaven implicades en la lluita anarquista, la mateixa Soli estava aparellada amb Ferrer i Guàrdia, la seva germana Ángeles, casada amb Joan Colominas, que era l'administrador de les publicacions de l'Escola Moderna, i la María, una altra de les germanes, era la companya de José Robles, mestre racionalista molt culte i company de l'Enric a l'Escola. «Sou una nissaga d'amazones!», va dir l'Enric un dia a la Soli, en una d'aquelles tardes desvagades, i a mesura que avançava la confiança, les converses es feien més íntimes.

«Sóc una dona lliure», li va respondre mirant-lo de fit a fit, amb una intensitat gairebé feridora, quan l'Enric li va preguntar si havia pensat a casar-se amb en Francesc, i va afegir, «Som dos éssers lliures que ens estimem quan volem i perquè volem, i cap paper serà un contracte més indestructible que el de la llibertat». En pronunciar aquells mots intensos, l'Enric va desitjar abraçar-la com mai no havia abraçat una dona. Se sabia enamorat de la Soledad, però no amb l'amor carnal que havia sentit per en Dionís, sinó amb una mena d'amor espiritual, on no existia el sexe, ni el compromís, ni les promeses eternes, sinó només el fet de saber-se a prop l'un de l'altre, compartint el camí. Era un home que desitjava els homes, però amb la Soledad va descobrir que també podia estimar les dones. I quan, setmanes després, en un passeig per París, la Soledad li va dir que sabia el seu secret, lluny d'espantar-se, es va sentir alliberat. Si algú al món podia donar-li les claus per acceptar-se, més enllà de tot interès i de tot prejudici, era, sens dubte, la Soledad. Al capdavall, també ella era una proscrita, una dona fora de les normes, perquè vivia lliurement la seva sexualitat. I aquella idea de tenir un còmplice, algú que sabia el que era enfrontar-se als prejudicis més arrelats, els que tenien a veure amb l'amor i amb el sexe, el va fer sentir menys sol.

Va ser de sobte, en un bistrot del moll Malaquais, a tocar del Sena, mentre esperaven per trobar-se amb en Francesc, que havia anat a veure l'escriptor Anatole France per segellar l'acord per la presidència de la Lliga en Defensa de l'Escola Racionalista. Ferrer i Guàrdia havia tingut moltes reunions amb France, amb qui compartia el compromís crític i a qui admirava des de l'època del cas Dreyfus, quan França va embogir d'odi antisemita i Émile Zola va liderar, amb el mateix Anatole France i amb George Clemenceau i Jean Jaurès, la lluita per exonerar el capità Alfred Dreyfus, jutjat injustament per traïció, a causa de la seva condició jueva. L'Anatole va arribar a tornar la Legió d'Honor que li havien atorgat, quan el govern la va retirar a Zola, i la seva lluita per separar l'Església de l'Estat era tan ingent com la que va emprendre per defensar els drets sindicals. «La França de les llums ha vist com el seu gran poeta Paul Valéry animava la persecució dels jueus», deia Ferrer i Guàrdia quan parlava de l'escàndol Dreyfus, i afegia que la cultura no salvava ningú de la intolerància i el prejudici, «perquè tots estem alienats per un sistema podrit, i només ens en sortim quan el combatem». I aleshores afirmava que el «J'accuse», la carta que Émile Zola va publicar al diari *Aurore*, adreçada al president de la República, on s'enfrontava als poders francesos que havien orquestrat la persecució contra el capità jueu, era un dels textos de denúncia contra la injustícia més extraordinaris que s'havien escrit. «I tan ben escrit!», repetia sovint.

En aquell París en ebullició intel·lectual, on el socialisme llibertari, el sindicalisme, la lluita contra la propietat i la vaga general convergien a les reunions socials, als fòrums de debat i als articles de premsa, la nova pedagogia racionalista de Ferrer i Guàrdia va trobar l'acollida esperada. «El senyor France acceptarà la presidència honorífica», li va dir, convençuda, la Soledad, mentre xarrupava una tassa de xocolata desfeta. Feia una estona que havien acabat una reunió amb un grup d'estudiants socialistes que anaven a les classes universitàries de Jean Jaurès, i després havien fet via cap a la Librairie de France, la llibreria de la família de l'Anatole, on l'escriptor tenia el despatx. I va ser allà, en un moment desvagat, amb la tassa de xocolata desfeta a la mà, mirant per la finestra, quan la Soledad va deixar caure aquell «Conec el teu secret» que hauria estat una bomba si no fos perquè ho va dir com qui parla del temps. I així, d'una manera despreocupada i indolent, com si l'homosexualitat fos tan anecdòtica com ser ros o bru, van començar una conversa íntima en què l'Enric va anar desfent, volta a volta, la troca de les seves pors. Per primera vegada, algú parlava del seu desig masculí sense tractar-lo com una malaltia, ni com una maldat, ni com una perversió derivada de l'educació catòlica, sinó senzillament com una manera més d'estimar. «No miris mai el sexe del teu enamorat, Enric, mira només la força del teu amor». I aquell dia, en el cafè davant la Librairie de France i al bell mig de la gent,

l'Enric no va refrenar l'impuls d'abraçar la Soledad, i quan ella el va estrènyer amb força, va començar a plorar.

Després vindrien moltes altres tardes amb xocolata desfeta, en què les converses sobre l'escola racionalista, la revolució llibertària i la vaga general es barrejaven amb petites confessions sobre la vida i l'amor, i també sobre el desconcert que provocaven. L'Enric va trobar en la Soledad una barreja de companya de lluita, amiga de confessions i amor asexual, i si era capaç d'imaginar una dona ideal, només podia imaginar-la amb els pits abundosos, el cabell sedós, la veu dolça i la força interior de la Soledad. Era la dona que l'hauria fet embogir d'amor, si no fossin els homes els que el feien emmalaltir de desig, i aquella descoberta d'una relació possible amb una dona, on hi havia sentiments arrauxats sense delit sexual, li va produir una certa sensació d'aixopluc. Molts companys asseguraven que Mateu Morral estava bojament enamorat d'ella, i que havia posat la bomba contra el Borbó per demostrar-li valentia i amor, però tot i saber la fascinació que certament sentia per la Soledad, l'Enric no creia que aquell en fos el motiu. Al capdavall, Morral sempre havia tingut clar que les Orsini eren companyes efectives de la revolució llibertària, i tard o d'hora havia de passar que en fes alguna de grossa. A més, ara que se sabien els detalls de l'atemptat, l'única cosa certa era la premeditació minuciosa amb què l'havia preparat. Els diaris fins i tot deien que uns dies abans se'n va anar al parc del Retiro i va gravar un missatge en un arbre...

«*Ejecutado será Alfonso XIII el día de su enlace. Un irredento. Dinamita*»...

...era la sentència.

Una tarda, durant una reunió on s'estava produint una baralla agra entre els defensors de les tesis de l'italià Malatesta, que creia que calia intervenir en el sindicalisme perquè no acabés sent un mer instrument de l'Estat, i els defensors de les tesis contràries del rus Kropotkin, l'Enric va perdre's mentalment en els llavis de la Soledad. «Són perfectes», va dir-se mentre s'imaginava resseguint-los amb la punta del dit, a poc a poc, gairebé sense tocar-los, i va desitjar besar-los. Però a la nit, estirat al llit, aquella petita excitació que havia notat, i que no era la primera vegada que sentia per la Soledad, va quedar en no res, i quan va voler donar-se plaer, va ser el record de la boca carnosa de Jean Jacques, un anarquista francès que els ajudava a editar la revista, el que va empènyer el moviment de vaivé de la seva mà damunt el seu membre. Li hauria agradat desitjar sexualment la Soledad, desitjar-la de veritat, de la manera abrandada i folla amb què desitjava els homes. «Seria tot tan fàcil, aleshores». La mossegada de la carn, però, no es delia per la pell suau de les dones, i res no podia fer per impedir-ho. «Aprendràs a estimar-te», li havia dit en Dionís la primera vegada que van fer l'amor, i durant un temps va creure que n'havia après. Però quan en Dionís el va deixar, el neguit va tornar a rosegar-li les entranyes, com un intrús ferotge i violent que no podia foragitar ni destruir. I era allà, febrós i espantat, tot sol al llit, amb la mà sacsejant el seu membre, imaginant-se que aquell jove francès el trencava per dins, amb un sexe violent i brutal. Quan va culminar el ritual onanista, va quedar-se abatut, amb una sensació de solitud tan profunda, que li va semblar que l'ofegava. Va aixecar-se del llit, tentinejant, i es va asseure a terra, en un racó de l'estança, amb les mans agafades a les cames i la mirada perduda en la foscor. Aleshores va saber que mai no tindria pau, perquè era ell qui es menyspreava a si mateix, i aquell odi al que era, aquella por que el tenallava, no desapareixerien, perquè formaven part de la seva mateixa naturalesa. Ras i curt, s'odiava, i si hagués pogut fugir del seu cos, ho hauria fet sense dubtar. Però era un presoner d'ell mateix.

«Ho escriuré tot», va dir-se, després d'una estona de cremor i de ràbia, «potser així, si ho entenc, aprendré a suportar-ho». I a la llum d'un quinqué, va enfilar uns mots porucs...

Sóc un revolucionari. És a dir, em sento cridat a sacsejar de soca-rel el món en què visc, i ajudar a escriure'l amb paraules dretes, alçades, que no narrin el domini dels poderosos sobre el poble. Pertanyo a una família de combatents de la llibertat i de la justícia, les causes més nobles que existeixen. No crec en déus opressors, i odio els capellanots i els bisbes i tot el mecanisme de poder i repressió de l'Església, autèntic martell d'alienació i dolor. I somio que aviat no hi haurà reis que imposin la seva raó de privilegis i poder, gentota envilida i perniciosa. Capgirarem el món, i quan torni a estar dret, els nens hauran estat educats en la tolerància i en la raó, i mai més no haurem de dedicar la nostra vida a lluitar contra el mal.

I tanmateix, si tan noble és la meva fita, si anhelo somnis tan elevats, si em veig capaç de trencar l'ordre que durant segles ha regit la societat, per què no sóc capaç de fer el mateix amb les cadenes que em tenen esclavitzat? Miro enfora, i veig un món per canviar. Miro endins, i només hi albiro un presoner temorenc i infeliç que cerca desesperadament el raig de llum del matí, que penetra a la cel·la. Però visc en la foscor, perquè odio el que estimo, menyspreo el que em dóna plaer, voldria destruir el que sóc. La Soledad diu que els prejudicis que assenyalen els homes com jo són una maldat dels altres, i que no puc negar-me a mi mateix. I quan estic amb algun amant ocasional que em dóna el plaer prohibit, durant aquella estona fugaç m'accepto, fins i tot m'estimo, i el món sembla menys inhòspit. Però després surto a la llum del dia i tinc companys i amics, i sóc membre d'una família revolucionària, i tothom m'accepta i m'estima, però ho fan perquè no saben la meva naturalesa. Què dirien de mi, si sabessin que embogeixo pels homes? Em compadirien, em rebutjarien, intentarien sanar-me? Tot... menys acceptar-me. Com ho faria el pare, i l'Avel·lí i tal vegada la mare... Per què m'han de fer patir tant?

Però no són ells, no ho són, sóc jo, jo sóc el primer que es menysprea, que i es compadeix i es rebutja, enemic de mi mateix, i si no aconsegueixo alliberar-me d'aquest enemic interior, mai no podré tenir calma. És la foscor de la meva ànima, la que m'ennegreix la vida.

Després d'aquella nit en van venir d'altres d'igualment tortuoses, i així va anar fent de dia, tot vivint una vida lluminosa, plena d'activitats, reunions i viatges, de lluita per l'ideal, i alhora fosca, reclòs en les seves nits sense calma. «He après a viure esquinçat», i esquinçat entre els seus dos jo, va continuar el camí durant aquells anys frenètics.

El retorn a Barcelona es va produir amb la mateixa naturalitat amb què va anar refredant-se l'admiració que sentia per la Soledad. A poc a poc aquella dona única i excepcional va començar a mostrar febleses, defectes, insolències, i en adonar-se que era una gran dona, però només una dona, l'Enric va entendre que s'havia inventat un ideal, perquè necessitava una deessa. Ja no li abellien les tardes amb xocolata desfeta i petites intimitats, i fins i tot en algun moment va témer que no hagués guardat el seu secret, i va començar a mirar-la amb un halo de sospita. «El meu cervell està malalt», es deia per combatre aquelles idees, però la desconfiança havia fet el niu, i a poc a poc es va anar sentint un intrús. I si bé en Ferrer i la Soledad tenien previst tornar a Barcelona cap al juny, l'Enric va decidir no esperar-los i va avançar el retorn. I així va ser com el 15 de gener de 1909 feia cap a la casa del carrer de Bailèn, on li havien dit que tindria un aixopluc segur.

Barcelona era la mateixa que havia deixat tres anys enrere, i alhora li semblava una estranya. Continuava sent un calaix de sastre, amb una barreja de burgesos, menestrals i proletaris, sempre vigilats per monàrquics i militars, que li donaven un color virolat i la situaven, tothora, al llindar del conflicte. Durant aquells tres anys a l'exili, la tensió política entre els republicans lerrouxistes, els catalanistes de la Lliga, ara transformada en Solidaritat Catalana, i els sindicalistes anarquistes s'havia fet encara més violenta, i l'Enric va tenir la impressió que tot havia canviat perquè res no canviés. Tot excepte el que ell va considerar la notícia més important des que existien les lluites obreres. Feia dos anys que havia nascut Solidaridad Obrera, gràcies a l'impuls de socialistes i anarquistes, entre d'altres el Noi del Sucre i Antoni Badia i Matamala. També va ser cabdal la dotació econòmica de Ferrer i Guàrdia, que va permetre comprar el local i ben aviat publicar la *Soli*, la revista del sindicat. En la seva creació també hi va participar un gran amic de l'Enric, Tomàs Herreros, amb qui havia estat al grup àcrata de debat Quatre de Maig, i un home que admirava profundament, Anselmo Lorenzo, amb qui havia tingut l'ocasió de parlar durant les èpoques en què freqüentava la lògia maçònica. L'Anselmo era un gran maçó, reconegut entre l'organització com un mestre, i també com un referent cabdal de l'anarquisme, i fins i tot havia arribat a conèixer Marx i Engels el 1871, quan va ser el delegat clandestí de Catalunya a la conferència de Londres de la Primera Internacional de Treballadors. Amic personal de Ferrer i Guàrdia, va ser l'Anselmo qui va traduir les obres de Piotr Kropotkin i Élisée Reclus per a l'Escola Moderna.

Tot i que acabava de néixer, aquella organització podia suposar l'impuls definitiu per a un gran sindicat anarcosindicalista, i en els debats abrandats en què l'Enric participava la convicció que aquell seria l'instrument definitiu per a l'èxit d'una gran vaga general era ferma. «Si haguessis estat al míting del Palau de la Música de fa uns mesos, hauries vist quin cant era a la revolució, amb tot l'espai ple. Érem tants anarquistes, que petava de gent, no hi cabia una agulla. Som molts, company, molts, cada dia som més, i ho aconseguirem, aconseguirem aturar tot Barcelona», li deia un amic que seia a prop i que es delia per explicar-li els avenços d'aquells darrers mesos.

«Aconseguirem aturar tot Barcelona», es repetia a les reunions i a les converses indolents, i en l'ànim de tots els sindicalistes que preparaven la vaga, i el manifest fundacional que havia publicat la revista *Tierra y Libertad* era analitzat frase a frase, idea a idea, com si fos un nou catecisme de la fe llibertària...

«*Como clase obrera, sólo podemos tener un fin común, la defensa de nuestros intereses, y sólo un ideal puede unirnos, nuestra emancipación económica, que transforma el régimen capitalista actual, basado en la explotación del hombre por el hombre, por un régimen social fundado sobre la base racional del trabajo por la solidaridad humana*».

L'Enric no havia trigat gaire a retrobar-se amb Tomàs Herreros i la resta dels vells companys, i la seva implicació amb el sindicat va ser immediata. Va notar el seu amic més combatiu que mai, tant en la lluita sindical, que ocupava la major part de les seves energies, com en el seu aferrissat combat contra Alejandro Lerroux, a qui considerava un estafador dels obrers. No havia llegit el llibre que en Tomàs va dedicar a Lerroux, però el títol era una inequívoca declaració d'intencions: *Historia de una infamia relatada por el mismo obrero que ha sido víctima de ella.* Per a ell, Lerroux era un populista mentider i demagog que inflamava els instints primitius de la gent, que s'aprofitava de la misèria i la fam, i que atiava la violència de les masses, mentre ell pactava amb els poderosos.

—És un agent del poder, un trafolla, un enredaire que desperta els pitjors instints del poble, que no són els revolucionaris, sinó els venjatius, sense fites ni ideals.

—No crec que sigui tan dolent com dius. No oblidis que ha tingut gestos valents i que ara està exiliat, després de la condemna de dos anys de presó per defensar en Nakens, quan el van inculpar per la bomba d'en Mateu. Potser és un incendiari, però és un republicà convençut.

—Un què? Aquest vendrà la pell del poble quan en tingui la primera ocasió. Fixa't quins són els seus enemics. Nosaltres, Enric, nosaltres. Ja ho veus, aquest emperador del Paral·lel de pa sucat amb oli, que tot el dia parla de cremar convents i fer la revolució. I a qui odia? A nosaltres, els revolucionaris de veritat, els anarquistes...

—Bé, no t'oblidis de l'odi que també té als burgesos de la Lliga, que sembla que vulgui penjar-los tots.

—Però no els ataca per burgesos, company, no et confonguis. No és un atac revolucionari, no és com nosaltres, que els ataquem perquè estem implicats en una lluita de classes, no. Ell els ataca perquè són catalanistes...

...i aleshores comentaven els articles de *La Publicidad*, on Lerroux usava un verb incendiari, que tant podia fer servir per atacar l'Església catòlica, com per enviar improperis furibunds contra el sindicalisme anarquista, o contra «*la pérfida burguesía catalanista que supura pus de odio a la noble España*». «Farà mal, molt de mal, aquest tafur fastigós», i les converses relligaven l'odi a Lerroux amb la consolidació del sindicat, la preparació de la vaga general i, des de feia uns mesos, les notícies que arribaven des de l'Àfrica, on s'endevinava una guerra propera.

Va ser aquella guerra que estava a punt d'esclatar la que feriria l'Enric amb un tall sec i inesperat. I per bé que seria una ferida sense sang, cap no sagnaria com aquella.

Les notícies arribaven a tropells i totes duien mals averanys. Els cabilencs del Rif acabaven d'atacar, a ganivetades, els treballadors d'una caseta espanyola que protegia la construcció d'un ferrocarril que anava des de Melilla fins a les mines de ferro, propietat del comte de Romanones i de la família Güell, emparentats amb el marquès de Comillas. El telegrama del governador militar de Melilla, el general José Marina Vega, adreçat al ministre d'Estat, va disparar les alarmes...

«*Ocho mañana, grupos de moros acuchillaron a varios trabajadores vías férreas. Inmediatamente salí con fuerzas cañoneando enemigo y atacando, desalojándose tres alturas hasta Yebel Sidi Ahmed el Hach. Combate terminó a eso de las trece, quedándome en posiciones conquistadas. Hasta ahora se conocen bajas un oficial muerto y dos heridos y unos treinta de tropas entre muertos y heridos*».

Després d'aquell atac, en va venir un altre i un altre, i l'esclat de pólvora va tronar a la Península. El gran negoci que s'estava forjant a l'Àfrica començava a perillar a causa de les incursions berebers, i la maquinària del triumvirat que sostenia el poder d'Espanya —l'exèrcit, les grans fortunes i la monarquia— va activar la guàrdia. Els titulars dels diaris es van posar al servei de la causa, i van començar a sonar les trompetes de l'infern. «*Marroquíes desleales a la generosa nación española*», cridava el general Marina des del Gurugú, i la premsa replicava: «*Cobarde agresión. Españoles muertos*», mentre relatava l'esforç d'Espanya per portar el progrés a aquelles terres desagraïdes. Només es tractava d'una revolta delictiva, assegurava Maura des de la presidència, i reduïa la contraofensiva espanyola a una mera operació policial. El 10 de juliol, però, va signar el decret de mobilització de tres brigades mixtes, i quaranta mil homes van ser cridats a preparar-se per a la guerra, entre d'altres les lleves posteriors al 1903, cosa que implicava la mobilització d'homes casats, la majoria amb fills. La tercera brigada havia de provenir de Catalunya, i va ser l'única que va rebre l'ordre d'anar immediatament al front. Des de les pàgines d'*El Poble Català* el periodista Antoni Rovira i Virgili escrivia articles enfurismats contra el colonialisme i la servitud del poder als interessos de les grans famílies espanyoles, i el diari es preparava per a una gran revolta contra la guerra...

«Pren força el rumor que els proletariats català i espanyol es preparen per començar la seva acció contra la guerra. Serà una protesta de carrer, violenta i cridanera? Oh, no! La força dels obrers no resideix en el soroll agressiu, sinó en la resistència. En lloc d'aixecar a l'aire els braços, els proletaris els encreuen i combaten. I contra això, contra aquesta actitud, quin poder, quina voluntat pot triomfar?»...

...per acabar reblant, «Nosaltres fem costat dels obrers en tot i per tot en aquesta hora decisiva». I si a *El Poble Català* prenien una posició clara, a *La Publicidad* les proclames lerrouxistes cridaven a la revolta. L'atmosfera es feia pesant a mesura que la idea d'una aturada obrera prenia cos. «Fins i tot Pablo Iglesias, que és un poruc, ha parlat de fer una vaga general, si continuen enviant treballadors a la guerra», comentaven a les reunions sindicals, i els líders de Solidaritat Obrera es preparaven per fer-la possible.

Atrafegat i alhora excitat pels esdeveniments, amb un ànim renovat que no tenia des que havia tornat, l'Enric va dedicar-se, amb totes les seves energies, a aquella preparació. No es podia repetir el fracàs de la vaga del 1902, i ara que tenien el poderós instrument d'un sindicat unificat, res no podia fallar. «Dilluns, la general!», es deien els uns als altres, a manera de salutació, i aquell bon auguri que repetien com una lletania era un corrent d'energia revolucionària que traspassava les membranes auditives i aterrava en la zona del cervell on es congrien les esperances.

Aquell matí el tenia especialment ple. Havia d'anar a reunir-se amb la societat de tipògrafs i més tard amb la de confiters, on l'esperava Salvador Seguí, que era un jove sindicalista que fascinava l'Enric perquè li semblava el millor orador que mai no havia sentit. «Serà un gran líder», repetia sovint, però no tots els companys compartien la seva admiració. «Va massa per lliure», responia la veu de la malfiança. I després de la reunió amb Seguí, uns quants havien quedat per dinar amb la Societat de la Dependència Mercantil, el poderós gremi d'Antoni Badia. Quan en Jep, un dels companys de pis de l'Enric, amb la seva parsimònia habitual, li va fer un crit, «Riquet, vénen a veure't», va imaginar que seria un amic amb algun encàrrec i va sortir animat, amb el tors nu i amb un «Salut, company» que va quedar a mig pronunciar. Va trigar uns segons a adonar-se de qui era aquella dona grassa, carregada de joies i embotida en un vestit impossible, que li somreia lleument. «Què feu aquí, mamà, com heu sabut on era?», va preguntar, desconcertat. I amb una veu mig plorosa, la mare de l'Enric li va dir, «Et pensaves que no sabíem que havies tornat, que no sabíem on eres? Mai no hem deixat d'amoïnar-nos per tu, ni el teu pare ni jo». I aquell matí de juliol del 1909, assegut en una banqueta del menjador de la casa del carrer de Bailèn, en plena preparació d'una vaga general contra les lleves de soldats enviats a morir a l'Àfrica per defensar les mines de ferro dels poderosos, inflamat per l'ideal de lluitar contra la injustícia, la mare de l'Enric li va dir que havia estat cridat a files. «Però no t'has d'amoïnar de res. El teu pare, que t'estima més del que et mereixes, fill meu, ai Déu meu, encara que faci tres anys que no et veu, el pobret ha pagat els sis mil rals de la soldada, i no hauràs d'anar a la guerra». I va reblar, «Enric, el teu pare t'ha salvat».

«No!», es va sentir al menjador, i també al carrer, on badaven unes dames que miraven l'aparador d'una botiga de roba, i va saltar damunt el tramvia que transitava indolent, carrers enllà, i després va esclatar a la seu del sindicat, on els companys preparaven les estratègies de combat, i tot travessant les muntanyes va repicar a la casa de Perpinyà on s'havia estat refugiat durant l'exili, i més enllà, va passejar per un cafè d'una plaça de Brussel·les, i en una tassa de xocolata, prop del Sena, va acabar ofegat. «No!», i ja no va ser un crit poderós, sinó un lament, un plany que maldava per arrelar a la gola, un somicó que a penes semblava un so. «No!», i la mare se'n va anar, desanimada i encara plorosa, sense haver aconseguit una abraçada del seu fill.

Assegut a la banqueta, mirava embadalit un cartell de l'Escola Moderna que tenien penjat a la paret. «*Boletín de la Escuela Moderna. Enseñanza científica y racional*», va llegir com un autòmat, va restar esmaperdut durant uns minuts. «No ho ha fet perquè m'estima, ho ha fet perquè vol mostrar el seu poder, perquè sóc una joguina per a ell, un titella», anava repetint-se, en una lletania de nen petit. Després, com si es despertés d'un malson, el fetge va disparar la fel, li va pujar gola amunt, li va cremar l'alè i al llindar dels llavis va disparar la munició carregada durant anys de ràbia. «Desgraciat!», va cridar. «No deixareu mai d'humiliar-me», i va començar a llençar per terra els pocs mobles de l'estança.

En algun instant d'aquell rampell de fúria, la llavor d'una idea fosca li va començar a arrelar.

«*A SUS ÓRDENES, GOBERNADOR*»

Acabaven de sortir de la reunió i, tot i que el moment no permetia tenir una tranquil·litat gaire estable, les garanties del capità general els van deixar més calmats. La conversa va ser tensa, però no per culpa del grup de prohoms que havia demanat la reunió, sinó per l'estrident baralla entre el governador Ossorio i el capità general, Luis de Santiago Manescau, que estava enfurismat. Els esdeveniments s'estaven precipitant perillosament i l'alarma s'acabava de disparar, després dels fets del port de Barcelona, quan una munió de dones i fills havien intentat que la lleva del Batalló de Caçadors de Reus no pugés al vapor *Cataluña*, de camí a la guerra.

«Han tirat per terra les dames que anaven a repartir els escapularis!», retrunyia als salons benestants, «S'han enfrontat a l'exèrcit!», repicava l'eco, «Hi ha hagut trets i detinguts», reblava la veu d'ordre de les famílies d'ordre a les cases d'ordre. I al bell mig del cor desafinat, s'entonava l'ària de la por, «Han declarat la vaga general!». El bram del carrer s'alçava com el foc per Sant Joan i la flama trobava la benzina dels discursos arrauxats, que animaven a revoltar-se contra la monarquia, l'exèrcit i l'Església, contra tot allò que representava l'odiat ordre establert que enviava la gent a morir en defensa dels interessos dels poderosos. Els republicans alçaven la veu abrandada contra una guerra cruel i injusta; els anarquistes preparaven la revolta obrera i somiaven en l'èxit d'una vaga general que accelerés la revolució, i en el redós més fosc de la lluita, Lerroux es treia el copalta i l'americana, es quedava en mànigues de camisa, amb el mocador vermell al coll, i cridava perquè ho cremessin tot. «*¡Matad, destruid, entrad a saco, saqueadlo todo, no os detengáis ni ante los sepulcros!*», bramava el lerrouxisme. Als salons de la burgesia hi ressonava el brogit de la violència, i a les cel·les dels convents els aterria el crit de Lerroux, tot assegurant que elevaria les monges a la condició de mares. Els catalanistes el consideraven un espanyolista furibund, els republicans, un perillós demagog i els anarquistes el dibuixaven com un falsari traïdor. «Surt dels grans restaurants de Barcelona tip com un rènec», explicaven al sindicat, «i després, als cafès del Poblenou, s'esgargamella a favor dels obrers mentre es treu un entrepà de sardines de la butxaca i fa veure que no ha dinat». «Un calabre, un enredaire, un tafur, un revolucionari de frac i brillants», deien uns, «I un traïdor al poble», repicaven els altres. Però a les *Casas del Pueblo* lerrouxistes, els *jóvenes bárbaros* llegien amb fruïció el *De la lucha*, el llibre que havia escrit Alejandro Lerroux un any abans, on el foc redemptor de la destrucció havia de crear, segons «el rei del Paral·lel», un ordre nou...

«Jóvenes bárbaros de hoy: entrad a saco en la civilización decadente y miserable de este país sin ventura; destruid sus templos, acabad con sus dioses, alzad el velo de las novicias y elevadlas a la categoría de madres para virilizar la especie. Romped los archivos de la propiedad y haced hogueras con sus papeles para purificar la infame organización social. Penetrad en sus humildes corazones y levantad legiones de proletarios, de manera que el mundo tiemble ante sus nuevos jueces. No os detengáis ante los altares ni ante las tumbas»...

...quan un dia un col·lega anarquista va dir que el pitjor de Lerroux no era que fos un traïdor, ni que tingués una ideologia frívola, sinuosa i oportunista, sinó que era mercenària, l'Enric va pensar que era la millor definició que havien fet d'aquell incendiari que no tenia altre objectiu que sembrar el caos.

Però si la por entre bisbes, aristòcrates i burgesos s'havia desencadenat a partir dels fets del port del 18 de juliol, les notícies d'una setmana després van accelerar la por dels uns i la ràbia dels altres. Els diaris parlaven de tres-centes baixes, la majoria provinents de Catalunya, i explicaven que s'havia perpetrat una operació militar maldestra, que havien enviat tropes reservistes, arribades a Melilla el dia abans, sense cap preparació ni suport, a posicions avançades, i que la massacre s'havia produït en una aclucada d'ull. I mentre a les cases dels soldats caiguts les famílies iniciaven el càntic del dolor, les diverses Barcelones agafaven posicions i es preparaven per a l'assalt. Al carrer de Provença, feia temps que havia germinat la por.

Va ser un migdia d'aquell juliol convuls, a la sortida d'un concert al Palau de la Música, quan va sorgir la idea. Ja feia mesos que l'Albert no freqüentava els cercles catalanistes i, a diferència del seu fill Avel·lí, que s'havia compromès de ple en la creació de Solidaritat Catalana, l'organització que intentava unificar els hereus de la Lliga amb republicans, federalistes i carlins, «des de Carner fins a Cambó, fins i tot amb el suport de Salmerón, tots junts per aconseguir la unitat del catalanisme, que tant necessitem», li deia l'Avel·lí, ell se'n sentia cada dia més allunyat i alhora més irritat. Li semblava que tota aquella gent d'ordre, que havia nascut per defensar els interessos empresarials catalans enfront de Madrid, «que és la manera de defensar tot Catalunya», deia convençut, havia anat derivant cap a posicions cada vegada més radicals, i el regionalisme que els inspirava s'havia convertit en un autèntic moviment nacionalista de caràcter més polític que no pas econòmic. «Però què t'esperaves?», li replicava l'Avel·lí quan el sentia remugar, «si som els hereus de la Renaixença, de la lluita dels furs catalans i de les Bases de Manresa, pare! Què vols que siguem, sinó lluitadors per Catalunya!». I en els debats abrandats que es derivaven l'únic nom que va tranquil·litzar l'Albert va ser el de Cambó, «que encara conserva el seny, i mira la bona feina que fa a Madrid, que sort en teniu que sigui el líder». «Amb matisos, pare, amb matisos», va respondre l'Avel·lí, cada vegada més allunyat d'un Cambó en creixent ascens com a polític espanyol. De fet, justament per la política de Cambó, i malgrat els grans èxits electorals dels darrers temps, la crisi interna entre els diferents sectors de Solidaritat Catalana va començar a ser evident. La roda de la unió i la desunió del catalanisme tornava a girar de manera implacable, com sempre ho havia fet des que havia tornat a renéixer el sentiment català.

Allò, però, ja no era problema de l'Albert perquè des dels fets del *Cu-cut!* i de la repressió política que se'n va derivar, la seva decisió d'allunyar-se de tot aquell món catalanista que no veia que aconseguís rèdits solvents, però, tanmateix, enervava el sentiment patriòtic espanyol, es va accentuar. Només li va faltar el greu atemptat que van patir el líder republicà Salmerón i Cambó quan anaven a un míting de Solidaritat Catalana a Sants per acabar de prendre la decisió de tallar els lligams que encara tenia amb la Lliga. D'aquell atemptat de feia dos anys, que ningú no dubtava que havia estat obra dels lerrouxistes, l'Albert en va extreure dues conclusions, que van influir en el seu ànim de manera definitiva. La primera, que el gran Cambó, l'únic líder polític en qui confiava, podia morir fàcilment. De fet, ja havia estat a les portes de la mort. Encara que el bisbe Torras i Bages assegurava que, si Cambó sobrevivia, aquell atemptat l'honraria més que qualsevol condecoració, l'Albert no havia vist honra en aquells fets tràgics, sinó fragilitat i risc. Mai no oblidaria la imatge del gran polític, quan el va visitar a la clínica del doctor Fargas, on l'havien traslladat després de les primeres atencions a la farmàcia del doctor Sisó. Cadavèric, gairebé sense poder respirar, amb la bala allotjada al pulmó, i convençut que estava a punt de morir. El mateix doctor Fargas i els altres metges que l'atenien també eren pessimistes. Cambó, però, se'n va sortir i el seu lideratge es va enfortir. Solidaritat Catalana va renovar l'empenta, però lluny d'animar l'Albert a refer les velles relacions, l'atemptat va ser decisiu: el catalanisme era un territori de risc. Perquè, a més, la segona conclusió de l'atemptat era rotunda: ell mateix corria perill si es mantenia a prop de tot aquell món polític, situat en la primera fila dels conflictes.

Què era ell, sinó un empresari, un home de bé, un creador de riquesa i de benestar! I un home com ell no podia estar contra el poder, sinó ben a prop dels que manaven, allà on es prenien les decisions que l'afectaven. A partir d'aquí, el raonament queia a plom, empès per la lògica de la inapel·lable realitat catalana: el poder era a la Cort madrilenya, al Parlament espanyol, a les casernes militars, als despatxos de la porpra episcopal, i en tots aquells indrets el catalanisme era foragitat, sempre percebut com un enemic. On havia de ser, ell, per tal de preservar el seu bé i el de la seva família? «On he de ser, sinó amb la gent que imposa l'ordre!».

La por va fer arrels, els dubtes es van convertir en certeses, el neguit va deixar pas a la fermesa, i, de mica en mica, va anar deixant els cercles de la Lliga, mentre refermava les noves amistats que anava fent al Club de Polo. Va ser allà on va conèixer, entre d'altres, els Güell.

Tot allò s'havia anat forjant dos anys abans, quan la tempesta encara era llunyana, per bé que ja s'albirava la foscor. Però ara, amb la guerra d'Àfrica enduent-se pares de família, els sindicalistes amenaçant d'aturar tot el país i els lerrouxistes cridant a destruir-ho tot, ja no hi havia temps per perdre. No es tractava de canviar de cercles socials, o d'allunyar-se dels sectors catalanistes, sinó de reaccionar amb tots els recursos possibles per preservar l'ordre social. La prioritat havia passat de ser individual a ser col·lectiva, i la necessitat de garantir els béns religiosos i les propietats privades, que eren l'objectiu predilecte de les proclames lerrouxistes, va esdevenir la prioritat més peremptòria en el món en què es movia l'Albert. Tal vegada, l'única prioritat. Va ser així com el rum-rum que recorria els salons de les cases benestants va explotar a la sortida d'un concert al Palau de la Música, quan el capellà privat de la família Descaus va gosar dir que calia anar a veure el governador. «Hem de garantir que els béns de l'Església no correran perill». «Ni tampoc els nostres!», va respondre el banquer Tibau, amb una veu tan rotunda que va fer girar tots els copaltes. Alguns dels presents van recordar que Solidaritat Catalana havia exigit una reunió urgent de les Corts, justament per tractar els motius de la guerra i també les pèssimes condicions de les lleves, però la resta els van fer callar. «Solidaritat vol fer política, nosaltres ens hem de preocupar de salvar els mobles», va dir un industrial del tèxtil, i tothom va assentir.

Pocs dies després, la reunió amb el governador Ossorio i el capità general posava fil a la maquinària que havia de reprimir la revolta i garantir l'ordre establert. «Facin el que calgui fer», van demanar els reunits, «que sigui el que sigui, tindran el nostre suport», i per bé que el governador era contrari a declarar l'estat de guerra immediatament, i allò va comportar una intensa discussió amb el capità general, aquest va ser taxatiu...

—*El ministro De la Cierva me ha dado instrucciones. No permitiremos que los alborotadores violenten la calle. Tengo preparado el bando con la declaración de estado de guerra. Por supuesto, desplegaré a la guardia civil, y me dispongo a desplegar refuerzos militares de otras provincias, con artillería pesada, si es necesario. Además, pondré bajo mi mando a los guardias de Seguridad, a los guardias urbanos y a la policía local. Garantizaremos el orden, con todas las fuerzas que sean necesarias.*

L'Albert va sortir de la reunió amb la convicció que era en el bàndol adequat, perquè era el bàndol que guanyava sempre, i ell no havia arribat fins a aquell cim de poder i fortuna per tornar a ser un perdedor. A més, els anys li havien accentuat l'odi vers aquells moviments anarquistes que posaven en perill l'ordre social que, amb tanta dificultat, havia conquerit.

Les idees de Ferrer i Guàrdia havien destruït el seu fill, a qui feia anys que no veia, les bombes anarquistes havien estat la baula que garantia la cadena de la repressió, els lerrouxistes alimentaven el caos i els amics catalanistes es perdien en reivindicacions, «que són de pa sucat amb oli, són la riota de les Corts espanyoles», deia amb menyspreu. No veia altra sortida que actuar com el que era, un empresari poderós que alçava el punyal per defensar el seu bé, despullat de tot ideal i de tota pàtria, sol davant la conxorxa dels desarrelats i els arreplegats, que posaven en perill el seu patrimoni. I si calia organitzar-se i reunir-se amb el capità general, allà estaven els grans empresaris catalans, units i decidits.

Fins i tot, en les converses indolents al Polo amb l'amic Xió, mentre passejaven la Bibí i la Negrita, vestides amb teles delicades i joies que enaltien la seva jove esplendor, i amb ells cofois de poder exhibir aquells bells trofeus de poder, l'Albert anava més enllà i plantejava que potser calia tenir alguns sicaris en nòmina, «perquè, amic, en algun moment haurem de fer un pas endavant i deixar-nos d'ornis. Hem d'eliminar els líders d'aquests radicals. O seran ells, o serem nosaltres», i si arribava el cas, a ell no li tremolaria el pols. Al capdavall, ja ho havia fet quan estomacava els deutors del senyor Liubó, i si no havia arribat a matar-ne cap, era perquè abans havia matat ell mateix el seu amo. La diferència, però, és que ara l'amo era ell, i si calia arribar a la violència, serien els altres els que s'embrutarien les mans. S'havia convençut que el moment de defensar-se, de totes les maneres possibles, fins i tot amb l'assassinat, estava a punt d'arribar. En Xió estava totalment d'acord amb el seu amic, i quan van començar a parlar-ne amb altres empresaris que freqüentaven el Club, van adonar-se, amb satisfacció, que aquella idea no escandalitzava ningú. Ans al contrari, més d'un prohom amb copalta, puro de tarda i missa de diumenge li havia comentat que calia posar fil a l'agulla ben aviat.

Una nit en què li costava dormir, va llevar-se i, assegut al sofà del menjador, va començar a pensar en com caldria organitzar tot allò. «Hauríem de llogar alguns policies sense escrúpols, gent decidida», va dir-se, convençut que sempre trobarien membres de la seguretat que tinguessin ganes d'eliminar alguns anarquistes. «Però hauríem d'anar pels líders, escapçar la serp...», i just en imaginar tots aquells homes com a serps i caps escapçats, es va adonar que no sentia cap empatia ni cap misericòrdia per ells. «Sóc un immoral», va dir-se, i va pensar que la immoralitat no era res més que una altra forma de moral, i que ningú no podia jutjar-lo. I com sempre que l'agulló de la consciència intentava fiblar-lo, va recórrer als records de Cuba i a la seva lluita per la supervivència per silenciar-la. «On eren els jutges de la moral, quan moríem com rates en la travessia cap a la guerra, o quan ens trepitjaven els cavalls desbocats, o ens xuclaven les cames les sangoneres dels aiguamolls cubans?», i oli en un llum, venia la calma. L'única moral exigible, en aquella selva humana plena de depredadors, era la que garantia la defensa del bé propi. «La moral de l'autodefensa», deia satisfet.

Autodefensa i també defensa dels pilars del sistema social que l'havien convertit en un triomfador. I un dels pilars era l'Església. L'Albert mai no havia estat religiós, massa endurit per creure en déus i capellans, però considerava Església un fre eficaç a les idees revolucionàries, que només podien conduir-los al caos. I la possibilitat que no tingués el monopoli de l'educació, com havia passat durant segles, l'aterria. Per això, justament, Ferrer i Guàrdia era l'enemic públic número u, i algun dia caldria parar-li els peus per sempre.

Amb tot, era cert que hauria pogut entendre, com cap altre, el dolor de les famílies que acomiadaven els seus pares i fills, de camí a la guerra, però també ho era que feia temps que s'havia deslliurat de qualsevol empatia amb el proïsme. Cuba l'havia guarit de la distracció de la caritat, «que mai no m'hauria fet un triomfador», i si ningú no havia plorat per la seva dissort quan passava tanta misèria, estava a punt de morir o havia de matar altres pobres desgraciats, per què havia de plorar per la dissort d'uns desconeguts? Només hi havia dues opcions per sobreviure: ser caçador o ser caçat. I amb la resta d'homes com ell, aquell juliol del 1909, l'Albert Corner i Espiga es preparava per a la cacera.

No estava preparat, en canvi, per considerar l'Enric com una d'aquelles feristeles que calia caçar. Com havia passat? Com era possible que el seu fill rebutgés aquell món brillant, vedat a la gent com ells, i que tanmateix el seu pare havia estat capaç de conquerir? Què volia ser, un infeliç, un llastimós, un desventurat que retornava la seva família a la condició miserable, de la qual havia fugit? Quina vida seria aquella? I quan aquells pensaments rondaven pels esmorzars amb l'Elisenda, les tardes del Polo amb l'amic Xió, les carícies luxurioses de la Bibí, l'Albert es veia ell mateix com un triomfador que havia fracassat en l'única missió que semblava fàcil, la de ser pare. «Tens més fills, Albert, i cap dels altres no t'ha fallat. No et culpis, que no fas res més que amoïnar-te per ell», li deia en Xió, convençut que el fill del seu amic era l'ovella negra que tota bona família havia de patir. I era cert el que deia en Xió, no li havia fallat l'Avel·lí, que ja havia assumit una gran part de la direcció de l'empresa; ni tampoc la Mariona, que acabava de fer els vint-i-quatre anys, i en feia dos que s'havia casat amb un xocolater de renom; tampoc mai no li fallaria la més petita, la seva Montserrateta, que tot i la blancor de la seva pell i la seva imatge trencadissa, gaudia d'una bellesa intensa que feia florir els seus disset anys, coronada amb un tarannà servil i amorós. «La casarem molt bé, Elisenda, molt bé», deia cofoi l'Albert, i se sentia ple d'orgull patern. Tots tres eren bons fills, gent de bé que tindrien cura del patrimoni familiar i sabrien engrandir-lo. Tots menys l'Enric, que lluitava justament pel contrari, per destruir el castell que havien edificat amb tant d'esforç. I després hi havia la Merceneta.

La Merceneta era la quarta dels cinc fills del matrimoni, i la que més va trigar a néixer. L'Elisenda va estar trenta-sis hores de part, i en algun moment es va témer per la vida de totes dues. Però després de prémer, suar, cridar i plorar durant tota una nit, tot un dia i tota la nit següent, a les deu del matí del 8 d'abril de 1888, just quan s'obrien les portes al públic de l'Exposició Universal de Barcelona, naixia una nena de gairebé cinc quilos, que va arribar al món amb un plor tan estrident, que semblava que se li esquerdarien els pulmons.

«Sort que ha nascut avui, i no fa quinze dies», va pensar l'Albert, agraït que la Merceneta no li hagués impedit anar a la inauguració oficial de l'Exposició, que havien presidit el rei Alfons XIII, el president Sagasta i l'alcalde Rius i Taulet. Per bé que era una mica lluny de la comitiva reial, barrejat entre la munió d'empresaris, periodistes, escriptors i tota mena de gent rellevant convidada per l'alcalde, va poder veure aquell reietó de dos anys que la reina regent Maria Cristina portava en braços, al costat de la princesa Maria de la Mercè. I en un segon entarimat, enravenats i cofois, lluïen amb les seves millors gales els vuit prohoms que havien endegat aquell gran esdeveniment, que va posar Barcelona en boca del món. «Mira, Elisenda», va exclamar l'Albert excitat, «el banquer Manuel Girona i el gran jurista Duran i Bas, i també el marquès de Comillas, i fixa't, Romaní, aquell gran empresari de paper que vaig conèixer fa unes setmanes, que diuen que ha revolucionat la indústria paperera amb tècniques modernes vingudes d'Itàlia. I mossèn Cinto. Mi-te'l, Elisenda, mi-te'l, el gran Jacint Verdaguer, el veus?», i aleshores, com sempre que mossèn Cinto sortia a les converses, l'Albert recordava el dia que l'havia saludat a casa del marquès de Comillas, de qui era capellà privat i almoiner. «Algun dia llegiré *L'Atlàntida*», assegurava amb aquella impostada transcendència que acostumava a fer riure la seva dona, que mai a la vida no havia vist el seu marit amb un llibre a les mans. Amb els anys Verdaguer esdevindria, per a l'Albert, la figura del català d'ordre que sabia lluitar per Catalunya amb la intel·ligència de la moderació, sense enfrontar-se a Espanya, sinó sent-ne aliat, i aquella idea encenia invariablement l'espurna de la discussió:

—Mossèn Cinto mateix va anar a veure Alfons XII amb el Memorial de Greuges català, i no l'hauria rebut si no hagués estat un home com cal, que així es fan les coses —va dir a l'Avel·lí en una de les converses cada vegada més abrandades que tenien, i on sempre li responia amb la mateixa pregunta retòrica.

—I què vam aconseguir, papà, digueu-me, què vam aconseguir els catalans? Jo us ho diré, res de res, mai no aconseguim res, perquè només som acceptats quan ens deixem manar.

—Res? I com t'imagines que vam poder fer l'Exposició Universal del 1888 a Barcelona, com? Creus que ens l'haurien permès si Rius i Taulet i els grans empresaris catalans no haguessin pactat amb el govern i amb tota la cort de Madrid?

—De l'Exposició Universal, em parleu? Només penseu en els nostres interessos de classe, papà, però nosaltres som una part molt petita de la societat. Per què no em parleu de les condicions dels treballadors a les obres de l'Exposició, totes aquelles hores sense respir, i aquells sous de misèria! Així només aconseguim ràbia del poble i menyspreu. Per això va néixer aquell sindicat de la Unió General de Treballadors, just en plena exposició, per això mateix, perquè les condicions dels obrers eren terribles i algú els havia de defensar. I dels preus, què me'n dieu dels preus?

—Em parles de l'augment dels preus, que és clar que van augmentar, però no me'n dius la causa, més diners, més treball, Barcelona al centre del món, tot això què, no existeix? I si hi havia obrers, era perquè hi havia feina per a ells! Sí, estaven cansats, però treballaven, que d'això es tracta, Avel·lí, de treballar i no morir de gana. Com pots criticar l'Exposició, si va ser una font de riquesa?

—De riquesa per a uns i d'explotació per a d'altres! I no oblideu que va ser un acte de servitud a Espanya, i no sóc jo qui ho diu, que era un marrec, poc podia dir. Però, vós, llegíeu el que deien els diaris, i sabeu molt bé les crítiques dels pensadors més seriosos d'aquells anys. O no vau llegir mai Valentí Almirall, que ho exposava ben clar? «Una expressió del pacte entre la burgesia catalana i la monarquia centralista», deia, i afegia que aquests pactes sempre han perjudicat els interessos catalans.

—L'Almirall, qui m'has anat anomenat! Quin estaquirot, quin gamarús sense cervell! Com pots dir que els pactes ens perjudiquen, com pots dir-ho, si només aconseguim coses per a Catalunya quan demostrem als de Madrid que som de fiar i ens posem d'acord. Sense Espanya no anem enlloc, Avel·lí, enlloc. Quina hauria estat la teva alternativa, digue'm, quina? No fer l'Exposició i no pactar amb la Cort? Doncs no hauríem fet l'Exposició, se l'hauria quedat una altra ciutat, i nosaltres amb un pam de nas. Res no aconseguirem, els catalans, res, si no assumim la nostra feblesa i ens fem aliats seus. Les vostres idees només ens porten a l'aïllament i a la repressió.

—Prou, papà, prou de demanar almoina a Espanya! Som un poble antic i digne, i ens volen sempre agenollats, serfs del seu imperi. I què ens donen quan ens portem bé? Només quatre engrunes, papà, només quatre engrunes, mentre ens sagnen les entranyes. És l'hora d'alçar-nos i mirar-los de cara!

En aquell punt de l'enganxada, que el fill pretenia èpic i el pare considerava pretensiós, ambdós iniciaven una llastimosa espiral de retrets que sempre acabava en un carreró sense sortida. Només es posaven d'acord en la importància cabdal de la figura de mossèn Cinto, a qui van acompanyar en el seu enterrament multitudinari fins a Montjuïc, on l'esperava una tomba davant del mar, cavada a la roca. «Mai no s'ha vist, ni mai no es veurà, un enterrament com aquell», assentien a cor, encara impactats per aquella marea de milers de persones que omplia places i carrers, amb l'únic propòsit d'acomiadar el seu poeta. «I com el van fer patir els nostres amics!», afegia l'Avel·lí, en recordar el càstig *a divinis* que li va imposar el bisbe Morgades per la seva reiterada insubordinació i el rebuig posterior de tots els prohoms que l'havien protegit. «Mai no he llegit res tan extraordinari com els seus articles en resposta pels atacs. *En defensa pròpia*, i tant que ho eren, en defensa pròpia! Pobre mossèn Cinto, quin final terrible», i en aquest punt de retrets de l'Avel·lí, l'Albert sempre callava.

Tots aquells fets i aquelles persones, mossèn Cinto, el seu enterrament, l'Exposició Universal, el reietó de dos anys, la burgesia aliada amb la monarquia restaurada, l'alcalde Rius i Taulet, tot pertanyia al territori esmunyedís del passat, i aquell fang, modelat a plaer pel record de cadascú, mai no era un territori de confiança. «Els records sempre menteixen», li deia la Bibí en les poques ocasions en què es posava enigmàtica, i era quan l'Albert s'adonava que la coneixia molt poc. Però era cert, el passat podia ser un gran prestidigitador, un tafur que enganyava els sentits i els ancorava en la melancolia, i ell no tenia temps per viure en el passat. Sobretot perquè el present grunyia amenaçador.

La Merceneta no era cap amenaça, però l'Albert percebia un neguit que naixia del desconcert que la seva filla li provocava. Era la menys agraciada de totes tres i també la més esquerpa. Ni dolça com la Montserrateta, ni oberta i decidida com la Mariona, i anava tothora amb llibres i revistes de dones sota el braç. «Què en trauràs de llegir tant, que no veus que no et casaràs?», li rondinava quan la veia asseguda al Chester de la saleta, capficada en alguna novel·la o en algun article de la revista *Feminal*, els números de la qual acumulava damunt el canterano de la seva cambra, per a desesper de les noies del servei, que sempre volien llançar tota aquella paperassa. Un dia li va agafar el llibre que tenia entre les mans, «*La fabricanta*», va llegir l'Albert en veu alta, i immediatament va esclafir a riure. «Una dona fabricanta? On anirem a parar, quina ximpleria! Deixeu que els homes fabriquem i construïm, i tingueu cura de la família. O és que voleu capgirar el món?». «No, papà, no és pas això», i amb la paciència de qui ensenya als infants, la Merceneta li va explicar que aquella novel·la era de Dolors Monserdà, que tractava d'una dona de bé que ajudava el marit a crear una empresa, i que no s'amoïnés, que tot el que llegia estava escrit per dones de fe i bons costums. «La primera novel·la d'una dona en català», va afegir amb orgull gens dissimulat, i el pare li va respondre «Ximpleries, Merceneta, ximpleries!».

El que més amoïnava l'Albert era que la seva filla encara no tenia un bon promès, per bé que ja havia fet els vint-i-un anys, i el pitjor és que no semblava interessada a tenir-ne, com si aquell destí indefugible d'una fadrina rica no l'apel·lés ni la interessés. «Per què m'hauria de casar, papà, per haver de servir un home?», responia en alguna ocasió, amb grans escarafalls de la seva mare, que no podia entendre d'on havien sortit aquelles idees tan estranyes. «Si no vols ser monja i no et vols casar, què faràs a la vida, dedicar-te a acompanyar la senyora Monserdà i anar a vestir sants?», li preguntava esporuguida, i només aconseguia una riallada de la Merceneta, en general divertida pel neguit que els pares mostraven pel seu capteniment. De fet, els pares seguien el patró tradicional que amb tanta precisió havia descrit Carme Karr en un dels seus articles, on justament parlava d'aquella dualitat, casada o monja...

«Hauríem de pensar una mica més en el tipus d'educació de les noies, i en lloc d'educar les nostres filles sobre la base d'aquella ridícula profecia casolana: "Les noies, o casades o monges"...».

«Monja segur que no, i casada, ja ho veurem», es deia la noia amb una seguretat acabada d'estrenar. Amb tot, quan veia els pares realment amoïnats, sempre els recordava que les dones amb qui anava eren refinades i cultes, i sobretot catòliques, i la seva no era una obra política, sinó cultural. «Però, mamà, si hauríeu d'estar contenta que vagi amb el grup de la senyora Monserdà, que és una gran dona! No podria tenir millor companyia», i aleshores intentava explicar-li el que feien totes aquelles dames refinades per recuperar la cultura catalana i crear centres de debat, alhora que ajudaven les noies dels barris obrers. «Hauríeu de venir amb nosaltres algun dia», convidava la mare, que acostumava a fugir d'estudi, tot rondinant.

Emperò, era cert que a l'Elisenda no la molestaven les companyies femenines de la Merceneta, perquè totes, des de Dolors Monserdà, vídua del joier Macià i sogra de Puig i Cadafalch, fins a Carme Karr, casada amb el senyor Josep Maria de Lasarte, eren senyores de bona posició que no feien res fora de to. Tanmateix, aquella dèria per fer llegir i escriure les dones treballadores, i aquelles idees sobre el paper de les dones a la cultura, i també a la societat, li semblaven un excés imperdonable entre dames burgeses. Què hi anaven a fer, aquelles grans dames, en els barris obrers?, es preguntava ansiosa, i la idea que la seva filla les acompanyés li semblava una aberració. Finalment, una tarda, va acceptar el prec de la Merceneta, que l'animava a conèixer aquell insòlit món femení, i, alhora, desitjava tenir la mare com a còmplice, i va anar a un dels berenars que organitzava Dolors Monserdà a casa seva. Però el que va sentir la va inquietar encara més, fins i tot malgrat les bones intencions de la senyora Monserdà, que parlava d'evitar la radicalització de les dones obreres a través de la cultura. «Com que no saben llegir ni escriure, i no tenen cap mena d'estudis, pobretes, cauen fàcilment en mans dels radicals, i això ho hem d'impedir nosaltres, però no amb repressió, sinó amb educació, amigues, amb educació». I després parlava dels valors morals, d'ajudar-les a ser dones rectes, «Són les mares dels joves que després es faran anarquistes, i els hem de donar eines per evitar-ho. La cultura, amigues, la cultura les salvarà». «Però aprendre a llegir, de què els servirà?», preguntava alguna dama entre sorpresa i alarmada, i la senyora Monserdà, amb un to de veu intencionadament conciliador, intentava desfer, una vegada i una altra, els prejudicis arrelats d'aquelles senyores riques que tenien dides i majordomes i noies de servei que no havien anat mai a escola, ni creien que en tinguessin cap necessitat.

L'Elisenda va tornar a casa amb sentiments contradictoris. D'una banda, entenia que ja eren al segle XX i que tot canviava molt de pressa. De l'altra, tenia consciència clara del patiment de les dones que treballaven a les fàbriques, no endebades no quedava tan lluny el temps en què ella era una jove menestral que s'havia casat amb un míser soldat de lleva. I per bé que ara vivia en una casa modernista del carrer de Provença, i gaudia de servei i a la calaixera de la seva cambra hi havia perles i altres joies que la feien lluir com mai no hauria imaginat, i fins i tot tenia un marit amb una amant francesa, amb tot, la pobresa d'on venia era una urpa esmolada i corba que sempre li gratava les entranyes.

Va ser aquella urpa la que va esgarrapar-li l'ànima quan va sentir aquella gran dama, al bell mig d'altres grans senyores riques i refinades, parlant de les treballadores dels barris pobres, que no sabien llegir ni escriure. «Les pobres noietes no tenen la culpa de ser ignorants i poc educades, i nosaltres tenim l'alta missió d'educar-les perquè no caiguin més avall», deia la senyora Monserdà, i un dring interior avisava l'Elisenda, «Parla de mi, està parlant de mi, és de mi mateixa de qui parla, de la noia que un dia vaig ser», i en aquell moment, malgrat les teles luxoses dels seus vestits, el collar de perles, el monyo perfecte que la noia li havia pentinat al matí i el perfum car, malgrat totes les disfresses, Elisenda Puig va sentir-se nua com mai no s'havia sentit. A penes sabia llegir i escriure, però aquella mancança no havia estat mai un motiu de vergonya, fins al dia del berenar al saló privat de la senyora Monserdà.

De retorn a casa, va pensar que aquelles dames desvagades i ben intencionades farien molt desgraciades les noies pobres si els donaven estudis. «Sabran llegir, però continuaran sent pobres, i aleshores què?», i va decidir que aquella era una idea horrorosa, que les dones estaven bé en el lloc que ocupaven a la societat, que els llibres i les idees i les empreses i les guerres eren el negociat dels homes, i que elles havien d'intentar preservar les coses importants, les que eren sòlides i no se les enduia el vent, com la família, la casa i el patrimoni. I en pensar en tot el que havia escoltat i en com s'havia sentit, va maleir que la Merceneta s'hagués embolicat en aquell projecte educador. «Educador i moralista, mamà, és un projecte per donar valors morals», repicava la filla de camí a casa, però no, ella estava segura que podia ser l'espurna més revolucionària de totes.

«Quan sàpiguen llegir, no us agradarà gens el que llegiran, i ja veuràs, totes seran com aquella anarquista que defensa unes idees terribles sobre les dones», reblava rabiüda l'Elisenda, i la Merceneta li responia que ella no era com Teresa Claramunt, que anava amb espiritistes i exigia educar les dones sense cap lligam religiós, i volia que les obreres es fessin sindicalistes i lideressin la revolució. «Nosaltres no som com les revolucionàries de la Societat Autònoma Femenina, mamà, nosaltres som dones de Déu!». A la nit, en parlar amb l'Albert de tot el que havia escoltat, la preocupació per la filla va créixer en tots dos, com si la Merceneta fes camí cap al penya-segat on transitava el seu germà Enric. «Amb aquestes idees noves, on anirà a parar aquest segle embogit?», va sentir l'Elisenda que remugava l'Albert, i en mirar-lo, va tenir la impressió que la tristesa era tan física, que es podia tocar amb la punta dels dits.

L'Albert ho va intentar tot, va renyar la filla, la va voler espantar, fins i tot li va deixar anar alguna petita amenaça, però la Merceneta sempre li responia amb bon to i amb una veu suau que, momentàniament, el guanyava. «No t'has d'amoïnar, papà. Jo sóc una dona com cal, i mai no faré res per avergonyir-vos». «Doncs, casa't! Casa't amb un home de bé», pidolava l'Albert, però només aconseguia un somriure conciliador i alguna abraçada. I en aquell punt en què la filla l'amorosia, l'Albert se sentia un home derrotat.

L'evolució de la Merceneta es va produir de manera natural, com si fos el darrer graó del seu pas de l'adolescència a la maduresa. Sempre havia tingut poca tirada a les relacions socials, i entenia la lectura com una mena de refugi, on aconseguia alliberar-se del tedi de la seva vida sense sorpreses.

Primer van ser els articles del setmanari *Or i Grana* que publicaven les dones de la Lliga Patriòtica de Dames. La revista sortia cada dissabte, sota l'empara de Solidaritat Catalana, i l'Avel·lí va comprar tots els números, fins que van deixar de publicar-la. «Per a la meva germaneta, que li agrada llegir», li va dir el dia que va donar-li el primer número, a finals del 1906, quan la Merceneta acabava de fer els divuit anys. Allà va descobrir la senyora Monserdà, i també la senyora Karr i la resta de dones que més tard serien tan importants en la seva vida. Li va semblar curiós aquell setmanari, fet exclusivament per dones, amb tot d'il·lustracions que acompanyaven els articles, i amb una tipografia molt neta i acurada, i va abocar-s'hi amb interès. El primer número incloïa el manifest de la Comissió de Dames de la Solidaritat Catalana, i aquell text, de l'abril del 1906, amb el títol «El nostre lema», la va impressionar vivament...

«El fonament de la Pàtria és la família; el fonament de la Família és la Dona... Sortosament per a ella, en l'integral despertar de la nostra terra s'hi ha barrejat la Dona Catalana: la causa de Catalunya, causa d'amor, és salvada des d'aquesta hora. Que cada casa, per amor de les dones, sigui un recer de la causa catalana: així complim la nostra missió. Dones catalanes: fent Pàtria, fem Família, fent Llar, fem Amor».

Durant tota la setmana va llegir i rellegir els articles que es publicaven a dues columnes en les setze planes del setmanari, i la frase que encapçalava l'article central la va reproduir a la seva llibreteta de notes: «Venim a fer pàtria i venim a fer obra d'amor». Quan va arribar dissabte i l'Avel·lí li va portar el segon número, el va agafar d'una revolada i es va tancar a la seva cambra, delerosa per no perdre ni un instant a començar a llegir-lo. «Es diu *Or i Grana* pels colors de la senyera», li explicava amb excitació a la mare, que no sabia de què li parlava.

Però si aquell setmanari va despertar el seu interès per les coses fetes per dones i també va inflamar el seu esperit patriòtic, va ser la revista *Feminal* la que li va obrir un món completament nou. *Or i Grana* va durar només quatre mesos, però ben aviat les mateixes dones que la publicaven van començar a editar una revista que sortia com a suplement de *La Il·lustració Catalana* cada quart dissabte de mes. Es deia *Feminal*, i la dirigia Carme Karr, i a banda de Dolors Monserdà i la mateixa Karr, la Merceneta hi va descobrir moltes altres dones, com la comtessa de Castellà i Agnès Armengol, i també Víctor Català, de qui va devorar la seva novel·la *Solitud*. De la poetessa Josepa Massanés, se'n va aprendre el poema «La roja barretina catalana», que tot i ser escrit feia molts anys, l'emocionava com si fos actual...

Ja tornen, ja, amb les roges barretines
del color de la sang que en llurs pits bull...

A més de les escriptores, també va descobrir pintores com Lluïsa Vidal, pedagogues, teòlogues, tennistes, genets i fins i tot participants en concursos de globus lliures, tot un mostrari de dones triomfadores i valentes que van capgirar el seu món, fins al punt que, de sobte, tot el que no li era comprensible va adquirir sentit. No només era un setmanari de dones, fet per dones, sinó que a més gaudien d'un protagonisme insòlit, eren importants per elles mateixes, i al darrere no hi havia cap marit, cap pare, cap prohom que les avalés. El català de la revista era net, cristal·lí, deia la Merceneta, però alhora va tenir la impressió d'aprendre un llenguatge nou. I de la mà de *Feminal*, va sentir parlar del paper de les dones a la societat, del catalanisme, regenerador de la identitat i la tradició del país, del pacifisme com a única via per canviar la jerarquia masculina, fins i tot d'una paraula que li semblava exòtica, *feminisme*, que Carme Karr i Dolors Monserdà utilitzaven per posar les dones al cor de totes les idees de canvi. «Feminisme», repetia quan estava sola, i també, en alguna altra ocasió, en parlava amb les amigues de la seva edat, totes elles ja casades, els dies que anava a visitar-les.

Quan, al número vint-i-vuit de *Feminal*, feia

just un any, va trobar un llarg reportatge sobre les lluites sufragistes a Anglaterra, la Merceneta va quedar bocabadada. No sabia que hi havia dones al món que exigien poder votar, i va devorar aquell exemplar amb una fruïció malaltissa. «Sóc allò que es podria anomenar una *hooligan*», deia una senyora anomenada Emmeline Pankhurst, i per bé que no sabia què volia dir aquella paraula anglesa, es va imaginar que era una idea forta i radical. Al reportatge hi apareixien tot de dones a Hyde Park, a Londres, amb pancartes que exigien el vot femení, i la senyora Pankhurst era al costat de la seva filla Christabel, i assegurava que, si calia, farien servir l'acció directa i la violència per garantir els seus drets. Aquella idea li va semblar perillosa, i va agrair moure's en cercles femenins molt més assenyats i ordenats, però, amb tot, allò del vot de les dones va quedar fixat en el seu cervell, com una nota desafinada i, alhora, estranyament harmoniosa.

La revista va obrir-li un altre món que li era desconegut, el de la pintura feta per dones, que ben aviat la va fascinar. A *Feminal* apareixien periòdicament les il·lustracions i els dibuixos de Lluïsa Vidal, que era filla del senyor Vidal i Jevellí, el propietari de la botiga del passatge del Crèdit d'on havien sortit molts dels objectes decoratius de la casa del carrer de Provença. Era la botiga de decoració més important de Barcelona, perquè el senyor Vidal tenia obrador propi i escollia els treballadors amb molta exigència. Només oferia mobles d'artesania fets amb materials de primera, i amb una perfecció tècnica que li va donar un gran renom. L'Albert el coneixia del Liceu, els salons del qual havia remodelat, i quan parlava d'ell, sempre amb admiració, explicava que havia estat escollit per fer els dormitoris reials d'Alfons XII i el bressol d'Alfons XIII, «i també va fabricar els trons de la reina regent i de l'infantó, quan l'Exposició del 1888», afegia envanit, per recordar immediatament que ell hi havia estat convidat. «I sabeu de qui és molt amic? Del doctor Andreu, que m'ha promès que me'l presentarà», i aleshores, invariablement, parlaven de les pastilles de la tos que havia inventat el doctor. L'Albert també admirava el pare del senyor Vidal, Lluís Vidal, que havia estat un ebenista de fama mundial.

Però tot allò tan rellevant, que lluïa amb la porpra de reis, prohoms, inventors de pastilles per a la tos i llotges del Liceu, no era el més important en la revista que llegia la Merceneta, perquè el nom propi era el de la filla del senyor Vidal, Lluïsa Vidal, que només amb vint-i-quatre anys ja havia fet una primera exposició de pintura a Els Quatre Gats. «I cap altra dona no hi ha exposat mai més», deia, amb excitació, a la mare. Quan la va conèixer, la Lluïsa tenia trenta-dos anys i era el tercer vèrtex del triangle de dones, juntament amb Monserdà i Karr, que lideraven tot aquell moviment catòlic, cultural i catalanista, que havia decidit posar la dona en el centre de l'interès. A més, acabava d'obrir un estudi molt a prop de casa seva, al mateix carrer de Provença, on feia classes d'art, i les visites de la Merceneta a l'estudi de la Lluïsa es van fer tan habituals, que, sovint, es quedava a les classes d'art i li feia d'ajudanta. Quan, feia pocs mesos, la pedagoga Francesca Bonnemaison, que pertanyia al grup de *Feminal*, va obrir un centre d'ensenyament per a obreres solteres i joves sense recursos, Lluïsa s'hi va incorporar com a professora d'art. Des d'aquella primera coneixença, la Merceneta no es va perdre cap exposició seva i fins i tot un dia, que exposava a la Sala Parés, hi va portar la mare i la seva germana Mariona. Amb el temps, va esdevenir una autèntica seguidora, i quan va pintar un quadre insòlit, on la figura de Dolors Monserdà, vestida com una gran dama, estava flanquejada per dues dones guerreres, amb llances, i completament nues, la va considerar una de les dones més valentes que havia conegut mai. Va ser així com Lluïsa Vidal va esdevenir la seva confident.

Catalanisme, pacifisme i feminisme. De sobte, ja no era una noieta sense rumb, sinó una dona assentada en un territori sòlid i estable, on podia caminar amb pas ferm. Se sentia cridada per aquell món femení que reclamava el seu lloc a la societat, sense l'estridència de les radicals, però amb el cap alçat i la veu ferma. I va ser així, tot llegint *Feminal* i escoltant aquelles dones avançades, com va anar fent via cap al territori vedat de la revolta femenina. No se sentia una revolucionària com el seu germà, ni volia ser la font de cap maldecap familiar, però acabava de descobrir un sentit profund en la seva existència desvagada, que desmentia la destinació que tenia escrita des del bressol, i la idea que podia controlar les seves decisions va ser per a ella tan lluminosa com transformadora. «Les dones d'aquest segle canviarem el futur», deia Carme Karr, i en sentir-se partícip d'aquell sacseig històric, la Merceneta s'adonava que ja no era una jove burgesa a la recerca d'un marit burgès per tenir una vida burgesa, còmoda i intranscendent. Era una dona del segle XX que dominaria el seu propi espai i ajudaria la resta de dones de totes les condicions a ser mestresses de la seva pròpia vida. I saber-se còmplice d'un ideal tan transformador, la feia sentir immensament feliç.

L'Albert no entenia res de tot allò, i quan no entenia el capteniment d'altri, sempre es posava en guàrdia, perquè mai no havia deixat de ser un animal ferit, disposat a matar per viure. Confiava en la seva filla i coneixia moltes de les dames que freqüentava, però el seu instint de supervivent l'avisava que alguna cosa no anava bé. Tants esforços i tanta lluita per construir un castell de poder i benestar, i la seva princesa no volia un príncep, ni regnar a palau, ni tan sols volia ser princesa, i aleshores quin sentit tenia tot el que havia creat? I quan aquelles idees l'encalçaven, novament l'envaïa la tristesa.

La realitat, però, no permetia gaires distraccions, perquè els esdeveniments es precipitaven accelerats i venien disposats a devorar-ho tot al seu pas. Va ser així com, un dimecres al matí, va rebre la carta que sempre havia sabut que arribaria. «La maledicció de la família», va dir-se amb la carta a les mans, encara sense obrir, i es va deixar caure d'esma al sofà que hi havia a prop de la balustrada. Després, amb la parsimònia de qui coneix la sentència, va obrir la notificació militar, que duia el nom del seu fill Enric. «Cridat a files», va dir en veu alta, i el saló principal de la casa va recollir l'eco i el va fer ressonar per totes les parets, com un crit a la nit que retornava a la pròpia gola, per tornar a esclatar una vegada i una altra. Després, assegut en aquell còmode sofà de pell, amb la mirada perduda en els vitralls modernistes que decoraven la balustrada, va començar a riure tot sol, com un orat. Al principi va ser un somrís tímid, gairebé avergonyit, que li va venir als llavis molt abans de saber que volia riure. Després va fer una riallada més sorollosa, i una altra, i una altra encara, i finalment va esclafar a riure amb tanta força, que les costelles van començar a fer-li mal.

«Oncle Albert, *firmes*!», cridava mentre es partia de riure, i continuava, «Albert Corner, *firmes*!», es deia a si mateix. «Enric Corner, *firmes*!», i feia el pas de la desfilada. Després, una mica més calmat, per bé que encara divertit, va tornar a seure al sofà i va pensar que aquella situació era com un poema malèfic, i es va imaginar que Déu tenia un gran sentit de l'humor.

«I si no faig res i deixo que se'n vagi a la guerra?», va dir-se, i el pensament li va resultar plaent. Al capdavall, l'Enric mai no seria un home com cal, era un cap verd perdut i arrauxat, i qualsevol dia el podia trobar a la presó o rebentat per una bomba. «Potser una guerra no li anirà malament», i va paladejar amb gust. Però tot i el divertiment que li causava la paradoxa d'un fill que el negava i el rebutjava com a pare, i que ara estava a les seves mans, la fiblada de la seva pròpia guerra li va amargar el somriure. Moltes vegades havia imaginat càstigs físics, i alguna nit, quan havia sabut alguna malifeta del fill i la ràbia l'envaïa, es veia a si mateix fuetejant l'Enric, «Aprèn, aprèn a ser un home», i la imatge li provocava un regalim de saliva que li mullava la barbeta.

Però no, la guerra no, la guerra no era un càstig,

la guerra era un pou cec, on només es podia trobar sang, escurçons i mort. I en la solitud d'aquell instant suspès, al bell mig del menjador de casa seva, amb la carta de reclutament a la mà, la idea que el seu fill passés per l'horror per on ell havia transitat li va semblar tan terrible, que era com si ell mateix tornés a la guerra. A més, sabia que, a diferència d'ell, l'Enric no sobreviuria. «Serà un fill bord, però és el meu fill!», i si ell havia arribat a una posició social tan alta, era justament perquè ningú de la seva família no caigués en aquell infern.

«Pagaré la soldada», va dir, finalment, amb resolució, i en imaginar la cara de l'Enric quan s'assabentés que la fortuna maleïda del seu pare li havia salvat la pell, va tornar a riure a cor ple. «Serà el pitjor càstig que podria rebre. Com s'haurà d'empassar l'orgull!», i aquella idea el va posar de molt bon humor. Quan va arribar l'Elisenda, que havia anat a comprar unes puntes de coixí amb la seva amiga Lluïsina, el va trobar cantant. «Avui, estimada, he rebut una excel·lent notícia!».

Una foguera

Cada vegada que anava a visitar els pares, es deturava una estona a les grans obres que estaven fent a la cantonada del carrer de Provença amb el passeig de Gràcia. La mare explicava que la senyora Segimon estava molt enfadada amb l'arquitecte, el senyor Gaudí, i que el seu marit, el senyor Milà, no parava de tenir baralles estridents amb ell. «Però no escolta, estimades, no escolta», afegia la senyora Segimon, desconsolada. Tot Barcelona anava ple d'enraonies i comentaris sobre aquella massa pètria que Gaudí estava aixecant en una de les parts més nobles de la ciutat, i n'hi havia que asseguraven que l'insigne arquitecte havia embogit. «És una muntanya de pedra amb forats», comentava un, «I què me'n dieu dels ferros retorts que hi està posant Jujol, que ja poden ser la forja dels germans Badia, que res no impedeix que siguin ben lleigs!», reblava algú altre, i el cor elevava el xiuxiueig indignat a una simfonia estrident. «No li encarregarem cap més casa, valga'm Déu!», van començar a mussitar els llavis pintats de les grans dames, «És ben bé llençar els diners», reblava un senyor amb els bigotis a la francesa, i en el copalta de la ciutat l'escàndol estava servit. I mentre les revistes satíriques comparaven les obres amb mones de Pasqua, amb deliris wagnerians, o fins i tot amb el resultat d'un terratrèmol en una casa de pisos, en els cenacles dels entesos s'escrivia la sentència, «Gaudí ensorrarà el seu prestigi, amb aquesta bogeria».

L'Avel·lí participava de la idea que allò s'assemblava més a una pedrera del Garraf que no pas a la mansió d'una gran família i, quan en parlaven a casa dels pares, les comparacions amb altres grans cases del passeig de Gràcia eren inevitables. «Maleïda l'hora en què Pere Milà es va trobar amb Gaudí, quan Domènech i Montaner feia la casa al soci del seu sogre», recordava, i aleshores explicava que Milà havia conegut casualment l'arquitecte en una visita a les obres de l'empresari Batlló, que era soci del pare de Roser Segimon, i que havia assegurat, amb tota la pompositat, que la propera obra que fes Gaudí seria la seva casa. «Molt gran empresari i molt de la Lliga, i molt diputat a Corts, i molt amant de les carreres de cotxes i tot el que vulgueu, però Milà sempre ha estat un esnob», deia l'Albert sense dissimular el menyspreu, «I la pobra Roser, com està patint!», afegia l'Elisenda, i aleshores, invariablement, algú assegurava que aquell munt de pedres que s'estava alçant no tenia res a veure amb la casa Batlló, que la família considerava com un palau dels reis nòrdics. «I ja veurem com queda quan acabi, que per culpa de l'esnobisme de Milà i dels deliris de Gaudí, les nostres cases perdran valor, ja podeu imaginar qui voldrà viure al costat d'una pedrera!». «Però serà una gran casa», afegia alguna de les filles, totes elles meravellades amb tanta esplendor, i aleshores el recompte es feia a cor. Els Milà havien encarregat més de mil metres quadrats, i la construcció incloïa un soterrani amb aparcament per a carruatges i cotxes, botigues a l'entresòl, la seva immensa vivenda a la part noble i quatre pisos amb apartaments per llogar, «que n'han projectat més d'una vintena», a banda d'unes enormes golfes amb terrats a diferents nivells.

—Sabeu què vol fer ara Gaudí, que la Roser ja li ha dit que no li ho pensa permetre? —va demanar l'Elisenda.

—Qualsevol cosa, qualsevol cosa —van respondre a pleret els presents, amb més desdeny que sorpresa.

Aleshores l'Elisenda iniciava el relat d'una de les

moltes històries que s'explicaven sobre aquelles obres polèmiques, que situava Gaudí a la picota. Segons s'havia lamentat la senyora Segimon, l'arquitecte volia culminar l'edifici amb una imatge monumental d'una Mare de Déu del Roser, «En homenatge al meu nom, valga'm Déu, com si jo fos la mateixa Mare de Déu!, i ja l'ha encarregat a Carles Mani, pobre home, i no ho penso permetre, de cap manera!». «Quina pensada tan estrambòtica!», responien les dames escandalitzades, i totes coincidien que el senyor Gaudí havia de dedicar-se a acabar el temple expiatori de la Sagrada Família, «que ja fa gairebé trenta anys que l'està fent, i just té construït un mur!», exclamaven amb la seva indignació de pinyonet, i reblaven excitades, «I a sobre no para de demanar-nos diners, què més vol? És un sac foradat!». Les més indulgents asseveraven que Gaudí era un gran arquitecte, però «per a les coses del cel, que les de la terra no sap entendre-les», i el cor assentia, «que deixi per a altres arquitectes de renom les cases de les famílies de bé». «Ja ho diu Maragall, ja: Gaudí és un místic i un poeta, però ai, estimades, és un bon arquitecte per a les nostres cases?», la riallada de les dames culminava el seu sonor cloqueig.

Si aquella muntanya de pedres semblava a l'Avellí el somni tortuós d'un arquitecte delirant, l'edifici de l'Orfeó Català, que feia a penes un any que s'havia inaugurat, el meravellava tant com a la majoria de la Barcelona benestant. «No és un auditori de música», deien les llengües admirades, «és un palau magnificent, un castell». «La casa del cant», segons expressió de Maragall, que tothom trobava molt oportuna. I des del dia de la inauguració, el 9 de febrer de 1908, l'edifici que Domènech i Montaner havia alçat en ple barri de Sant Pere, allà on hi havia hagut durant segles el claustre del convent de Sant Francesc, es va convertir en l'orgull de la Barcelona que anhelava l'Avel·lí i, amb ell, tots els que s'havien congriat en el moviment de Solidaritat Catalana. «Aquest Palau de la Música, Dolcina, és la metàfora del que serà Catalunya algun dia, quan recuperem el nostre govern», va dir a la dona la primera vegada que van anar a escoltar un concert, just un mes després de la inauguració. Enric Granados estrenava el seu poema simfònic *Dante*, i quan l'Avel·lí va alçar la mirada cap al magnificent vitrall d'Antoni Rigalt que culminava el sostre de la sala de concerts, mentre escoltava la potència musical d'aquella gran composició, els ulls se li van humitejar. Se sentia corprès amb una intensitat emotiva feridora i alhora excitant, i durant tot el concert va tocar amb els dits la felicitat.

Però no va ser el poema simfònic de Granados, ni els concerts de música coral que omplien el Palau de melodies delicades i harmonioses, ni cap altre esdeveniment musical el que va regalar a l'Avellí un dels moments més intensos de la seva vida. Era el 28 de juny de 1908, i tot i que ja havia passat més d'un any, encara li tremolava la veu quan recordava aquell dia en què Solidaritat Catalana va fer la seva gran assemblea a la seu de l'Orfeó. Per primera vegada des que s'havia implicat en la lluita catalanista, va tenir la impressió que podien ser forts, i que el somni d'un govern català era a tocar. El Palau era ple de gom a gom, els líders de totes les famílies de Solidaritat brandaven paraules de victòria, les senyeres onejaven com si la màgia modernista de l'edifici les hagués inflat de vent, i a la platea centenars de persones corejaven *El cant de la senyera*. «És el miracle de la unitat!», comentava la veu col·lectiva, i dominava la convicció que el Programa del Tívoli, llegit en aquell teatre el 1907, amb el qual les forces catalanistes havien segellat una candidatura unitària, els havia conduït a la gran victòria sobre els lerrouxistes. «Quaranta-un dels quaranta-quatre escons que podíem treure! Els hem escombrat!», cridava un entusiasta, i el Palau recollia l'eco de l'eufòria.

Contagiat d'aquell abrandament col·lectiu, l'Avellí va sentir-se més implicat que mai en la lluita del seu país, empès per un sentiment patriòtic que el relligava a la besàvia Mariona, a la rebesàvia Merceneta i a cadascun dels seus avantpassats, en una tirallonga de resistències i lluites que els havien permès sobreviure com a poble. I quan va sortir d'aquell acte al Palau, de camí cap a casa, tot esquivant les ingents obres d'obertura de la Via Laietana, que deien que seria una gran avinguda, va tenir la impressió que Barcelona vibrava arreu, amb obres, edificis majestuosos, grans concerts, líders compromesos i uns ideals nobles que no podien ser vençuts. Mirava la gent bocabadat, amb un sentiment anímic tan sobreeixit, que s'imaginava que abraçava tothom, com si fos un infant, un beneit, un ximplet. I agafat del braç de la Dolcina, exultant d'emoció, va fer camí cap a casa, convençut que la gent com ell capgirarien l'adolorida història de Catalunya.

«Quina llàstima que no hagi vingut el papà!», va dir a la dona en un moment de feblesa, però va rebutjar aquell pensament que ennegria l'estat lluminós que l'amarava. Sabia molt bé que l'Albert s'havia allunyat definitivament de tots aquells cercles catalanistes, i que si mantenia els vincles amb la gent de la Lliga, només ho feia per la banda de Cambó i dels sectors més conservadors, «els regionalistes pactistes», que en deien els amics de l'Avellí, però en aquell moment no hi volia pensar, dividit el cor entre l'admiració que tenia pel seu pare i el fort compromís que havia adquirit amb Solidaritat. «No ensopegarem, malgrat els que abandonin el camí», va dir amb una solemnitat impostada, que va fer esclafir de riure la seva dona. I tot rient, van fer cap a casa.

D'aquella tarda gloriosa en feia un any just, i ara, amb la ciutat revoltada per les lleves de soldats que enviaven a la guerra d'Àfrica, tot li semblava més desdibuixat. A diferència del pare, que estava en permanent estat de nerviosisme, convençut que Barcelona estava a les portes d'una revolució, «Violència i més violència, això és el que viurem ben aviat», deia a tothom que el volia sentir, l'Avel·lí centrava la seva preocupació en la lenta però persistent trencadissa que s'estava produint en el si de Solidaritat Catalana. «Sense unitat no anem enlloc, mai no hem anat enlloc, i sempre ensopeguem amb la mateixa pedra», repetien uns i altres, però ningú no semblava saber com evitar el desastre. Sovint, a les tertúlies a l'Ateneu, on es trobava amb alguns companys per passar la tarda i debatre sobre la situació, el repàs dels darrers anys era el relat d'una malaltia crònica. Havien estat units i novament desunits, i en aquell vaivé malèfic guanyaven i perdien eleccions, mentre el martell repressiu de l'estat queia damunt del catalanisme, implacable i constant. Eren «*los hijos degenerados de un contubernio monstruoso*», clamava Lerroux en els mítings, que assegurava que els que cantaven *Els segadors* eren «*melenudos de dudoso sexo*», i en les campanyes electorals, on augmentava els decibels de la demagògia, l'emperador del Paral·lel incitava a la violència...

«*Mañana seré el gobernador de Barcelona. Id a votar con la papeleta en una mano y el revólver en la otra. Si veis alguna de estas bicicletas de los regionalistas, hacedles poca cosa, un palito entre las ruedas y basta*»...

...i per totes les terres d'Espanya, la paraula *separatista* perseguia qualsevol intent d'aconseguir alguna millora en els interessos catalans. «Tanmateix, mai no havíem estat tants, ni tan forts, ni tan units, i si hi persistim i no ens barallem, ni ens clavem punyals a l'esquena, no ens aturarà ningú», clamava algú al bell mig de la conversa, «Però Cambó està fent de les seves a Madrid, és tan amiguet de Maura, que no veu que ens prendran el pèl!», el contradeia algú altre. I aleshores, de manera indefugible, començaven l'enèsima discussió entre els que creien que calia aprofitar-se del nou govern de Maura, per negociar un projecte que iniciés la roda de la descentralització, i aquells que estaven segurs que tot plegat era una argúcia intel·ligent de l'Estat per tal d'entretenir-los i desgastar-los amb negociacions inacabables, sense aconseguir mai res. Els de la Lliga defensaven el possibilisme i les forces d'esquerres exigien plantar cara, i entre uns i altres l'esquerda en el si de la coalició s'anava ampliant. Només havia faltat l'oposició de la Lliga al projecte que havia presentat el regidor Francesc Layret a l'Ajuntament de Barcelona, amb la intenció d'implantar la neutralitat religiosa a les escoles i introduir-hi el català, perquè la unitat entrés en situació d'agonia.

«Tan sols demanàvem un excedent econòmic per construir quatre escoles laiques per a nens obrers! Com és possible que hi hàgiu votat en contra!», cridaven els republicans catalanistes, escandalitzats i enfurits, i aleshores recordaven la campanya furibunda del cardenal Casañas, que havia excomunicat tots els lectors d'*El Poble Català* i havia prohibit el diari als catòlics, «I s'han donat de baixa més de sis-cents subscriptors, per culpa d'aquest rosegador de ciris, i hem perdut desenes d'anuncis». «I com és possible que ens enfronteu amb l'Església, colla d'irresponsables!», responien els lligaires, igualment enfurismats, alhora que amoïnats, i amb el so d'aquelles trompetes estridents els murs de Jericó tornaven a tremolar. «La unitat es trencarà una altra vegada», repetia l'Avel·lí, desanimat, i la sensació de ser, els mateixos catalanistes, els seus principals enemics el desesperava més que les fuetades dels adversaris naturals.

«Sort en tenim de Madrid», afegia algú, amb

més convicció que sarcasme, i la idea que cada vegada que els catalanistes estaven barallats l'Estat prenia alguna decisió repressiva que els tornava a unir s'endevinava una eina eficaç. «Va passar així després dels fets del *Cu-cut!*», i recordaven que el govern espanyol, amb el suport d'Alfons XIII, havia impulsat la llei de jurisdiccions, que posava en mans dels militars la potestat de jutjar qualsevol opinió o acte polític que «*atente contra la sagrada unidad de la patria*». «Ja ho veus, Avel·lí, si no arriba a ser per Madrid i la seva llei de jurisdiccions, no hauríem creat Solidaritat, ni estaríem junts, ni hauríem guanyat les eleccions. Dóna temps a Espanya, que quan més barallats estiguem, els de Madrid i la Corona en faran alguna de grossa contra Catalunya i ens tornaran a unir. Mai no ens fallen». «Amén», responien, alhora, els presents.

Tot i que les conviccions polítiques de l'Avel·lí eren profundes i no havien deixat de créixer a mesura que els esdeveniments crispaven la situació, el seu sentiment per Catalunya no havia nascut de manera espontània, ni era improvisat. Tampoc no venia per osmosi paterna, atès que els pares mai no havien mostrat altra ideologia que la del manteniment dels privilegis que havien conquerit. I tot i que, en els darrers anys, el pare s'havia implicat amb la Lliga, l'Avel·lí sabia que el seu pare no es movia per un compromís catalanista, sinó per la convicció que havia d'estar en aquell moment i en aquell lloc amb aquella gent. «El papà va néixer amb l'instint de la supervivència, i per això té molt agut l'instint de l'oportunitat», deia a la Dolcina, a qui havia explicat tota la història de la família, amb la guerra de Cuba inclosa. «Un soldat de lleva!», va exclamar la Dolcina, la primera vegada que ho va sentir, i l'Avel·lí va adonar-se que no estava escandalitzada ni sorpresa, sinó divertida. La seva dona sentia un delit malaltís per les situacions insòlites.

Amb tot, el fet és que l'Avel·lí havia estat preparat per assumir l'alta responsabilitat que, com a fill gran, tindria d'adult, la de mantenir i engrandir la fortuna familiar. «Ets el nostre hereu, recorda-ho sempre. Has de ser responsable i seriós i estar per la feina. No siguis mai un hereu escampa, fill, que ens ha costat molt aconseguir el que tenim», i amb aquella lletania, que es va repetir durant tota la infància i l'adolescència, la mare el va educar per tal de convertir-lo en un home de bé. Va ser així com va tenir dues dides de Manresa, ensenyament en col·legis de frares escolapis, un professor particular de francès, classes de tennis i d'equitació i seient propi al Liceu, només fer els vint-i-dos anys. «I ben aviat un cotxe, Avel·lí, com el del teu amic Sanahuja», xiuxiuejava la mare en els darrers anys de l'adolescència.

Havia estat un bon fill, educat a la bona manera,

per tal de ser, al final del camí, un home de bé. I per home de bé la família entenia un home ben casat, descarnat en els negocis, conservador en les idees i catòlic practicant. I gairebé ho havia aconseguit: estava ben casat, tenia un instint depredador per als negocis i era creient, però malgrat el desig del pare les seves idees eren cada dia més arriscades. «Sóc un burgès empeltat de revolucionaris», deia a casa, quan tenia ganes d'escandalitzar la família.

El sentiment religiós li venia de la mare, que acostumava a fer una pregària abans dels àpats i complia amb tots els rituals catòlics que marcava el calendari. Era devota de la Mare de Déu de Montserrat i sempre recordava, amb orgull, que havien anat als actes de celebració de la coronació de la Moreneta com a patrona de Catalunya, «Amb tu, Avel·lí, que tenies dos anyets, i el pare et va agafar a collibè, perquè ho poguessis veure tot». A banda de la fe que l'Elisenda maldava per transmetre als fills, ella mateixa va voler assegurar-los la solidesa de l'educació religiosa, i va ser el pare Damià l'encarregat de tenir-ne cura. Era un jesuïta intel·ligent i culte que cada dimecres els llegia textos bíblics, que sempre transformava en lliçons de vida. Tot i que hi havia una estona per a l'oració, en general convertia la religió en una matèria divertida i tangible, allunyada de qualsevol abstracció incomprensible. A vegades l'Albert deia, sorneguer, que aquell capellà era una mica ateu, «Com jo mateix», afegia satisfet. El fet, però, és que gràcies al pare Damià l'Avel·lí va convertir-se en un catòlic convençut, amb un fervor espiritual que li brollava amb naturalitat quan combregava a missa o deia el parenostre, o quan ja casat pregava amb la Dolcina. «A vegades és com si tastés la llum de Déu. No la veig, però la paladejo», i quan aquella transcendència l'il·luminava se sentia un home feliç.

El seu catolicisme, en canvi, no transcendia a l'àmbit de la porpra, i a mesura que anava augmentant la seva militància catalanista anava desenvolupant un fort sentiment de rebuig a una jerarquia catòlica que li semblava tan immobilista, «que només pot radicalitzar encara més la situació». «Ferrer i Guàrdia és un incendiari, un sacríleg que vol desterrar Déu de les escoles, amb tota la seva dèria cientista, però l'odi dels bisbes a la ciència i a la modernitat tampoc no és cosa bona», i aquella idea era compartida per molts dels companys de Solidaritat. «No oblideu que, excepte Torras i Bages i algun altre, tots aquests bisbes, a l'hora de la veritat, estaran amb Madrid i amb el rei, abans que amb Catalunya», deia algú, i «Millor que no esmentem Torras i Bages, que ens farà tornar a les èpoques de Pau Claris», afegia algú altre, entre la riota general. Com la majoria dels seus companys, l'Avel·lí havia aconseguit trobar-se en el punt intermedi entre els plantejaments, que considerava revolucionaris, de l'Escola Moderna i els que li semblaven retrògrads de l'Església catòlica, i totes dues posicions les percebia com a radicals. «Cal ser tradicionalistes, però mirant el futur, i no el passat», deia a la Dolcina, convençut de ser un home del seu temps, «un noucentista, que diu en Xènius».

Si el sentit pràctic dels negocis li venia del pare i la fe catòlica era herència materna, passada pels bons oficis del pare Damià, el sentiment català va ser fruit de la persistent tenacitat de l'avi Ignasi i sobretot de l'àvia Mercè, que dedicava moltes estones a parlar de les velles històries del país, algunes de les quals coneixia de primera mà, perquè les havia viscut ell o la Mariona i la Merceneta. «La nostra família és com aquesta terra, cau i es torna a aixecar», i quan l'àvia li deia frases com aquella, l'Avel·lí notava unes emocions que no se sabia explicar. Era com un batec que el relligava a alguna cosa més gran que ell mateix, de la qual formava part fins i tot abans d'entendre-la.

Va ser així com, les tardes amb xocolata i pa de pessic, els avis li van anar explicant les històries del seu vell país, i algunes li semblaven tan emocionants, que s'imaginava lluitant a les muntanyes al costat del general Savalls, tot cridant «Visca els furs catalans!». L'avi Ignasi, que tenia un instint natural pels relats històrics, li donava tota mena de detalls, i aleshores l'Avel·lí sentia parlar del general Tristany, «el primer president dels catalans des del 1714», de la jura dels furs catalans a Olot el 1874, de la restitució de la Generalitat i de com els carlins, finalment, havien perdut la guerra. «Fe, abnegació i patriotisme», cridava el general Tristany en boca de l'avi Ignasi, i quan l'Avel·lí el veia dempeus, brandant un estri de cuina a manera de trabuc amb la barretina calada, reia a cor què vols. Després l'àvia Mercè matisava que els carlins eren bona gent, però massa religiosos, i l'Avel·lí no gosava preguntar com es podia ser massa religiós. I aleshores, com sempre que es parlava dels carlins, l'àvia els contraposava la lluita dels republicans, «O no recordes que mentre els carlins exigien els furs, nosaltres proclamàvem la República Federal a Barcelona?», i aleshores parlava de Baldomer Lostau, que havia estat nomenat president provisional de les quatre diputacions i va exigir que la diputació es constituís en Convenció de l'Estat de Catalunya, de la deserció del general Gaminde, el botxí del bombardeig de Gràcia del 1870, i fins i tot de l'intent de dissoldre l'exèrcit i recuperar el sometent, «i tot ho vam intentar sense un rei ni una creu», exclamava l'àvia Mercè, amb un to èpic que vorejava el dramatisme.

Però si les gestes dels vells carlins o, més enllà, la

defensa de les muralles de Barcelona a la guerra del 1714, o sobretot la lluita de l'àvia Mariona durant el bombardeig de Gràcia van acompanyar els seus anys d'infància, a mesura que es feia gran tenia més interès pels fets polítics que no pas per les gestes èpiques. I entre converses amb l'avi Ignasi i lectures clarificadores, «Cal començar amb *Las nacionalidades* de Pi i Margall, amics, i després continuar amb *Lo Catalanisme* d'Almirall. Allà hi és tot», comentaven els lletraferits de Solidaritat, l'Avel·lí va anar refent el relat de la lluita pels drets catalans. Tenia només sis anys quan un grup de prohoms, presidit per Joaquim Rubió i Ors, va entregar al rei Alfons XII un memorial de greuges que intentava salvar el dret civil català i, alhora, plantejava els diferents greuges que patia Catalunya. I després vindria la primera Diada del 1886, la campanya contra el codi civil imposat per Madrid, les Bases de Manresa el 1892, el Tancament de Caixes i una llarga tirallonga d'esforços i lluites que, per a l'Avel·lí, culminaven en aquell moment que estava vivint, amb la unificació del catalanisme en el moviment de Solidaritat Catalana, l'èxit electoral del qual aconseguiria que Catalunya tornés a ser una nació respectada. Aquella convicció s'havia convertit en un motor poderós que l'empenyia i el motivava.

Un dia, en una de les sovintejades reunions a l'Ateneu, on les converses s'enlairaven amb passió, sense cap altre objectiu que fer badar les idees, Honorat Sigmont, un farmacèutic del carrer de Sant Honorat, «que això sí que és coherència», deien amb sorna els companys, va portar a la reunió el text íntegre del Memorial de Greuges de 1885 i, amb veu poderosa, després de palplantar-se al bell mig de la sala, va cridar «Companys!», i aleshores va fer una pausa tan solemne, que va aconseguir un miraculós silenci a la sala. Un cop garantida l'atenció de tothom, i investit amb la impostada transcendència de qui reté momentàniament el protagonisme, va continuar...

—Aquest és el text íntegre, inspirat per Valentí Almirall, que l'insigne Francesc de Sales Maspons i Labrós, degà del col·legi notarial de Barcelona, gran folklorista i inspirador del Centre Excursionista de Catalunya, va llegir davant del rei Alfons XII. Crec necessari que coneguem el que diu, i per això, si ho trobeu convenient, us en voldria fer la lectura.

...i sense esperar la resposta de la sala, que continuava muda i expectant, va començar a llegir...

«*Señor: Jamás comisión alguna ha debido presentarse ante V. M. más conmovida que la que en este momento, y bien inmerecidamente por cierto, tengo la honra de presidir. A excepción mía, compónenla, Señor, los hijos más preclaros de Cataluña, aquellos que, así en literatura como en ciencias políticas y morales, así en industria como en el mero trabajo obrero, ocupan el primer lugar en Cataluña, y se acercan a las gradas del trono en súplica de que V. M. se digne fijar su atención en las desgracias que sobre nuestro país viene acumulando la política centralista y unificadora de los partidos*».

Els caps dels presents assentien, els bigotis allargaven les seves puntes, excitats pels dits que els acaronaven amb insistència, les cames s'encreuaven en totes dues direccions, un notable cigar omplia de fum indolent l'atmosfera i en el cervell de l'Avel·lí les idees grataven el racó de les emocions. L'Honorat continuava la lectura, sense perdre la solemnitat...

«*No tenemos, Señor, la pretensión de debilitar, ni mucho menos atacar, la gloriosa unidad de la patria española; antes por el contrario, deseamos fortificarla y consolidarla: pero entendemos que para lograrlo no es buen camino ahogar y destruir la vida regional para substituirla por la del centro, sino que creemos que lo conveniente al par que justo, es dar expansión, desarrollo y vida espontánea y libre a las diversas provincias de España para que de todas partes de la Pe-*

nínsula salga la gloria y la grandeza de la nación española.

Lo que nosotros deseamos, Señor, es que en España se implante un sistema regional adecuado a las condiciones actuales de ella y parecido a alguno de los que se siguen en los gloriosísimos imperios de Austria-Hungría y Alemania, y en el Reino Unido de la Gran Bretaña, sistema ya seguido en España en los días de nuestra grandeza».

...respirava, s'aclaria la veu i continuava...

«*Señor, se nos arrebató nuestro sistema administrativo, que hoy encuentran bueno e imitan naciones cultas de Europa, para ser substituido, primero por el sistema castellano, y hoy por una copia imperfecta y viciosa del sistema francés.*

No podemos usar nuestra lengua más que en nuestros hogares y en conversaciones familiares: desterrada de las escuelas, lo ha sido más tarde de la contratación pública y también de los tribunales, en los cuales muchas veces, y por muy ilustrados que sean, ni los jueces entienden a los testigos y procesados, ni éstos entienden a los jueces.

Y como si todo esto no fuera bastante, hace tiempo que viene amenazándose, y hoy se intenta con empeño destruir, o cuando menos adulterar, nuestro derecho civil, base indeleble de la robusta y moral organiza-

ción de la familia catalana y de nuestra propiedad, que va aumentando y creciendo a medida que unas generaciones suceden a otras generaciones.

A fuerza de trabajo y privaciones sin cuento, nuestros industriales han creado una industria española que en cuarenta años ha progresado y alcanzado altísimo nivel. Esta industria viene siendo atacada de raíz de algunos años a esta parte, y últimamente lo ha sido y lo es por medio del tratado con Francia y del proyecto de modus vivendi con Inglaterra».

...i tot aturant-se en aquell punt, i alçant la mirada a la munió de gent que s'havia anat apropant al seu voltant, convençut de la importància del moment, Honorat Sigmont, farmacèutic del carrer Sant Honorat, «que això sí que és coherència», va culminar la lectura...

«*Señor, sólo la poderosa iniciativa de V. M., su alta sabiduría y el amor que profesa a nuestro país, puede poner remedio a nuestros males. Rogamos, pues, a V. M. que lo haga, seguro de que no han de faltarle las bendiciones del cielo, y la inmensa, la inmensísima gratitud de los hijos de Cataluña.*

«Un Borbó que ens va escoltar i es mor just després», va engegar una veu des del fons de l'estança, i la riallada general es va barrejar amb l'aplaudiment que van regalar al conspicu lector d'aquell notable document. Després, en les converses que es van generar, el convenciment general era que feia molts anys que els catalans ho intentaven, que Espanya mai no escoltava, que l'esperit de Castella ho dominava tot, i que havia arribat l'hora d'enfrontar-s'hi amb decisió, per no tornar a perdre el temps amb peticions que no anaven enlloc. «Ja som al 1909, companys, al 1909. Valga'm Déu! Quants anys fa que piquem a la porta de Madrid perquè ens facin cas? I què tenim? Res, això us diré, res, excepte lleis que encara ens emmordassen més i més», va dir un home de mitjana edat que l'Avel·lí no coneixia, i aleshores algú va respondre que els catalans eren uns rucs enganxats a la sínia espanyola, i que o es desenganxaven o no pararien de rodar sense anar mai enlloc, i tothom va considerar que tenia raó. «I volen anar a conquerir els moros! Valga'm Déu, si primer haurien de colonitzar-se ells mateixos!», va afegir un altre membre del grup, i aleshores es va comentar l'article que acabava de publicar Joaquim Lluhí i Rissech a *El Poble Català*, on posava el dit en aquella nafra...

«Aquesta guerra està renyida totalment amb les més clares i urgents conveniències patriòtiques. Espanya no pot exportar estímuls, ni instal·lacions, ni energies de civilització. És un país en què la civilització és molt deficient o falsa en els ordres primordials de l'existència, en l'organització política, en l'administració de justícia, en la instrucció pública, en aptituds de govern, en instrument monetari, en solidaritat social. Espanya no està en condicions de colonitzar ningú».

Les idees sobre Catalunya i les emocions que les inspiraven, totes dues caminant en la mateixa direcció, i d'aquella unió del cor i del cervell, l'Avel·lí en va fer un motiu central de la seva vida.

Més enllà de les reunions polítiques, que li ocupaven la major part del seu escàs temps lliure, l'Avel·lí estava abocat a les seves activitats empresarials, que anaven des d'ajudar el pare en la direcció de les empreses, especialment l'empresa mare, que dirigia gairebé en solitari, fins a una notable activitat financera, que li donava rèdits importants. «Ampliaré la fortuna del pare i seré molt més ric», deia a la Dolcina, amb orgull gens dissimulat, i ella, dotada d'un sentit terrenal de l'existència, sempre li responia que treballés i deixés de somiar truites. La Dolcina era una dona aspra, gens dotada per a les relacions socials, i en general no parlava quan hi havia més de dues persones al seu voltant. «Aquesta noia deu amagar molts secrets», xiuxiuejava neguitosa l'Elisenda, i en els àpats familiars mai no li van sentir dir ni una paraula. Amb tot, era d'una gran família, i aquell talismà la convertia, als ulls dels Corner, en un motiu d'orgull. Però tot i ser callada de mena, quan estava amb l'Avel·lí a soles es tornava loquaç i el sorprenia amb una intel·ligència viva i una notable capacitat de raonament. També tenia una insospitada vena alegre, per bé que el seu humor tendia al sarcasme sense remei. «Tinc una dona àcida», li deia ell, divertit.

Tot va anar ràpid i sense ensurts. Les famílies es coneixien des de feia anys, ells s'havien vist en alguns actes socials i finalment van coincidir a les classes de tennis que tots dos rebien al Barcelona Lawn-Tennis Club. Ningú no entenia gaire bé com havia sorgit aquella relació, sobretot perquè l'Avel·lí tenia un caràcter dinàmic i la Dolcina era un armari tancat, però el fet és que es van agradar immediatament, i des del dia que es van prometre ningú no dubtava que aquella relació tenia molt de futur. «És una dona meravellosa, mamà, un petit diamant, però cal picar pedra, molta pedra, per trobar-lo», deia embadalit.

Picada a picada, el diamant va anar apareixent, i l'Avel·lí es va casar profundament enamorat, convençut que aquella dona silenciosa, culta, creient i, sobretot, assenyada l'acompanyaria eficaçment tota la vida. Quan, la nit de noces, ella li va demanar tot mirant-lo sense cap pudor que li descordés la cotilla i després va abaixar-se lentament unes calcetes que acabaven en unes puntetes delicades, la fusió va ser explosiva. «Sempre em sorprendràs», li deia l'Avel·lí després de gaudir d'algun dels orgasmes que la seva dona li regalava, amb la seva boca xuclant-li amb delit el membre, com si fos una experta. Quan acabava aquella pràctica, que feia amb parsimònia i dedicació, esperava que l'Avel·lí s'adormís, i després es rentava les dents, glopejava aigua del Carme i s'agenollava davant d'una figureta de la Mare de Déu de la Mercè, que tenia en una petita tauleta prop del tocador. Amorosida per la foscor, pregava en silenci.

Com era possible, es preguntava l'Avel·lí, més divertit que estranyat, que aquella dona refinada de l'alta burgesia, que s'havia casat sense haver tingut mai cap promès i amb la virginitat com a tribut garantit, tingués tanta desimboltura amb el sexe. Però era una pregunta que no tenia cap interès a respondre's perquè estava encantat de tenir una gran dama de dia i una desvergonyida barjaula de nit. I, com havia intuït des del primer instant que la va conèixer, la Dolcina era una dona excepcional.

La seva família, en canvi, no amagava cap sorpresa, però l'amoïnava constantment. Havia assumit el paper de fill gran amb una sobredosi de transcendència que el carregava de responsabilitat, i tot el que passava en el si de la casa del carrer de

Provença esclatava al saló de casa seva, com si visqués les vides de tots. «Només ets el fill gran de la família Corner, Avel·lí, però no ets el fill gran de tota la humanitat», el burxava la Dolcina, però res no impedia que parlés tothora del pare, «que cada dia està més agre i espantat, i ara va amb tots aquells del Polo, que ja veuràs que acabarà amb els cercles més reaccionaris de Barcelona», o s'exclamava també de l'Enric, «que l'hem perdut, Dolcina, l'hem perdut», o de qualsevol de les germanes, el futur de les quals volia controlar acuradament, per tal que tot sortís bé.

Res, però, no sortia bé, i la fractura que la família havia patit, «Per culpa de l'Enric, Dolcina, tot per culpa de l'Enric», li produïa un neguit constant, com un rosec del qual no podia alliberar-se. Va ser justament l'Enric qui va acabar de desficiar-lo fins al punt que no el deixava respirar. Feia temps que li arribaven enraonies de baixa estofa, xerrameques de cafè i cigar que posava al sac de les garlades malintencionades. No en volia fer cas, convençut que el rum-rum de la ciutat sempre tenia una imaginació molt fosca. Però el sorollet no s'aturava, i just feia una estona que la frontera entre el rumor i l'evidència s'havia traspassat de manera implacable. Va ser el seu millor amic, Jofre Punsà, qui el va separar del grup una tarda a l'Ateneu, quan la conversa vorejava perillosament l'assumpte en qüestió, i li ho va etzibar a boca de canó, sense cap pietat, més enllà de la pietat que la veritat descarnada pot amagar.

«És un marieta, Avel·lí», i el martell va caure damunt la tarda, «un invertit», i el clau va començar a enfonsar-se dins la pell, «un miserable monyes que té sexe amb altres homes», més i més endins, «i ja és l'hora que te'n vulguis adonar», i es va clavar a l'ànima. Era del seu germà, de qui parlava en Jofre, però les paraules li ressonaven al cervell com si fossin alienes a l'idioma conegut i formessin un galimaties incomprensible. Quan, per fi, va reaccionar, el dolor es va fer insuportable, i va ser aleshores quan es va adonar que feia tant de temps que ho sabia, com temps feia que ho volia negar. «Li he perdonat moltes coses, a l'Enric, però aquesta vergonya repugnant, aquesta ofensa miserable a la nostra família no la podré perdonar mai», i va sortir rabent, carrer de la Canuda enllà, sense acomiadar-se dels amics que vagarejaven al salonet de l'Ateneu.

De camí a casa, la ràbia li encenia l'espurna dels mals pensaments. «Què he de fer? Què hi podem fer?», i li venien imatges d'estomacades, de pallisses alliçonadores «que potser havíem d'haver donat fa molts anys», de palplantar-se davant d'ell i dir-li tot el que calia dir-li, però cap d'aquelles idees rabiüdes li servien de bàlsam, i esgotat i alhora confós va obrir el portaló de casa, va pujar els esglaons com si l'encalcés el dimoni i en veure la seva dona va començar a plorar. Sempre havia intentat entendre el seu germà, posar-se a la seva pell i imaginar que el movien idees nobles, i que si havia fet mal a la família era perquè estava perdut i espantat. «Ha errat el camí, papà, però el mou la lluita contra la injustícia», havia dit manta vegades quan les converses sobre l'Enric pujaven de to a casa dels pares. Però allò no, allò no ho podia justificar, ni entendre, ni suportar, allò no tenia res a veure amb la justícia, ni amb canviar el món, ni amb cap ideal elevat, sinó només amb la depravació. El seu germà era un pervertit, un llibertí que s'arrossegava per les xerradisses de Barcelona, amb els pantalons abaixats i el sexe nu, un cràpula. I aquella imatge li va semblar tan fastigosa, que va començar a imaginar que l'Enric moria en qualsevol cantonada, tirotejat pels soldats, o rebentat per una de les bombes anarquistes, i va percebre amb horror que aquella idea el tranquil·litzava. «Abans mort que invertit!», va exclamar, enfollit, i després es va deixar caure, totalment abatut, sobre la Dolcina, que l'acaronava com si fos un nen petit. «No el vull tornar a veure mai més», anava dient, però més que una frase li sortia un barboteig llastimós. La Dolcina li va preguntar si volia pregar i, mig badoc, la va mirar amb tendresa i es va eixugar les llàgrimes.

Aquella era una bona idea, i junts van començar un parenostre. Potser era Déu, que tenia motius inescrutables, qui els havia enviat aquella feixuga càrrega.

Els motius del carrer, en canvi, no eren celestials, sinó terrenals, i ben aviat van colpejar sonorament el picaporta. Eren uns companys de Solidaritat que el venien a buscar, «Avel·lí, estem reunits a la seu, els esdeveniments s'estan precipitant», i, rescabalat impetuosament del seu dol, va deixar-se endur pel grup. «La vaga general està en marxa i s'espera una aturada molt forta», explicava un diputat jove, quan van arribar al local, i el relat era tan precís com ho permetia la imprecisió de les notícies. Es parlava d'un comitè de vaga que havien format socialistes i anarquistes, «I també s'hi han afegit els radicals», dels centenars de delegats que s'estaven desplaçant a la seu del comitè, del socialista Antoni Fabra, que era un dels caps visibles, i també de l'anarquista Francisco Miranda, i d'altres noms menys coneguts. «Els de Solidaritat Obrera no han volgut sumar-se a la vaga del PSOE i la UGT del 2 d'agost, i demà serà el gran dia», i el rum-rum de la sala parlava de centenars de piquets preparats, de l'exèrcit, que estava en posició de guàrdia, de les amenaces d'estat de guerra i, sobretot, de les proclames incendiàries dels lerrouxistes, que animaven a cremar-ho tot. «Ja veurem si els del sindicat poden controlar la fúria de la gent, que la guerra els té desesperats», comentava l'eco.

L'Avel·lí hi va pensar un moment, mentre escoltava les inquietants noves del dia, i en veu alta, gairebé sense adonar-se'n, va exclamar, «25 de juliol de 1909!». «Sí, noi, avui és 25 de juliol, ves per on quina descoberta!», va constatar sorneguer en Jofre, i aleshores, mirant-lo de fit a fit, alliberat de la pena que una estona abans el tenallava, l'Avel·lí li va respondre, «És un dia que s'esculpirà amb foc a la gran història de Barcelona, però en la meva petita història, amic, també hi ha una foguera. Avui, el meu germà ha cremat en la pira, i ara només és un munt de cendra».

I SE'N VAN ELS SOLDATS...

«Afanya't, Juanita, que avui has de ser a casa abans de les nou», va dir l'Elisenda a la noia del servei que s'encarregava de comprar els productes per als àpats del dia. Sabia, per l'experiència d'altres vegades, que tenia temps per anar a fer els primers encàrrecs abans que els piquets obliguessin a tancar les botigues i ja no hi hagués manera de sortir a comprar. Tot i que els vaguistes mai no havien molestat cap noia del servei, l'Elisenda no va evitar el neguit que sempre sentia els dies de vaga, quan algú sortia de casa, i abans de tancar la porta darrere de la Juanita encara li va dir, «No parlis amb ningú, ni t'entretinguis, i si veus alguna cosa estranya, torna de seguida». Després va entrar al menjador, va demanar un got de llet calenta i, amb un esgotament impropi per a l'hora del dia, va asseure's al sofà, convençuda que el món s'havia capgirat. «On anirem a parar!», va remugar en veu alta, i va esperar que l'Albert i les filles vinguessin a esmorzar.

L'Elisenda no entenia res del que passava, i tampoc no ho volia entendre gaire, perquè quan sentia parlar l'Avel·lí i l'Albert, o pensava en els embolics en què estaria ficat l'Enric, tenia tanta por que es protegia imaginant que el món era com el redós de casa seva, un territori tranquil i ordenat, ple de bibelots bonics i d'estovalles de fil i de Chester elegants i balustrades modernistes, una petita pàtria silenciosa on poder viure sense ensurts. L'Albert li havia dit que estigués tranquil·la i que aquella protesta seria com totes, «Ja ho saps, Elisenda, comencen la vaga dilluns, perquè ja han cobrat la setmanada, el capità general declara l'estat de guerra dimarts, després tindrem dos dies de sorolls al Poblenou, divendres es calmaran, dissabte podrem començar a sortir de casa i diumenge circularan els tramvies, anirem a missa i badarem pel passeig de Gràcia». Però si bé era cert que, malgrat el soroll revolucionari, les vagues seguien un ritual ordenat, «Ja ho veus que no comencen fins a les deu del matí, després se'n van a dinar, no torna a haver-hi avalots fins a les quatre i a la nit se'n van a dormir», quan l'Albert li feia aquell relat, acostumava a riure a cor què vols, però amb tot aquella protesta no semblava com les altres, perquè venia carregada de mals averanys. La guerra d'Àfrica tenia molt revoltat el poble, i fins i tot ella, que no havia de patir pels seus fills, s'havia commogut quan, feia uns dies, havia vist una gran filera de reservistes flanquejada per les dones i els fills que els anaven a acomiadar i que sabien que, probablement, no els tornarien a veure. «Mare de Déu de Montserrat, protegeix aquests pobrets fillets de Déu, que se'n van a la guerra», va mussitar mentre se senyava, i la fiblada d'un temps passat, on ella hauria pogut ser la mare o la dona d'un d'aquells soldats, la va deixar sense esma. Entenia aquelles dones que ploraven desconsolades, mentre acompanyaven els seus marits de camí a la guerra, entenia la seva ràbia, el seu dolor, el seu desesper. A més, imaginava la por que devien sentir perquè, amb el marit a la guerra, qui portaria la setmanada a casa, com alimentarien els fills, i aquelles preguntes queien a plom en la seva consciència.

Una coneguda seva, la senyora Riudots, que freqüentava els cercles més aristocràtics de Barcelona, li va comentar que la marquesa de Castell-Florite havia organitzat, aquell mateix divendres, una reunió a casa amb la intenció d'ajudar els soldats. «No sabeu, estimada amiga, quina quantitat de gent de gran importància que hi havia a casa de la marquesa que, Déu me'n guard, no hi havia casa més luxosa ni senyora més refinada a tot Barcelona. I només hi faltava el capità general, que es va excusar, el pobre home, que ja em direu, amb tot el que està passant, però la resta, Elisenda, tot Barcelona hi era, que quan la marquesa ens demana, no hi falla ningú», i aleshores, amb orgull gens dissimulat, passava llista als assistents, «que hi havia els comtes de Fígols, el senyor Maristany, que presideix la cambra de comerç, i el senyor Muntadas, el de Foment, i també el comte de Sert i el senyor Sanllehy, que ja sabeu que presideix el Cercle del Liceu, acompanyat pel diputat Albó. I també el marquès de Casa Brusi, estimada, que és un home tan encantador, i no hi faltava el mossèn de Sant Josep, que és el capellà privat de la marquesa».

Després li va explicar que la intenció era aconseguir diners per a les famílies dels soldats, que s'havia creat un comitè presidit per la mateixa marquesa i pel governador civil, i que s'havia obert una oficina a l'Asilo Cuna del carrer de Montcada, «on podran venir les famílies dels soldats i apuntar-se, Elisenda, que el comitè està decidit a trobar els diners per poder pagar les setmanades», i aleshores, tot abaixant la veu, com si cometés un petit delicte, afegia, «Estimada, amb els dos rals diaris que els dóna el Ministeri de la Guerra, pobrets, no poden ni comprar el pa».

«Dos rals!», va dir-se, i va pensar que aquella

quantitat tan ínfima més que una ajuda era un insult. «Molt millor el que intenta la marquesa de Castell-Florite, que es veu que és una bona dona». Després va pensar que hi havia molta bona gent entre les grans famílies, gent que s'amoïnava pels més pobres, com el senyor Pere Alier, que coneixien d'algunes trobades socials i que, feia uns dies, havia publicat una carta a *La Vanguardia* que l'havia commoguda. La Merceneta li va dir, «Mamà, us llegiré una carta del senyor Alier que us agradarà», i fil a l'agulla, amb l'accent una mica forçat que feia la Merceneta quan llegia en castellà, l'Elisenda va sentir-se emocionada...

«*Yo desde hoy decido entregar a las familias de cuatro reservistas casados, y mientras dure la guerra de Marruecos y estén en servicio activo, la cantidad de doce pesetas semanales por familia*».

«Bona gent, sí, bona gent», va repetir, i va pensar que el senyor Alier, la marquesa i ella mateixa vivien protegits dels mals d'aquell temps de guerres i violència, però que allò no els havia d'impedir entendre el desesper i la ràbia de la gent, i que si no hi posaven remei, «Què faran, si estan desesperats!», i s'imaginava que passarien coses molt grosses els dies que havien de venir. Ja podia assegurar-li l'Albert que no patís per res i que seria com altres vegades, però ella no era beneita i escoltava de refiló les converses del seu marit amb l'Avel·lí, i endevinava la por que es respirava a l'atmosfera. A més, sabia que l'Albert havia anat a veure el capità general, acompanyat d'altres empresaris, «perquè cal prendre decisions, Elisenda!», i tot i que dissimulava, els seus comentaris eren cada dia més agres i més foscos. Al capdavall, aquella gent revoltada estava tan desesperada que tant els feia morir a Melilla com a Barcelona. No tenien res a perdre, i quan algú ho ha perdut tot pot fer qualsevol bogeria. Sí, podia passar qualsevol cosa.

Se sabia la reina de casa seva i no desitjava res més, una vida tranquil·la, uns fills ben casats, un marit que la respectés i una Barcelona assenyada, on poder anar al Liceu a estrenar el vestit nou, esmorzar de tant en tant al carrer de Petritxol amb les filles i anar als berenars de les grans dames de la societat, que la tenien en consideració i estima. Aquell món era harmoniós i a dins l'Elisenda era feliç. Però fora del clos blindat del seu particular castell grunyien els monstres. I en aquell dia de calitja pesant, després d'un juliol que no havia donat treva a la calor, el gruny se sentia proper i amenaçador. «Per què hi ha d'haver guerres que arrenquin els homes de les seves famílies, per què hi ha d'haver tant de patiment?», i en interrogar-se d'aquella manera, es renyava a l'instant, perquè ella era massa petita per fer-se preguntes tan grans, i només era una dona, i les dones no podien entendre els assumptes dels homes. Amb tot, reblava, «Com arriba a patir el poble menut!».

Encaboriada amb aquells pensaments, no va sentir la noia del servei que havia entrat al menjador per preparar l'esmorzar. «Cridi el senyor i les meves filles, Hermínia!», va dir com un autòmat, però quan la noia li va respondre, «Senyora, el senyor ha sortit molt d'hora de casa i ha demanat que no la molestessin», el cor se li va glaçar i, encalçada pels dimonis, com si tingués una premonició, va anar rabent al despatx del seu marit, va obrir el calaixet de la taula i va passar-hi la mà nerviosa. «No hi és», va dir en veu alta, i va tornar a remoure el calaix com si s'hagués de convèncer a si mateixa. El seu marit havia agafat la Luger Parabellum que havia comprat feia anys, «No fos cas que algun dia la necessitéssim», i que mai no movia del despatx. «S'ha endut la pistola, Mareta de Déu, se l'ha enduta. Quines coses han de passar avui, què ens passarà?», i espantada, va senyar-se amb devoció.

Lluny de la casa del carrer de Provença i de les preguntes desficiades de la seva mare, a la seu del sindicat, on s'havia quedat a dormir, «A veure si encara ens detindran abans de començar», l'Enric es preparava per viure un gran dia. «Serà un èxit», deien els companys i es repetia ell mateix, convençut que per fi aconseguirien culminar la vaga general. Se sentia exultant, tan excitat i nerviós, que no parava de moure's sense fer res en concret, i no va reaccionar fins que un company que estava preparant una pancarta li va engegar, «Deixa de fer de baldufa i ajuda'm», i, divertit, el va estirar del braç amb energia. El comitè de vaga havia repartit les diferents zones de Barcelona entre els militants del sindicat, i a l'Enric li tocava acompanyar els obrers de la Hispano Suiza a les Drassanes, per intentar aturar les fàbriques que hi havia al barri. Arreu on passaven, trobaven corrues de dones cridant a la vaga, «Tanqueu pels nostres germans de Melilla!», i la majoria duia llacets blancs al pit. En passar pel Paral·lel, el grup de l'Enric es va afegir a un piquet que maldava per desenganxar un tròlei i bolcar el tramvia, «Aturem els tramvies del porc del marquès de Foronda!», cridava una dona amb veu poderosa, i la munió reblava, «Mori el marquès de Foronda!».

L'Enric va reconèixer la capitana d'aquella bullanga, que ben aviat va improvisar un abrandat míting, palplantada damunt del tramvia, finalment bolcat. Les paraules li sortien a tropells, sense punts ni comes que donessin treva a l'idioma, però dins del caos tenien ordre i precisió i, si bé desmentien la gramàtica, reforçaven l'idioma de la revolució.

—Tanqueu les fàbriques, companys, tanqueu-les pels nostres germans de Melilla, cremeu les cadires dels cafès que obren les portes, obligueu els botiguers a anar-se'n a casa, que ningú no treballi avui, que ningú no vagi contra la voluntat del poble, no deixeu passar la Guàrdia Civil, defenseu el poble amb el vostre cos, visca la raó del poble, visquin els obrers, morin els cacics, dones catalanes, que tornin els soldats, no deixeu els marits a la guerra, arrenqueu-los de les urpes dels capellans i els burgesos, visca la vaga general, visca l'anarquia!

Fascinat i encara sorprès, l'Enric va exclamar «És la Quaranta Cèntims!», i va girar-se cap a en Lliberi, que encuriosit li va respondre, «No fotis, aquesta és la Quaranta Cèntims?», i mentre l'Enric assentia, els dos homes es van quedar mirant, bocabadats, aquella dona de carns generoses i llengua llarga que es deia Maria Llopis Bergés, però que tothom coneixia pel preu del seu cos quan l'oferia als homes. Tot i ser analfabeta i gaudir del títol de gran meuca del Paral·lel, la Maria s'havia anat fent un nom entre el moviment anarquista, no només per la seva sorprenent força oratòria, sinó perquè, per a molts, era la demostració que l'anarquisme ajudava a crear noves persones, capaces de superar els orígens més atziacs. «Una bagassa convertida en líder de la vaga, aquesta sí que és bona, Enric, quina meravella, la revolució!», i la convicció que formaven part d'un gran somni els va regalar una sobredosi d'orgull.

De camí a les Drassanes, encara van tenir temps de veure l'arribada d'una patrulla de la Guàrdia Civil, que va ser rebuda amb cops de pedra, i per bé que van fer un intent de tornar per ajudar els companys, finalment van deixar el piquet a la seva sort, perquè havien d'arribar a les fàbriques.

«Crec que han detingut l'Herreros», va comentar un dels obrers del grup, i l'Enric va pensar que el seu amic Tomàs Herreros era un supervivent. «Aguantarà!», va respondre. Després, quan, l'una rere l'altra, van anar tancant totes les fàbriques que van visitar i van començar a arribar notícies de vagues generalitzades a les fàbriques del Poblenou, de Sant Andreu de Palomar i de Gràcia, i fins i tot van tancar totes les que hi havia a Sant Martí de Provençals, la idea que la vaga general seria un èxit va començar a quallar entre els sindicalistes.

També ho va fer a la seu de governació civil, on el governador Ángel Ossorio Gallardo, després de fer sortir la Guàrdia Civil a detenir els piquets, acabava de manar el segrest dels diaris i es preparava per mobilitzar els escamots de guàrdies de seguretat. «*Que no vayan con sus armas blancas habituales. Que vayan armados con máuseres*», va ordenar al seu secretari, que apuntava en una llibreteta, amatent i disciplinat, cadascuna de les ordres. A les dotze del migdia, després de valorar els informes policials, que parlaven de tramvies bolcats, d'aparadors de botigues esbotzats, d'enfrontaments de vaguistes amb guàrdies civils i d'una aturada general a tota la ciutat, «*y, además, hay dos muertos, señor gobernador, y once heridos graves*», afegia l'informant, Ossorio va fer cap a Capitania, on havia de reunir-se amb el capità general i amb el president de l'Audiència. A més, arribaven notícies d'altres indrets de Catalunya, sobretot de Sabadell, on s'havia alçat una autèntica rebel·lió i, segons semblava, hi havia trets amb la Guàrdia Civil i semblava que havien mort dos funcionaris municipals. «*También hay insurgentes en Badalona, en Tarrasa, en Sitges, en Granollers, en Mataró y en Manresa, señor, es una rebelión general*», continuava el relat policial, i amb ell es disparava l'alarma. Calia prendre decisions urgents.

L'Albert estava tancat, des de primera hora del matí, amb un grup d'empresaris i prohoms de la ciutat, al casalot que tenien els Sanahuja a Sarrià, a tocar del carrer Major. «Serà bo que estiguem junts, per si s'han de prendre mesures», i aquella idea, que uns dies abans havia verbalitzat el mateix Sanahuja en una trobada al Círculo Ecuestre, va quallar entre la majoria dels presents i en d'altres que, en saber-ho més tard, s'hi van afegir.

Era soci del Círculo des de feia tres anys, quan

l'entitat encara tenia la seu a la rambla de Santa Mònica, abans de traslladar-se a l'edifici de la plaça de Catalunya. Com en tot a la seva vida, també la decisió de fer-se soci d'aquell cercle d'amants de l'hípica no tenia l'origen en l'ímpetu de les seves aficions, sinó en la naturalesa dels seus interessos. De fet, des de l'experiència amb els cavalls a la guerra de Cuba, la simpatia per aquells quadrúpedes era escassa, però després de fer-se del Polo i adonar-se de com li havia resultat d'útil per enfortir la seva xarxa de coneixences, la decisió de fer-se membre del Círculo anava rodada. I tot i que no li va resultar fàcil, perquè eren molt estrictes en l'admissió de nous socis, els favors que va demanar a alguns coneguts van permetre superar les reticències. Va ser a la saleta del Círculo, una setmana abans, on el senyor Sanahuja va oferir casa seva per establir-la com a centre de reunió, i si calia de crisi, durant els dies que durés la vaga. «Veniu d'hora, abans que els piquets comencin a actuar», i l'Albert es va prendre la recomanació amb tal convicció, que va ser el primer dels congregats a arribar a casa.

Aquella nit a penes havia dormit. Després de fer voltes al llit durant hores, incapaç de dominar la inquietud que sentia, va aixecar-se a les palpentes i va xocar amb el petit escambell que tenia a tocar. «Maleït tamboret!», va dir mentre li donava una puntada de peu, però en sentir remugar l'Elisenda,

«Que passa res, Albert?», va calmar-la i va sortir en silenci de la cambra. La casa era a les fosques i la nit era prou negra per no veure gairebé res, però lluny de molestar-lo l'obscuritat, li va semblar que l'acompanyava. I assegut al sofà proper a la balustrada, amorosit per la calma silent que el rodejava, els cavalls de la fosca el van venir a visitar. Què li passaria a Barcelona, a la seva família, als seus coneguts, a la seva classe social, si tota aquella bogeria revolucionària aconseguia imposar-se per damunt de l'ordre i la civilitat? O pitjor, què faria el seu fill amb ells, amb la seva pròpia família, si pogués prendre el poder? «Permetries que ens ho prenguessin tot o que ens fessin mal, maleït Enric, ho permetries?». La pregunta va transformar-se en un cisell afilat que li va travessar la pell i els músculs i va fer via cap al lloc inconcret on nien les pors i la ràbia. No podia entendre què li havia passat a l'Enric, sempre consentit i envoltat de riquesa, ho podria tenir tot, «Tot, tot ho podria tenir», i no tenia res, només una vida amagada i desgraciada i un cor ennegrit, «Això és el que té, el cor negre, no sap d'on ve ni reconeix els seus, ni té cap gratitud, és tot foscor», una foscor que naixia del menyspreu i l'odi que sentia per la seva pròpia sang. «He tingut un fill bord, un Caín capaç d'enfonsar la seva estirp, maleït sia el dia que l'Elisenda el va parir!», i el dolor es va fer tan punyent, que es va doblegar cap endavant, com si un escurçó li clavés el fibló a les entranyes. En algun moment, el bàlsam d'uns pensaments més amables va intentar abraçar-lo, el seu fill volia un món menys terrible, era cert que els pobres patien molt, i ell mateix sabia què significava ser un no ningú, un gra de sorra del poble menut, una engruna que qualsevol podia rosegar, un nom perdut dins d'una loteria, amb destí a la guerra. Què hauria fet si encara fos aquell soldat de lleva que no tenia altra cosa per oferir que la seva vida, no s'hauria rebel·lat? I per un instant, perdut en la foscor d'aquella nit, a l'espera d'un dia amenaçador, les raons del fill li van abaixar la guàrdia, com si hi hagués en algun racó amagat del llenguatge una petita possibilitat d'entendre's. Però va ser un instant fugisser, com sempre que es deixava endur per la feblesa, «Encara l'estimo», va dir-se abatut, i no, no i no, res podia explicar que el seu fill, la seva pròpia carn, volgués abatre el castell que havia alçat amb tant d'esforç, per damunt de les runes de la seva vida, «Fins i tot els animals defensen el seu cau», i aleshores, en veu alta, com si parlés al fill, va escopir els mots que li naixien de la fel...

«Que facin com jo vaig fer, tots aquests pobres desgraciats, que si no surten del forat és perquè són formigues sense ànima, nascudes per mantenir el formiguer. Un home arriba on vol arribar, només li cal valentia i fortalesa, li cal ser un guerrer i no un servent, això he estat jo, un guerrer, i per això he vençut, perquè la vida és ferotge i no perdona la derrota»...

...i amb aquella determinació, renovat de forces i de conviccions, l'Albert va reblar el convenciment que pertanyia a l'estirp dels zeladors, dels guardians de l'ordre social, sense el qual només podia regnar el caos. Al capdavall, podien quedar-se de braços plegats mentre una gentalla eixelebrada destruïa tot el que havien creat? De cap manera. Calia enfrontar-se a la patuleia revolucionària, si s'apropaven massa a la porta de casa, allà on es preserva l'ordre de les coses. I aquell matí que s'anunciava calorós venia prenyat de malastrugances. Havia d'estar a punt per actuar com un home de bé.

Assegut al gran saló de la casa dels Sanahuja, rodejat d'homes com ell que tampoc no tenien el pols tremolós, el record d'aquella llarga nit el va fer somriure. «Els dimonis de la fosca», va dir-se, deslliurat de tot dubte. Era un home ric i amb prestigi social i, tanmateix, havia de patir la vergonya de tenir un fill revolucionari que, segurament, en aquell moment en què ell, el seu pare, intentava salvar la societat, devia ser al carrer, atiant els obrers, tancant fàbriques i lluitant contra els empresaris que creaven la riquesa i asseguraven el futur, vilment regirat contra la seva pròpia família. No era estrany que, de tant en tant, se sentís envaït per la feblesa i els dimonis aprofitessin per visitar-lo. Però la nit havia passat, els esdeveniments es precipitaven i a casa dels Sanahuja s'esperaven noves de Capitania General. «Si això es complica, declararan l'estat de guerra, i tot estarà controlat», va dir una veu des del fons de la sala, i el grup va assentir, alleugerit. Després la senyora Sanahuja els va oferir unes begudes calentes, i amb la tassa a la mà, perdut en la lleugera boirina que emanava del cafè, va sentir-se segur i satisfet. Era on havia de ser, al bell mig de la gent que defensaria el seu bé i el de la societat, l'ordre immutable que s'assentava en un déu, una casa i una família, sense els quals no hi havia terra sota els peus.

També l'Avel·lí va creure que era en el lloc que li corresponia, assegut amb altres companys de Solidaritat Catalana, en una de les sales nobles de l'Ateneu. Havia sortit de casa a primera hora del matí, gairebé a la mateixa hora que el seu pare es dirigia a casa dels Sanahuja, abans que la mare hagués enviat la Juanita a fer les compres, i molt abans que els piquets del seu germà comencessin el seu imperatiu mandat. «Avui, Dolcina, no és un dia per badar», li va dir a la dona mentre es vestia amb pressa, i quan ella li va respondre amb una ironia tenyida de preocupació, «Avui, justament, és un gran dia per badar», la va intentar tranquil·litzar amb les explicacions adients que mereixia. La seva dona no era com la mare, a qui podia convèncer amb paraules vagues i benintencionades, l'única missió de les quals hauria estat amagar la realitat. Al contrari de l'Elisenda, la Dolcina estava dotada d'una alarma mental que detectava les mentides abans de ser pronunciades, i la seva intel·ligència viva reaccionava amb mala jeia quan sospitava algun parany. Per això l'Avel·lí, que havia après a conèixer la seva dona, va intentar calmar-la amb la lògica raonada i no amb el camuflatge paternal.

—Hem d'estar junts, Dolcina, tots els de Solidaritat hem d'estar junts. La vaga també ens afecta, i som els primers que estem en contra d'aquesta maleïda guerra colonial a l'Àfrica, que ja has vist com hem anat a totes les places de Catalunya i hem explicat que Madrid ens roba els fills, que ens els roba per endur-se'ls a les seves guerres innobles. I ja ho has vist, hem intentat prendre tota mena de mesures al Congrés, però Espanya no escolta mai, és com una madrastra fosca i tortuosa, una mala pècora que devora els seus fills. Avui no puc estar amagat, avui he d'estar amb la meva gent.

—I si et passa res, Avel·lí, em pots dir què faré? No sóc jo la teva gent, abans que els teus amics de

Solidaritat? Ets el meu espòs, l'home que he triat per formar una família i tenir fills i acompanyar-me tota la vida. I vols posar-ho tot en perill per unes idees? Estimo Catalunya amb tot el meu cor, i entenc les vostres raons, i tant que les entenc, però maleïda Catalunya, si m'ha de deixar vídua!

Feia estona que l'Avel·lí havia arribat a l'Ateneu i la majoria dels que hi van fer cap eren joves com ell, «la nova fornada», en deien amb un deix d'orgull. Ben aviat es van animar les converses, el soroll va arribar a la categoria de cridòria, i per bé que les notícies eren escadusseres, tothom feia un vestit al dia, com si ja hagués transcorregut. Es va aixecar un moment, sufocat per la calitja pesant de l'atmosfera, «Quina calor que patirem avui!», va dirse, i es va dirigir al jardí a cercar una mica d'aire, mentre recordava la conversa de bon matí amb la dona. «No fa per la Dolcina, aquest to melodramàtic», i aquella constatació el va amoïnar. Si era cert, com sempre s'havia dit, que les dones tenien un sisè sentit per al perill, l'Avel·lí no coneixia cap dona més intuïtiva que la Dolcina, i mai no exagerava les seves preocupacions. «No cal amoïnar-se tant, només serà una vaga, un intent de vaga general, com la del 1902, però no anirà més enllà», i aquells pensaments van tenir l'efecte calmant que ell mateix buscava, malgrat que estava més neguitós del que estava disposat a reconèixer.

Assegut en una de les banquetes del jardí, estranyament sol, amb una munió d'ocells que van esdevenir una coral improvisada, l'Avel·lí es va deixar endur per la magnificència de l'edifici que l'acollia. «El Palau Savassona», va dir en veu alta, i va imaginar com devia ser aquella gran casa senyorial quan els barons Savassona l'havien fet construir, molt abans de les grans reformes que patiria posteriorment. «És un palau urbà del gòtic català, amb l'ordenació pròpia de l'academicisme neoclàssic: entrada de carruatges, escala noble, grans salons. I no oblidem la biblioteca! Va ser construït a finals del segle XVIII, el 1796, per parlar amb propietat», explicava el senyor Julivert a tots els socis nous de l'Ateneu, i immediatament recomanava contemplar els murals del Vigatà, «que són millors que els que va fer al Palau del Bisbe, ja us ho podeu ben creure». Després, si l'interlocutor tenia temps i paciència, s'entretenia a parlar dels barons, especialment del que havia transformat la casa familiar dels Savassona en un palau urbà. El senyor Josep Francesc de Ferrer de Llupià i Brossa, «baró de Savassona, senyor d'Esparreguera, d'Olost i de Cererols», afegia pompós. I, immediatament, la llista de mèrits del baró, que el senyor Julivert relatava amb tal barboteig que s'oblidava de posar-hi punts i comes, omplia l'estança fins a empetitir-la...

...«que fou acadèmic de l'Acadèmia de San Fernando de Madrid, i inspector de les obres de la casa de la Llotja, i va ser l'encarregat de reorganitzar el sometent de Vic, que tota la família era de Vic, per bé que es movien per Barcelona, i també volia fer una escola de química i una altra d'arquitectura, i diuen que els francesos, a la Guerra del Francès, li van furtar els béns, però els va recuperar tots, que eren gent molt noble, i també va ser director d'escoles de nàutica i diputat de la Junta Suprema de Catalunya, i va organitzar regiments militars a València durant la Guerra del Francès, i va ser l'impulsor del camí de Trànsits de València, que així podien cobrar els impostos per les mercaderies abans d'entrar a la ciutat, perquè hi havia la ronda de trànsit, i Mare de Déu, que també va signar la proclama de la Junta que va lliurar el comandament a la Regència, i després va tornar a perdre els béns, que li van embargar, però era un home extraordinari, que els va tornar a recuperar».

Ningú no sabia gaire bé per què el senyor Julivert coneixia la vida i els miracles del baró de Savassona, «i senyor d'Esparreguera, d'Olost i de Cererols», però era tanta la passió que hi posava, que ningú no gosava aturar-lo, quan el seu relat desmentia els rellotges i posava a prova la capacitat de resistència humana. Altrament, era un home tan venerable i de tanta edat, «que segur que ja hi devia ser, quan el baró va fer el palau», i la rialla era més innocent que malintencionada, perquè el senyor Julivert havia esdevingut una autèntica institució a l'Ateneu i era tan venerat com els llibres de la biblioteca o els murals del Vigatà. Per això ningú mai no va ser capaç de dir-li que la informació sobre el baró no els motivava un interès excessiu, «I encara menys entre republicans», afegia la sornegueria ambiental.

De retorn a la sala gran, i sense novetats del dia, la conversa havia girat cap a les Bases de Manresa, que tots els presents consideraven l'embrió d'una constitució catalana. «La bíblia dels catalanistes!», en deia Mustier, un jove pèl-roig, d'origen francès, que mai no perdia l'ocasió de deixar caure alguna facècia. Quan l'Avel·lí va entrar a l'estança, el que parlava era un notari que tenia el despatx al carrer de Sant Pere Més Baix, Antoni Freixa i Boter, a qui tothom respectava no només perquè era el més gran de la reunió, sinó perquè havia estat en l'origen de gairebé tots els moviments catalanistes que havien conduït a l'èxit de Solidaritat Catalana. Era amic personal del bisbe Torras i Bages, «que jo vaig néixer a tocar de la seva casa pairal, el mas Gomà, i això de néixer tots dos a les Cabanyes uneix de per vida, que en som molt pocs a Catalunya, els que en tenim aquest honor», i picava l'ullet, com un nen entremaliat. Havia estat fundador de la Unió Catalanista, quan entitats i associacions catalanes es van aplegar per lluitar contra l'article 15 del Codi Civil espanyol, que posava en perill el Dret Civil català, «que fins i tot el nostre vell dret, ens volen prendre», i la ràbia li feia trontollar la mesura que sempre mantenia.

Després de la Unió va participar, com la majoria dels seus membres, en l'assemblea de Manresa del 1892, «Quan vam establir les Bases per a la Constitució Regional Catalana», deia amb un orgull amable, i aleshores la veu se li tornava més greu i, tot sabent l'interès que suscitava entre els més joves, enfilava el relat amb moderada impostació. Era un home pausat i educat que no tendia a la hipèrbole, excepte quan parlava de les Bases de Manresa «i d'aquells anys gloriosos, que han estat la llavor de la Catalunya gran que estem construint». I afegia, emocionat, «Què volíeu que en sortís d'una empresa comandada per Domènech i Montaner, Prat de la Riba, Joaquim Vayreda i Torras i Bages, què, sinó una gran cosa!», i aleshores acostumava a enfilar un elogi desmesurat del bisbe Torras, «que no hi ha català que estimi més Catalunya que monsenyor», «Però podria ser una mica més avançat i més liberal, senyor Freixa, que som al segle XX!», rondinava invariablement algun dels joves, entre els quals la figura del bisbe de Vic no conciliava tanta admiració. El record del pintor Vayreda, «que n'havia passat, d'estones, al Centre Artístic d'Olot, fent-la petar amb ell i amb el seu germà Marià!», l'acostumava a emocionar, i en aquell punt sempre deixava en suspens el relat, com si volgués contenir tots els records d'aquells anys en algun paisatge de fagedes olotines, amorosides pel pinzell delicat del seu amic pintor.

Aquell matí, però, el relat del senyor Freixa no rememorava cap paisatge garrotxí ni cap bisbat osonenc, ni tampoc no tenia un alè nostàlgic de velles gestes catalanistes, sinó el component polític que el dia exigia. I just quan l'Avel·lí va entrar a la sala, el senyor Freixa acabava de citar l'article de les Bases de Manresa que negava, explícitament, l'obligació dels catalans d'anar a fer el soldat. «Freixa ha fet veu de baix, deu ser cosa seriosa», va comentar, somrient, al seu amic Jofre, i quan li va respondre que era molt interessant el que explicava, va tocar-se suaument el bigoti i, repenjat en una de les parets, va disposar-se a escoltar...

...«que bé que ho deveu saber, que els catalans hem lluitat sempre contra les lleves dels soldats, tots coneixeu les revoltes contra els quintos, que alguns teniu familiars que van lluitar a Sants i a Gràcia contra aquesta xacra, i no sé si sabeu que fins i tot vam aconseguir aturar-les a finals del segle XVIII, quan hi va haver el Rebombori de la Fadrinalla, que ni un català va seguir les ordres de Carles III i vam aconseguir que no ens llevessin els joves»...

...i després del llistat exhaustiu de rebomboris, avalots i bullangues que decoraven el mural d'honor de les revoltes catalanes contra les lleves, el senyor Freixa va explicar el mètode dels catalans per evitar enviar soldats a les guerres dels espanyols, des que els Borbons manaven a Catalunya, «que cada ajuntament comptava quants quintats exigien els del Ministeri de la Guerra, i aleshores es posava un impost a cada vilatà per aconseguir els diners de tots els quintats, i així pagàvem la soldada i no enviàvem cap dels nostres a la guerra». Però arribarien els discursos polítics contra «*la insolidaridad catalana*», vindrien les lleis que impedien l'impost col·lectiu, obligarien les famílies a pagar individualment pel propi fill i, mentre Catalunya es revoltava, es consagraria la terrible dualitat de l'impost de diners per als rics i l'impost de sang per als pobres. «I ens deien insolidaris a nosaltres, que intentàvem no carregar les famílies amb aquesta desgràcia!».

El senyor Freixa va continuar parlant una bona estona de les lleves, les revoltes i la ràbia del poble, quan el Ministeri de la Guerra imposava la seva temible llei. «Per això són tan avançades les Bases de Manresa, perquè intentem fer unes lleis millors, que no castiguin el poble menut, ni facin tant de mal a les famílies», i explicava que hi havia un article de les Bases que negava l'obligació dels catalans de fer el soldat, i que, a canvi, tornava a la vella idea d'una compensació econòmica col·lectiva, «O paguem a grups de voluntaris, el que calgui, que els catalans sempre hem de pagar perquè ens deixin tranquils». Un comerciant de barrets, que era tan gras que li deien el Finet, va tallar-li el relat amb un «Visca!» tan sonor, que ningú no va saber si era l'expressió d'un elogi desmesurat o una contundent manera d'aturar el monòleg. I aleshores, abans que el senyor Freixa recuperés el monopoli de la paraula, va afegir...

«Per això, contra la Cort i el govern tots hi estem d'acord, els comerciants de barrets i els forners, els que venen vetes i fils i els que fan rellotges, tots, comerciants, fabricants, empresaris, obrers, tots, perquè els de Madrid ens tallen el cap a tots»...

...i la idea que hi havia una indignació generalitzada a Catalunya, que afectava totes les classes socials perquè totes patien, de manera diversa, les arbitrarietats d'aquell règim corrupte va provocar una xerradissa descontrolada a la sala de l'Ateneu, que a cada hora que passava estava més atapeïda. Les notícies d'aldarulls, tramvies bolcats, trets encreuats i fins i tot morts començaven a arribar, juntament amb la constatació, cada vegada més ferma, que la vaga podia ser un èxit complet. «Potser sí que, per primera vegada, viurem una vaga general. Ja ens podem imaginar quina serà la reacció d'Espanya, com patirem!», se sentia en el rum-rum de l'Ateneu, on niava el neguit i el desconcert.

Carrers enllà de l'Ateneu, en ple cor d'aquella vibrant Barcelona que s'eixamplava amb l'alè de les noves formes de pedres que es recargolaven com si estiguessin animades, la Merceneta passava el matí amb la seva amiga Lluïsa Vidal. La mare l'havia renyat en veure-la davant el mirall del vestíbul, posant-se bé el tocat del cabell, «Que n'ets de boja, de sortir avui!», però la filla li va dir que era un dia qualsevol, «No passeu ànsia, mamà, que ningú no em molestarà. A més, si vaig aquí al costat...», i, decidida, va sortir de casa bo i tancant la porta amb suavitat. Emperò, tan bon punt va enfilar el carrer de Provença, l'insòlit silenci del matí li va fer accelerar, inconscientment, el pas, com si aquella quietud fos el preàmbul d'una entrada a l'infern. «Què passarà avui?», va dir-se mentre pujava l'escala de l'edifici on Lluïsa Vidal tenia el seu estudi.

La Lluïsa li havia promès que li ensenyaria els

esbossos de la sanguina que havia fet amb el rostre de la senyoreta Muntades, i que la revista *Feminal* havia reproduït a tota pàgina. El quadre estava exposat a la sala del senyor Parés, «que mira que és llepafils, però els meus quadres li agraden», comentava la Lluïsa amb satisfacció continguda, i quan va inaugurar l'exposició, feia dos mesos, la Merceneta li va dir que aquell retrat de la senyoreta Muntades era molt lluminós, «tot i haver-lo fet en blanc i negre!», i la riallada va fer el duet. La Lluïsa vivia un moment pletòric perquè l'exposició a la Sala Parés estava sent un èxit, i a més la seva amistat amb Isidre Nonell, a qui coneixia de feia temps i admirava profundament, s'havia refermat. Un dia li va dir, «Estimada Lluïsa, vostè és l'home que millor pinta de tots els insignes mestres d'Els Quatre Gats», «Però, estimat senyor Isidre», va replicar, «si sóc una dona, i no hi vaig pas, a Els Quatre Gats!», «Per això mateix, senyora Lluïsa, per això mateix és l'home que millor pinta».

«No hi ha cap quadre al món que m'emocioni més que *La Paloma* del senyor Nonell. Desprèn tanta tendresa i tanta tristor! Merceneta, ningú no pinta la dissort com ho fa ell», i quan la Lluïsa s'expressava amb aquells termes, amb una espurna d'emoció a l'esguard, la Merceneta tenia la impressió que la Lluïsa estava una mica enamorada del senyor Nonell.

Aquell matí, però, era Carles Casagemas qui omplia la xerrameca desvagada de les dues dones, i no tant pels pocs quadres que havia pogut pintar en la seva curta vida, «tot i que, Merceneta, n'hi ha algun com la *Casa de cites* que emocionen, t'ho ben dic. Quin bé de Déu de pintor que vam perdre!», deia la Lluïsa, sinó perquè acabaven de veure una revista francesa on es reproduïa *Les senyoretes d'Avinyó*, un quadre recent del seu gran amic, el pintor Picasso, a qui la Lluïsa havia conegut quan vivia a Barcelona. «És molt rar tot això que fa el senyor Picasso amb els nus! Semblen ben bé cubs, més que no pas cares i cossos de senyores. Però, amiga, quan va pintar la mort de Casagemas, Mareta de Déu, amb aquells blaus, quanta bellesa!».

La Merceneta havia sentit parlar de la família Casagemas, sobretot de la germana d'en Carles, Lluïsa Casagemas, perquè la revista *Feminal* publicava sovint articles sobre la seva figura, «l'única dona catalana que ha compost una òpera», i que havia estat a punt de fer història quan li van programar, per a la temporada del 1893 al 1894, l'estrena al Liceu. Les bombes Orsini de l'anarquista Salvador «van ensorrar el seu somni», segons deia un relat que havia llegit la Merceneta, i afegia que, tot i que ja no va ser programada mai més, n'havia pogut estrenar alguns fragments al Palau Reial de Madrid, davant la reina Maria Cristina, i que Amadeu Vives, que n'havia sentit el segon acte en un concert al Conservatori del Liceu, havia lloat «la seva força dramàtica i, sobretot, la seva passió». «Com es diu l'òpera que va fer?», i quan la Lluïsa li va dir que alguna cosa de senyora i esclava, la va corregir, «Sí, *Esclava i reina*, així mateix es diu».

Però el que més interessava a totes dues en aquelles converses on la pintura i la literatura, i també l'alta societat, es barrejaven amb el paper que les dones havien de tenir en el nou segle, era el fet que Lluïsa Casagemas havia compost una altra òpera, a part d'aquella primera, «Escrita quan només tenia setze anys!», i també diverses peces per a veu i piano i per a orquestra, i «Tot ho va fer abans dels vint-i-un anys, amiga. Que trist, perquè després es va casar amb el senyor Sorarrain Milans del Bosch, ja saps, el que promociona les curses d'automòbils, i ja no ha fet mai més res. Només la trobem a les reunions de caritat, i a algunes festes, però no ha tornat a fer música», i l'esperit de *Feminal* esclatava en aquell punt de dolor i d'impotència que assenyalava la derrota de la dona davant la seva destinació obligada. «Hem d'aconseguir ser dones, abans que esposes», deia l'una o l'altra, amb un deix de resignació que sonava a lament.

De *Les senyoretes d'Avinyó* de Picasso havien passat al seu amic Casagemas, del malaguanyat pintor a la seva germana, la compositora de genialitat adolescent i maduresa eixorca, i de Lluïsa Casagemas, novament al seu germà, la mort prematura del qual encara excitava les llengües més verinoses de l'alta societat barcelonina. «Mira que suïcidar-se per una senyoreta de mala vida, on s'ha vist una cosa tan horrorosa, i tan jove que era!», i aleshores el relat d'aquell noi de bona família, «que el seu pare és el cònsol dels Estats Units, el deus conèixer, el senyor Casagemas», que s'havia enamorat bojament a París de la seva model Germaine i que, en ser rebutjat per ella, va intentar matar-la i després es va disparar un tret al cap, va encendre el cor de la Merceneta, que tot i llegir revistes de dones exitoses i somiar en un segle diferent, encara s'entendria per les històries d'amor tràgiques. «I sembla que el senyor Picasso hi era, allà, al bar de París on va passar tot, que diuen que fins i tot va quedar esquitxat per la sang del seu amic, però ves per on, l'art, Merceneta, quins viaranys tan estranys que segueix, que després Picasso va fer aquell quadre tan bonic de la mort del seu amic, que és pura poesia».

I així va anar passant el matí, amb històries de compositores adolescents i pintors morts per la ferida de l'amor, mentre la idea que la dona havia de tenir un paper protagonista a la societat hi regnava amb la mateixa intensitat que s'imposava la impotència. «Ho aconseguirem, aconseguirem compondre òperes que només fan els homes, i després les estrenaran i tindran èxit, i podrem fer esclatar el nostre talent i no deixarem de crear perquè ens hem de casar i els marits no ens deixen ser nosaltres mateixes. Ho aconseguirem, Lluïsa, ho farem?». «Vés a saber, amiga, vés a saber, però no deixarem d'intentar-ho. Recorda el que diu Carme Karr, el futur ha de ser nostre».

Mentre el futur era d'elles, en aquell estudi plàcid del carrer de Provença el present s'anava imposant al carrer, amb la poderosa insolència de la força.

Ja no circulaven els tramvies i els cadàvers bolcats d'alguns d'ells coronaven les barricades improvisades, alhora que es cremaven els burots d'entrada a la ciutat; les botigues i els magatzems estaven tancats i les fàbriques s'havien aturat completament arreu de la ciutat, mentre el rum-rum assegurava que també hi havia vaga general a moltes altres ciutats catalanes; arribaven noves de Terrassa, on s'havia incendiat el pont del ferrocarril, i a Badalona s'havia suspès la circulació de trens perquè els vaguistes obturaven les vies; en algunes zones, les pistoles d'uns i altres començaven a vomitar el seu verí i s'iniciava el recompte dels caiguts; una corrua de dones i nens, que havia marxat en manifestació des de la Rambla fins a Capitania, era rebuda a trets pels guardes de seguretat mobilitzats, i també es parlava d'un intent d'assalt a la comissaria; al barri del Clot, un escamot comandat per Carme Alauch, a qui tothom coneixia com *la Dama Roja* dels lerrouxistes, també havia atacat la comissaria per alliberar els companys detinguts, i la suma de morts s'engreixava; a Sant Andreu de Palomar, la fugida del ric advocat carlista Jaume de Moner, que era el cap del sometent, havia facilitat que els vaguistes aconseguissin un gran nombre d'armes. La vila, que només feia deu anys que havia perdut la independència, se sumava a la gran vaga de Barcelona, i aturava completament els trens a les vies.

Mentre la revolta creixia a redós de la fúria de la gent, el governador Ossorio dimitia perquè li imposaven l'ordre de traspassar el control total de la situació, i la repressió pertinent, al capità general de Catalunya. Enfurismat i decebut, deixava la seva protesta sorollosa a les parets de Capitania...

«*Es por ello que sufrimos solidaridades, autonomismos y separatismos, porque tenemos una Audiencia venal y un ejército grosero y violento, y yo, ¿cómo estoy facultado, cómo? Como un cacique, mientras Lerroux es el amo de las calles. ¿No ven que cuando los catalanes no tienen queja de la administración y adquieren confianza en la moralidad de las funciones públicas se olvidan de toda labor política? Pero cuando no, ahí están, asaltando la calle. Sin embargo, no tenemos remedio, una y otra vez cometemos los mismos errores, y así nunca los doblegaremos»...*

...i va marxar del despatx del capità general, de camí a la seva residència d'estiu al Tibidabo. Amb tot el poder a les seves mans, i deslliurat d'incòmodes consciències crítiques, Santiago Manescau, *Teniente General de los Ejércitos Nacionales y Capitán General de la 4a. Región*, va ordenar fixar, a les parets de Barcelona, el ban que declarava l'estat de guerra...

«*Vista la actitud de los grupos que interceptan la vía pública e impiden que se restablezca la normalidad de esta plaza, ordeno y mando:*

Artículo 1. Se intima a cuántas personas ocupan las calles de esta ciudad a qué se disuelvan y se retiren a sus casas, en la inteligencia que si no lo efectúan así, se hará fuego sobre ellas sin intimación alguna, cualquiera que sean los gritos que profieran, aun cuando fueran los de VIVA EL EJÉRCITO *u otro análogo.*

Artículo 2. Se prohíbe así mismo la permanencia del público en balcones y azoteas y que profieran los gritos a que se refiere el artículo anterior, debiendo permanecer en absoluto despejada la vía pública, pues se hará fuego a los grupos que la intercepten.

Artículo 3. Se exigirá responsabilidad a los inquilinos de las casas desde las cuales se hostilice a las fuerzas del ejército o se profiera cualquier clase de gritos.

Artículo 4. Este bando comenzará a regir desde las 9 de la mañana de hoy.

Barcelona, 28 de julio de 1909».

Del ban de guerra, a la mobilització de tots els contingents que podia tenir a l'abast: mil cinc-cents soldats, més de sis-cents cavalls, dotze peces d'artilleria, set-cents guàrdies civils, un miler de guàrdies de seguretat i centenars de guàrdies municipals van esdevenir la força de xoc per aturar una vaga que havia de durar vint-i-quatre hores, però que amenaçava de ser una revolta general. I mentre el capità general confinava la majoria de les tropes a les casernes, a l'espera de trobar el moment oportú de desplegar-les, la munió de gent que aixecava llambordes, aturava fàbriques, alçava barricades i clamava contra Déu i contra la guerra creixia a mesura que creixia la convicció de la pròpia força.

A darrera hora de la tarda, les flames van iniciar el seu ball ritual, atiades per la música de la cridòria. «A baix l'Església i a baix el poder!», se sentia als carrers del Poblenou, mentre el Patronat Obrer de Sant Josep, propietat dels maristes, cremava per totes bandes. Al cap de pocs minuts, el capvespre es va tenyir d'espurnes vermelles que volaven uns segons i desapareixien de sobte. Semblaven delicats flocs de foc.

Mentre el no a la guerra esdevenia la simfonia sorollosa d'aquell dilluns de juliol calitjós i pesant, al port de Barcelona el capità general sumava la seva primera victòria. Havia aconseguit enviar un vaixell ple de soldats i un altre amb armament, de camí al Marroc.

Al barranc del Llop, hi anem a morir

Va sentir el xisclet de les gavines. Era com una i allargada, multiplicada per desenes de goles que esclataven en un cor d'esgarips, i aquell brogit, que sempre li havia semblat estrident, va amorosir-lo com si fos una melodia harmoniosa. De sobte, ja no era una despulla ferida, desada a la llitera d'hospital d'una ciutat llunyana, sinó aquell nen esprimatxat i inquiet que corria per la platja gran, mentre les gavines s'esvalotaven a prop dels llaguts dels pescadors, i les dones s'apropaven amb els coves, deleroses d'omplir-los de peix.

Tenia el cap emboirat per les potingues que li havien donat, i la cama li feia molt de mal, com si el cremés per dins, però era un foc imaginari, perquè feia poques hores que la hi havien tallat més avall del genoll. Quan, dos dies abans, va arribar malferit al Teatro Alcántara de Melilla, que s'havia convertit en un hospital improvisat, la infermera el va avisar, «*Es una mala herida, soldado, tendrá que visitarle Tebib Arrumi*», i una estona després va aparèixer un home grassonet i alegre a qui tothom respectava i que no va trigar a dir-li, «*Soldado, soy el doctor Ruiz Albéniz, y no le voy a dar buenas noticias. Esta pierna no tiene solución, habrá que cortar por lo sano*». Va ordenar a la infermera que organitzessin el trasllat immediat a Màlaga. «*Aquí no cortamos*», va reblar a manera de comiat, i va perdre's entre la munió d'infermeres, metges i ferits que omplien de gom a gom aquell espai insòlit, on poques setmanes abans es feien espectacles de varietats. Amb l'horror d'aquella notícia que no era capaç d'entendre, com si la conversa amb aquell metge estrambòtic, que, segons deien, «*es sobrino del gran compositor Albéniz y es periodista también, pero como médico es el mejor de Melilla y de toda África*» i que era conegut amb el sobrenom de *Tebib Arrumi* que li havien posat els rifenys, perquè el tenien en molta estima, «*Significa "médico cristiano" en la lengua de los moros*», fos aliena a ell mateix, una història inventada, una d'aquelles aventures de corsaris que l'àvia li explicava a la vora del foc, les nits de gola del llop en què no hi havia lluna i l'udol de la tramuntava glaçava l'ànima.

Dit i fet, el van embarcar al *Ciudad de Mahón*,

que anava atapeït de ferits. Els laments de desenes d'homes que es queixaven, ploraven i xisclaven va ser la música que el va acompanyar durant el darrer trajecte de la seva vida en què seria un home sencer, «Demà, o potser avui mateix, ja no tindré cama», i aleshores tornava a la gola del llop i a l'udol de la tramuntana, perquè si es perdia en la memòria, tot allò que li estava passant deixava de ser real.

Emperò, va ser real i allà on hi havia la seva extremitat ara tenia un monyó escapçat que no li semblava propi, perquè ell se sentia la cama, la notava, era allà, en aquell espai que, de sobte, omplia la buidor. «Mai més no podré córrer per la platja gran, ni podré anar al mas de la Birba a recollir la llet, ni aniré a cercar garotes i petxines, ni festejaré l'Engracieta, que sempre deixa que li digui amoretes», i en pensar en l'Engracieta, els seus ulls foscos i grandiosos, el seu tarannà rialler, el seu cosset prim, petitona com era i tan delicada, va ser quan la desesperació el va ofegar i, com si acabés d'adonar-se d'aquella realitat indefugible, va començar a plorar amb un plor tan sorollós, que va despertar els soldats que dormitaven prop seu. La infermera de Màlaga li acabava de dir que havia tingut sort, que l'havien atès en un hospital autèntic, perquè ell era cristià, i els cristians tenien metges de veritat, i no remeiers com els moros, «*que curan como pueden, porque cuando estuve en Melilla, soldado, vi heridas curadas por los nativos, y no sabe lo que era, que ponen cieno para parar la hemorragia, y después la lavan con leche agria, y una vez limpia, ¿sabe qué hacen? Pues la cubren con manteca rancia y con miel, y así esperan que se cierren las heridas. ¡No sabe cuántos mueren!*».

«Què deu ser es *cieno*?», però no va preguntar-ho perquè no tenia interès a saber què era, ni tampoc no volia saber com guarien els cabilencs, ni tenia interès en res del que expliqués aquella dona, que no parava de barbotejar, no, només volia tornar a tenir la seva cama i córrer, lluny d'aquell hospital militar i d'aquella dona xerraire i d'aquella cama amputada, i córrer lluny, molt lluny, d'aquella terrible nit en què havia saludat la mort. Córrer com les guilles del seu poble, córrer, córrer, córrer...

Havia nascut feia dinou anys a Figueres, per un caprici de l'atzar, però era de Cadaqués, «el poble més bonic del món», segons assegurava l'avi Manel, que havia viatjat molt i sabia aquelles coses. Era cert que era molt bonic, i ell ho sabia perquè se sentia tocat per la ferida empordanesa, aquells blaus intensos, aquella tramuntana que netejava els pulmons i sacsejava l'ànim, aquella parla que salava com si fos l'aigua del mar, perquè era la terra de ses oliveres i s'esglesi i sa gent. «El nós amb nós», va dir-se més calmat, entendrit per la nostàlgia d'aquells records propers. I perdut pels carrers costeruts plens de rastells, a recer de les dones que caminaven ben dretes amb els dolls al cap, Eloi Quirch i Escofet va tornar a ser un infant.

A poc a poc, la boira del cap se li va anar escampant, el dolor intens de la cama va amainar, substituït per un doloret somort, i el desesper que l'havia sacsejat es va anar transformant en una mena de resignació, sabedor que aquella cama tallada havia estat la salvaguarda de la mort. Acabava de sortir d'un infern de foc i metralla que havia deixat el camp de batalla regat de sang, i encara no entenia com n'havia sortit viu. «La Mare de Déu de l'Esperança, la meva Esperanceta...», va dir en veu alta, mentre passava els dits per la medalleta de la Verge que la mare li havia donat, per tal que el protegís de la guerra. «I m'ha protegit, i tant que m'ha protegit, la Mare de Déu no ha volgut que em matessin lluny de casa», i va besar la medalleta amb tant d'ímpetu, que el gust agre del metall li va deixar els llavis atuïts.

Pertanyia al Batalló de Caçadors de Muntanya de Figueres, on l'havien assignat només el van quintar. «*Soldados, vuestro símbolo es la corneta, y llevaréis las sardinetas y los adornos verdes que nos diferencian de otros regimientos. Aprended a amar vuestro uniforme y también los colores del noble es-*

cudo de armas de los Cazadores de Figueras, y honradlo con vuestra sangre. Este batallón ha luchado en Cuba y en Filipinas y ahora luchará en la campaña africana, que nada nos frena en la gloriosa defensa de España», cridava el sergent, i l'Eloi, que havia estat educat per a l'obediència, i a qui la mare li deia que fes bondat, que anava a terra estranya amb gent desconeguda, i que no es fes notar, perquè no li passés res, «Fes com si no hi fossis, que si no s'adonen que hi ets, potser no et veuran i el bon Déu et tornarà a casa», i aleshores la mare li agafava les mans i les hi besava, i així es va posar a estudiar aquelles paraules estranyes, que el sergent deia que eren les dels colors de l'escut. «*En campo de oro, cuatro palos de gules; brochante en abismo, una hoja de higuera de sinople. El todo timbrado de corona real*», repetia sense entendre un borrall, però convençut que allò era necessari per salvar la vida. A més, li havien dit que el seu batalló era el successor dels regiments de miquelets catalans, i aquell fet li provocava un orgull espontani, com si ell, un pobre fill de pescador de l'Empordà, pertanyés a una nissaga antiga i noble.

Un cop quintat, el van pesar i mesurar a Figueres, «*No está mal, soldado, uno setenta y dos, eres alto, tendrás que agacharte para que no te alcancen las balas de los moros*», i després de passar la revisió mèdica a l'ajuntament de la vila, «*sano y preparado para el servicio*», va esperar a Cadaqués l'ordre per presentar-se a la Caixa de Reclutes de Figueres, on el trajecte final s'acompliria amb la precisió implacable dels mals averanys: de Cadaqués a Figueres, de Figueres a Barcelona i de Barcelona al vapor *Cataluña*, de camí a Melilla.

Tan bon punt va arribar al campament El Hipódromo, la retina li va fixar a la memòria la imatge d'una gran esplanada, perfectament rectangular, «*que el ejército construyó un hipódromo para los mandos militares, pero ahora los caballos somos nosotros*», li va etzibar un jove grassonet que tenia un castellà sibilant que mai no havia sentit. «Deu ser del sud», va imaginar, tot i que a penes coneixia el castellà. En aquells milers de metres quadrats de terra eixuta hi havien plantat una munió inacabable de tendes rodones i punxegudes, perfectament enfilades, on s'amuntegaven centenars d'homes esporuguits que no sabien res d'armes, ni de guerres, però que ho sabien tot de la por. Era l'exèrcit dels desventurats, els miseriosos, els malfadats que havien sortit dels barris obrers, dels pobles de muntanya o dels llogarrets de mar, la majoria pobres i analfabets, sense cap instrucció militar ni cap coneixement d'armes, i alguns d'ells tan joves, que encara tenien la cara pigallada amb els granets de l'adolescència. I quan no eren massa joves, eren massa grans, reservistes que havien deixat a casa dones, fills, terror i fam per anar a abraçar la mort.

«Ens rep l'odi», havia pensat des de la barana del paquebot, mentre els treballadors del port preparaven el desembarcament. Tot el moll era una mirada de mirades, un esguard que n'encabia centenars, amb els ulls fits en aquells *aromes*, tal com l'Eloi sentiria que els anomenaven, a ells, els estrangers, els infidels que venien a la seva terra a envilir-la amb els seus déus falsos, mentre els robaven els béns que Al·là els havia atorgat. L'Eloi mai no havia vist la cara de l'odi, no sabia que tenia rostre, ni ulls que es clavaven com un cisell afilat, ni sabia que una mirada podia anunciar la mort. Però quan va sentir-se ferit per aquell fit a fit que es clavava damunt seu, l'un rere l'altre, sense pietat ni perdó, en una corrua d'ulls que no eren ulls, perquè eren les urpes de la ràbia, aleshores va entendre que havien arribat a l'infern. «Es moros volen matar-nos a tots», va dir mig tremolós a un xicot de Reus que caminava al seu costat, amb qui havia intimat durant la travessia. «No t'amoïnis, que amb els heliògrafs, els nostres sempre saben què faran els enemics», li va dir, i davant la cara de sorpresa de l'Eloi, que mai no havia sentit aquella paraula tan estranya, *heliògraf*, que no sabia ni com pronunciar-la, el Roger de Reus li va explicar que tenia estudis de telegrafia i que els heliògrafs eren uns aparells amb miralls que usaven el codi Morse amb senyals lluminosos. «Així es comuniquen els *blocaos*», i al mateix moment va afegir que els *blocaos* eren fortins de fusta escampats al llarg de la via del tren. «Aquest xicot sap moltes coses de sa guerra», va dir-se l'Eloi, i va pensar que seria bo estar a prop d'ell. Però després d'arribar al campament, no el va tornar a veure. Amb tot, les explicacions del seu company reusenc no el van tranquil·litzar. Les mirades que se li havien clavat durant tot el trajecte eren molt explícites: volien matar-los a tots.

Aquell calorós 27 de juliol de 1909 no els van matar a tots, però l'intent va ser tan efectiu, que van convertir la muntanya del Gurugú en una tomba oberta, on desenes de cossos estripats, escampats al llarg d'una timba demoníaca, que els cabilencs anomenaven el barranc del Llop, recordaven la inapel·lable veritat de la guerra. Feia només un dia que l'Eloi havia arribat a Melilla, i tot i que coneixia els atacs que s'havien produït els dies anteriors, i que tothom parlava d'un increment perillós de la tensió, no s'imaginava que tastaria el foc tan aviat. Esgotat per la travessia, s'havia estès damunt d'una màrfega que feia servir per dormir, a l'espera de ser cridat per al ranxo, i intentava imaginar com seria la instrucció militar que havia de començar l'endemà, si aprendria alguna tàctica defensiva o li ensenyarien a afinar la punteria, o tal vegada si l'entrenarien per tenir bona forma física. Encara que ell tenia bones cames, d'això no n'hi havia dubte, no endebades corria pel cap de Creus com si l'empaitessin les bruixes, i els braços estaven ben fibrats, de tant ajudar el pare amb la xarxa i de sortir a fer l'encesa. No, no li caldria millorar els músculs, era jove i la mare l'havia alimentat bé, que a casa sempre hi havia una cabra acabada de pescar per fer un bon arròs.

En pensar en l'arròs de la mare, va notar com li remugava l'estómac. El ranxo del matí havia estat molt escadusser, igual que els àpats de la travessia i el mos migrat que li havien donat fins a embarcar. «Fa dies que menjo ben poc. No sé pas com ho farem, si hem de combatre amb aquesta cassussa!», va remugar mentre es vinclava suaument per fer callar l'estómac. «És la crida de la gana», li va dir un noi de pell bruna i mirada penetrant que estava assignat a la seva tenda. «Em dic Queraltó», va presentar-se, i ben aviat es va iniciar el ritual de la coneixença mútua. Venia de Barcelona, de Sant Andreu de Palomar, però la família era originària del Pallars Sobirà. «Som de Lladorre, a la formosa vall de Cardós», li va dir amb un orgull que no va dissimular, i l'Eloi va somriure amb complaença malgrat que no havia sentit parlar mai d'aquell poble ni d'aquella vall. Havia sortit molt poc de Cadaqués, a tot estirar alguna anada a Figueres i les fugisseres estades a Banyuls i Cotlliure amb el llagut del pare per saludar els cosins, «que són catalans, Eloi, encara que els hagin fet francesos, que ens han ben trossejat la pàtria», comentava el pare sempre que hi anaven. Però no havia sortit gaire més del seu poble. Ara, en canvi, havia travessat el mar i era a l'Àfrica, tot parlant amb en Queraltó, a qui escoltava amb educació. Seguia el consell de la mare, que sempre li deia que havia de ser amable i mai no havia de molestar, i va pensar que ja tindria temps de preguntar-li pel seu poble, i també de com era la vida a Barcelona. L'Eloi s'imaginava que devia ser molt atrafegada i moderna. «Quin somni, viure una temporada a Barcelona!». A més, poder parlar en català el confortava, no només perquè no coneixia gaire el castellà i li resultava difícil no entrebancar-se amb les paraules, quan volia dir una frase sencera, sinó també perquè li semblava que era com si no se n'hagués anat del tot de Catalunya. El pare sempre li ho deia, «El nostre país és allà on quan ens diuen "Bon dia", responem "Bon dia"», i en aquella tenda palplantada en un lateral de l'esplanada d'El Hipódromo, a tocar del Gurugú, que deien que no era una muntanya sinó un volcà, «Mareta de Déu, un volcà!», i on asseguraven que vivien uns micos ben estranys, que anomenaven les mones de Berberia, allà, a l'altra banda del seu mar cadaquesenc, li havien respost «Bon dia». Sí, tindrien temps per fer una bona coneixença.

El temps, quin engany dels sentits, quina massa flonja i esquívola, quina esperança fútil de dominar el propi relat, quan el relat de la vida és propietat d'un déu capriciós i malèvol. Ell, l'Eloi, el fill de Pep de l'Ix, nét de l'avi Manel, nascut en una petita vila de mar, terra de corsaris i mariners, ell no era l'amo de la seva destinació, no era protagonista de la seva pròpia vida, no era ningú, un número en un uniforme, un escut d'armes imposat, «*en campo de oro, cuatro palos de gules*», un tros de carn usada per contenir altres trossos de carn com ell. I aquell temps enganyós, que no era el seu, perquè ell no el dominava, va exhaurir-se en un instant, gairebé sense alè, quan va sonar la corneta i tot el Batalló de Caçadors de Muntanya de Figueres número 6 va ser comminat a posar-se en filera. «*Soldados, habéis venido a combatir y ha llegado vuestra honrosa hora. Vais a luchar y a morir por la gloria de España*». Els cabilencs acabaven d'esbotzar tres-cents metres de les vies de tren que s'estaven construint, i que pretenien connectar la ciutat de Melilla amb les mines de ferro, i el general Marina, comandant en cap de les operacions militars a l'Àfrica, va ordenar que sortís immediatament un comboi de reparació de la via, i que dues columnes de soldats el protegissin. D'una banda, es van formar sis companyies d'infanteria, comandades pel coronel Fernández Cuesta, que marxarien fins a la segona caseta de l'obra ferroviària; de l'altra, els batallons de la Primera Brigada Mixta, amb les companyies d'infanteria que acabaven de desembarcar, comandades pel general Guillermo Pintos Ledesma, la missió dels quals seria tallar l'avenç de l'enemic als contraforts del Gurugú.

Què havia passat? Uns minuts abans estava ajagut a la màrfega de la tenda i tenia una conversa indolent amb en Queraltó, mentre intentava imaginar com seria la vida al campament. I, de sobte, sense pausa, estava formant en filera amb uniforme i fusell, el cap alt, l'esquena dreta, la mirada enllà, amb el famós general Marina dalt del cavall, bo i revisant les tropes. Era un home imponent, amb un bigoti i una barba espesses, del tot blancs, que li donaven un aire venerable, per bé que era una imatge enganyosa, perquè el general tenia fama de ser un home molt dur. Deien que havia lluitat a la guerra de les Filipines, a la tercera carlina i a la de Cuba, i si havia arribat a ser comandant en cap de Melilla era per la seva fama de militar implacable, sense pietat amb l'enemic. L'Eloi sabia, i no sabia per què, que el general Marina havia nascut a Figueres, «És empordanès com jo», i per un moment va substituir el respecte temorós que li tenia per un intent de simpatia. Però va durar el que va durar l'arenga del general, perquè al moment el seu batalló va trencar files i es va preparar per sortir del campament.

Ajagut al llit de l'hospital de Màlaga, el record d'aquelles hores terribles, perduts a l'esvoranc del Llop enmig d'un foc creuat que no tenia pietat, era un enfilall d'imatges bromoses que se superposaven com si fossin les peces barrejades d'un trencaclosques impossible. Ho recordava tot amb precisió, i alhora res no era precís, i la memòria intentava endebades posar ordre als esdeveniments tràgics que havia viscut. Però es barrejaven els temps i els fets, i el record el retornava als espetecs dels rifles que feien ploure tempestes de foc damunt les tropes, mentre intentaven fugir a la desbandada, assetjats des dels dos pendents del cingle, els crits dels ferits, el silenci eixordador dels abatuts, el pànic que feia esgarrapar la muntanya, arrossegant-se per sobre dels romeguers i les pedres, amb el cervell aterrit i les mans plenes de sang. Tothom fugia per totes bandes i, alhora, captius d'un déu infidel, ningú no podia fugir perquè l'espadat els havia tancat en un parany mortal i volia la seva presa. Morir era l'opció més segura. Com havien arribat allà, en aquella timba fonda on no tenien cap sortida?, i aleshores tornava a sentir la veu llunyana del general Pintos, «*¡Avanzad, soldados!*», i avançaven per un terreny cada vegada més costerut, de camí als contraforts del Gurugú. El primer objectiu havia de ser l'assalt als turons d'Ait Aixa, on l'enemic s'havia fet fort.

«Ait Aixa...», i el nom li va semblar poètic, però el bateig de foc que encara retrunyia al seu cervell li va produir un gust àcid a la boca i va començar a tremolar. Sentia cada tret, desenes de trets, centenars, els dels companys, els seus, els dels cabilencs, el brogit sec de l'artilleria, i no recordava si havia passat por en aquell instant o si havia estat més tard quan, superats els turons d'Ait Aixa, havien anat a parar a la gàbia del barranc del Llop. El que sí que sabia era que la por, una vegada encalça l'ànima, ja no l'abandona mai més. I amb l'abraçada de la por ofegant-lo, va travessar les portes de l'avern.

«M'ha tornat la febre», va dir-se en un intent d'asserenar-se, i va alçar la mirada. La sala d'aquell hospital malagueny era grisa, sense cap concessió al detall, i arreu hi havia cossos ajaguts amb tota mena d'embenats, alguns sense braços o cames com ell, d'altres malferits, esventrats, el cap obert, les nafres internes, que els sagnaven per dins. A prop seu un capellà pregava en silenci al costat d'un jove que agonitzava. I en observar aquell recolliment a tocar de la mort, un record que havia oblidat, tal vegada per protegir-se del dolor, el va tallar com amb un cisell. No podia precisar quan va passar, exactament, però recordava el forat al cap, l'ull que havia saltat, la ganyota en què s'havia convertit aquell rostre que, uns instants abans, havia estat el d'un home. En Queraltó de Lladorre va caure al seu costat quan intentaven escalar el pendent del barranc, i va quedar allà, convertit en un eixam de músculs, venes i nervis, sense mirada, ni llengua, ni records de la seva vall de Cardó, perquè només era la despulla d'un home. Quants abatuts com en Queraltó en aquella timba infernal? Deien que centenars, més de mil, gairebé els sis batallons que havien caigut al parany dels rifenys, que els havien anat conduint cap a l'interior del barranc, sense que s'adonessin de la ratera mortal en què es ficaven.

Al principi semblava fàcil. Després dels primers combats, conquerits els turons d'Ait Aixa, el general Pintos havia menat l'avenç cap al barranc. Els soldats de la Harka, que així havien dit a l'Eloi que s'anomenaven els rifenys que s'oposaven als espanyols, «*que quiere decir expedición guerrera de los moros contra los infieles que somos nosotros, o algo así*», disparaven escadusserament i semblava que la via era segura, però el terreny s'anava fent costerut i abrupte, i la timba s'estrenyia de tal manera que els sis batallons van haver d'encabir-se tan junts, que a penes podien moure's. Va ser aleshores quan van aparèixer milers d'enemics que disparaven a tort i a dret, mentre queien amb ferotgia damunt dels soldats. El general Pintos va ser un dels primers caiguts, però ben aviat també van abatre altres comanaments, el tinent Joaquín Tourné, del Batalló de Las Navas, el tinent coronel Palacios, que acabava d'animar la tropa, i així l'un rere l'altre, mentre desenes de cossos foradats per aquella tempesta de foc omplien de sang la terra argilosa del Gurugú. Era una emboscada perfecta i, mort el general Pintos, la desbandada va ser tan caòtica i aterrida, que els soldats intentaven sortir del cingle per totes les vies, arrossegant-se damunt de cossos caiguts, alguns de ferits, que ningú no recollia perquè l'únic instint que els motivava era el d'escalar desesperadament el pendent i sortir d'aquell fossar.

No entenia com era que estava viu. Tampoc no sabia com havia sortit del barranc del Llop, ni qui l'havia tret d'allà, ni quanta estona havia estat fugit de si mateix, perdut en alguna consciència llunyana on no se sentien els espetecs de les bales ni s'arrossegava entre morts, ni la cama li cremava com si fos una teia encesa. Només recordava la imatge borrosa d'uns núvols esllanguits que es movien pel cel, a mesura que avançava el baiard on el traslladaven, i quan la mirada es va fer més neta, es va adonar que formava part d'una llarga filera de lliteres plenes de soldats ferits. Eren tantes, que semblaven una processó de Setmana Santa, «Una processó», va repetir d'esma, com si a poc a poc s'anés despertant d'un son feixuc. Després li va retornar tot a la consciència i, en fer-ho, el dolor de la cama el va fer escruixir de tal manera, que es va mossegar la mà fins a fer-se sang. S'imaginava que no ho podria suportar, que patiria un altre desmai, i que potser allò era millor perquè aquell dolor insofrible l'estava embogint. I mentre intentava aguantar aquell patiment, un home de mirada neta, amb un bigoti prim i un uniforme ple d'insígnies que delataven el seu rang de capità, se li va apropar i li va dir, «*Soldado, las heridas de la guerra son medallas del honor. Debes sentirte orgulloso. Has servido a España*», i en anar-se'n, l'Eloi es va adonar que duia la mà enfundada en una mena de guant i que aquell home devia ser el famós Antonio Ripoll Sauvalle, supervivent de la guerra de les Filipines, on només amb disset anys havia perdut la mà i part del braç. Tothom el considerava un heroi, el capità més jove de la història de l'exèrcit espanyol, i la llegenda assegurava que, tot i quedar-se mànxol, va demanar a la reina regent que no l'ingressessin al Cos de Mutilats i que li permetessin continuar en actiu. S'havia fet fabricar un avantbraç d'alumini, i per això l'anomenaven *la Mano de Plata*, per bé que sempre portava la pròtesi amagada sota un guant de seda. L'Eloi n'havia sentit parlar perquè estava assignat al Batalló de Caçadors de Figueres com ell, i el seu nom sortia en totes les converses, però no l'havia conegut fins a aquell moment.

Malgrat el dolor terrible de la cama, que no el deixava pensar amb claredat, les paraules d'aquell capità tan jove, ferit de guerra i condecorat amb les més altes distincions, li van quedar ballant al cap, «*Las heridas son medallas del honor*», «Honor», va repetir en veu alta, i la paraula li va repicar a les cavitats del cervell, com una pilota llançada en una paret, i novament li rebotava, i aleshores va pensar que tot allò no tenia cap sentit i que no sabia què era, l'honor, però sí que sabia que aquella paraula tan ostentosa exigia tributs sagnants, àvida d'un desig de mort que deixava els camps plens de cossos esbotzats. Era cert, ho era, que ell no sabia gran cosa, només era el fill d'un pescador d'un poble petit, no tenia gaires estudis i quasi no havia sortit del niu, però li semblava que sabia una cosa, només una, que cap honor, ni cap idea, ni cap pàtria tenien el dret d'arrencar-lo de sa platja gran i de la seva Engracieta i de les anxoves que la mare feia sense pebre, com es fan a Cadaqués, «que a l'Escala no en saben», i de les sortides amb els amics a agafar garotes i petxines, i no, cap honor no tenia el dret de segar-li una cama i negar-li per sempre les seves corredisses pel cap de Creus, volant lliure de cara a la tramuntana, amb els cabells esbullats, el nas roig i l'alegria al cor. Què era allò de l'honor, que el tenia en aquella llitera malforjada, perdut en una ciutat llunyana, amb un dolor tan intens que era com si li anessin a arrencar el membre, amb la sang rodolant-li cama avall, el cap anat i la memòria enfosquida per sempre, per l'horror que havia viscut, què era, què, què era l'honor?

Allitat a Màlaga, ja mutilat i novament enfebrat, rodejat de joves com ell que potser moririen o també tornarien mutilats o, si se'ls guarien les ferides, tornarien a la guerra, allà, a l'altre extrem del seu mar empordanès, l'Eloi va saber que ell, el fill del pescador, sabia la resposta. L'honor era una mentida.

La seva mare també ho sabia. De fet, ho havia sabut sempre, i perquè ho sabia, sabia que aquella mentida s'enduia els joves i els tornava derrotats, tristos i sovint mutilats, i això si els tornava, que a vegades no els tornava, i morien lluny de casa, i perquè ho sabia i ho havia sabut sempre, va intentar salvar el seu fill de la guerra. Tenia uns parents llunyans a la vila de Gràcia, i fins i tot una parenta, la Carmeta, que era neboda de la seva àvia, havia estat a punt de casar-se amb un xicot d'aquella família, cosí segon, encara que el pobre noi va morir abans del casori, rebentat per un cavall, quan la bullanga de la Brusa, d'allò feia més de cinquanta anys. I també havia mort la Carmeta, just unes setmanes després d'enterrar el seu promès, «devorada per la pesta del Ganges, la pobreta», en aquells anys en què el còlera havia fet estralls a l'Alt Empordà. La família s'havia vist en algunes ocasions, sobretot als enterraments, i fins i tot una vegada el seu marit havia fet estada a la casa d'aquells parents de Gràcia, un dia en què tenia uns assumptes de les terres del seu besavi que no es podien resoldre a Figueres, i calia anar a Barcelona.

Va decidir que no s'ho pensaria gaire. Sabia que el fill de la Mercè, el senyor Albert, era un home molt ric, «que es veu que ha fet negocis amb es diners i ses coses des bancs», i, convençuda i coratjosa, va agafar la tartana que havia de travessar el Pení. Demanaria, suplicaria, ploraria, pregaria, faria el que calgués per aconseguir els diners i impedir que l'Eloi se n'anés a fer el soldat, i quan el marit li va dir que hi aniria ell, la Quimeta s'hi va negar, «És es meu fill i només el puc salvar jo, que això és cosa de ses mares, i no des homos. Tu vés a s'esglesi i prega a la Mare de Déu», i va fer via cap a Barcelona.

Ho va saber tan aviat com parlar amb la Mercè, tot i que la va tractar amb estima i amb amabilitat, però aquella ganyota als llavis, quan li va explicar el problema, aquells ulls que defugien la seva mirada, aquell «Ves, Quimeta, són temps tan difícils per a tothom», tots els gestos li deien que no salvarien l'Eloi. Amb tot, la Mercè se li va oferir, «T'acompanyaré a veure l'Albert, però no hi confiïs, Quimeta, que no vol saber res d'aquestes coses», i ella va pensar que la Mercè era una bona dona, però que devia tenir un fill que era una mala peça. Quan, a la tarda, l'Albert no va sortir a rebre-la i ella va haver de demanar, suplicar i pregar a la senyora Elisenda, que era una gran dama, i la casa feia caure de cul, que no n'havia vist cap de tan luxosa, però aquella gran dama li deia que ho sentia molt, que ella no sabia d'aquelles coses, que el seu marit no hi era i no tornaria fins al cap d'uns dies, i que se n'anés tranquil·la, que es quintaven molts nois i no passava res, que ella pregaria per ell i fins i tot posaria una espelma a la catedral i donaria una almoina, però que ho sentia molt, aleshores la Quimeta va saber que l'Eloi aniria a la guerra. Només li quedava pregar a la Mare de Déu de l'Esperança, la seva Esperanceta, li pregaria molt, cada dia, totes les estones que pogués, i potser l'Eloi tornaria perquè la seva Mareta de Déu no li havia fallat mai.

I decidida a lluitar fins al darrer alè, encara que fos amb les forces del cel, perdudes definitivament les de la terra, la Quimeta va fer camí cap a Cadaqués. De retorn, durant el pesat trajecte, mentre pensava en l'Eloi, tan jove, tan innocent, Esperanceta meva, Mareta de Déu, la tonada d'una vella cançó que sentia a la seva mare li va venir a la memòria...

A l'Àfrica, minyons,
a matar moros, a matar moros;
a l'Àfrica, minyons,
a matar moros amb canons!

...i va pensar que no, que ella no volia matar moros, ni anar a la seva terra llunyana, ni volia res de les guerres dels homes. Només volia que no li matessin el seu Eloi. «A l'Àfrica no, a l'Àfrica no, Mareta de Déu».

Com una rosa de foc

A Barcelona, la lluita era a peu de cada carrer, revoltat cada carrer on una munió de gent enfurida alçava una barricada, o dinamitava les vies del tren o intentava assaltar la caserna de la Guàrdia Civil, mentre els convents cremats dibuixaven un paisatge de runa i cendra que pinzellava, en gris, aquell juliol assolellat. Arreu on la mirada es projectava, les columnes de fum avisaven dels focs encara encesos.

«Qui comanda la revolta?», es preguntaven al sindicat, i les explicacions es barrejaven en un garbuix de paraules que es contradeien les unes a les altres, definitivament perdudes en la seva incapacitat per trobar resposta. Sabien que el Comitè Obrer de Vaga havia perdut el control, i el socialista Antoni Fabra, que havia liderat la protesta durant les primeres hores, assegurava que no sabia què estava passant. «Són masses obreres i joves galifardeus sense cap lideratge, i si hi ha líders, la majoria són dels lerrouxistes», informaven alguns, i els noms de Sol i Ortega, els germans Ulled, Colominas Maseras o Guerra del Río ressonaven en la conversa, però aquells no eren els grans líders radicals i tots sabien que el seu diputat més conegut, Giner de los Ríos, s'havia quedat tancat a casa, mentre que Lerroux era fora de la ciutat, «Com sempre que hi ha aldarulls, aquest encén la metxa i després fuig». I aleshores recordaven amb mofa el seu famós discurs: «*En España se impone la revolución*», bla, bla, bla, «*cuando ésta llegue, que no está lejos, contad conmigo como general en jefe*», i més bla, bla, bla, «*para llevaros a la victoria o morir en la vanguardia del ejército revolucionario*», i havia arribat la revolta i el general en cap era fora del país. «Com sempre».

Quan Ferrer i Guàrdia es va desplaçar a la Casa del Pueblo per entrevistar-se amb el cap radical de Barcelona, l'advocat Emiliano Iglesias Ambrosio, per tal d'intentar ordenar aquella incipient revolució, amoïnat per la convicció que estava prenent un caire caòtic, el resultat va ser catastròfic, tant que en Ferrer va dir que allò seria un desastre, i va decidir anar-se'n de Barcelona. «Se n'ha anat al mas Boter d'Alella, a casa dels pares?», va preguntar l'Enric amoïnat, i no, s'estava al mas Germinal de

Montgat, a la masia del seu germà Josep, «Amb la Soledad, Enric, que és millor que tots dos siguin ben lluny de tot això», va respondre un company. Després de la reunió amb Ferrer i Guàrdia, un grup de dirigents de Solidaritat Obrera va intentar reunir-se més vegades amb l'Emiliano, però sempre estava malalt. Al sindicat asseguraven que havia arribat a prendre una purga per no anar a les reunions, i des d'aleshores en els ambients anarquistes el coneixien com «l'heroi de la purga». Quedava clar que els lerrouxistes havien tirat la pedra, però tenien molta cura d'amagar la mà.

Amb tot, i malgrat sentir-se desbordats per la dimensió de la revolta, el sentiment al sindicat i a tots els ambients llibertaris era d'eufòria, i així ho acabava d'expressar Anselmo Lorenzo, «el nostre pare», com l'anomenaven molts anarquistes joves, en una de les moltes reunions improvisades en aquelles hores caòtiques...

«*¡Esto es asombroso! ¡Ha estallado la revolución social y nadie la ha impulsado, nadie la dirige! Ni liberales, ni catalanistas, ni republicanos, ni socialistas, ni nosotros... Sólo íbamos a parar las fábricas el lunes, ¿y qué decíamos en los preparativos?* "Salut, noi!", *y ya está, y nos despedíamos con el* "Dilluns, la general!", *pero llevamos tres días de revolución en la calle, y aún no sabemos quién la dirige. ¿Quién? Su* *majestad el pueblo, ese es el líder, ¡grandioso, grandioso!»...*

...amb aquell esperit de grandiositat caòtica, l'Enric i els seus companys mantenien la presència al carrer, intentaven ordenar la protesta i vivien amb un sentiment exaltat aquella situació extraordinària.

Just en aquell moment, acabaven de coronar una enorme barricada que taponava completament la plaça del Pedró i impedia l'entrada pels carrers del Carme i de l'Hospital. Una dona, que havia pujat al capdamunt de la muntanya d'andròmines, va aturar-se i va mirar cap a la plaça, la cabellera fosca desenredada, el llacet blanc contra la guerra lluint-li en el pit abundós i uns ulls brillants que transcendien l'escena, es va adreçar a Adolfo Bueso, que comandava l'escamot, i va cridar «Cantem *La marsellesa*!». Va ser aleshores quan la versió catalana de l'himne francès, que havia escrit el músic, republicà i maçó Anselm Clavé, va ressonar en ple cor de la Barcelona vella...

> A l'arma, a l'arma, fills del poble,
> el jorn de glòria ja ha arribat!
> Pels tirans alça xusma innoble
> sos pendons enllotats en sang.

Oïu, oïu, com fer udola
l'esbart famèlic d'eixos llops,
el poble s'acaba la fel a glops,
i encès de ràbia el cor li tremola.

A l'arma, ciutadans!
Alcem el sometent!
L'aïrat jovent
banyi ses mans
en sang de vils tirans!

«Visca la revolució!», va esclatar Bueso, i la munió va cridar «Visca!», mentre alguns dels revoltats brandaven els fusells Remington que acabaven de recollir en un magatzem del carrer Sadurní de Barcelona, on romanien amagats des de l'època dels voluntaris de la Llibertat dels dies de la Gloriosa. Quan en va tenir un a les mans, l'Enric va pensar en l'àvia Mariona, i va sentir-se hereu d'una estirp de llibertadors.

«Qui comanda la revolta!», va exclamar, imbuït d'una eufòria que l'animava a emprendre grans gestes, a ser un heroi o tal vegada un màrtir, un home del poble que alçava la bandera i aturava la història. «És igual qui la comandi, ningú, tothom, la força del poble, la gent menuda indignada, els treballadors que odien els rics i el capital i voldrien enviar a la guerra tots aquests aristòcrates i panxacontents que viuen del seu dolor. «Qui la comanda!», i les dones, les mares, les esposes d'aquests soldats que van a defensar les mines dels rics, i que odien els frares i els capellanots que fan la garagara als poderosos, que no permeten que els fills estudiïn fora de les seves faldilles pudents i que prediquen una Església podrida que defensa la seva esclavitud». Va aturar-se i, en alenar amb força, va notar que l'eufòria era una droga poderosa, un verí dolç. «Qui la comanda! Els jovenots, els galifardeus, els desarrelats, els desgraciats, els que mai no han comptat a la societat, els rebutjats». I en prémer amb més força la Remington, va alçar el puny com si reptés Déu, i va dir en veu baixa, gairebé a tocar de l'orella, per bé que no ho deia a ningú, sinó a ell mateix, però ho volia dir cap enfora, com si fos un crit mut, «Qui comanda la revolta! Els invertits com jo, els embrutits, els diferents, els que hem de plorar per suplicar un bes i després rebem el menyspreu. Aquests som els que comandem la revolta, tots nosaltres, els foragitats», i amb una rauxa desbocada, que era la de tots els que s'havien alçat contra els opressors, va fer un crit que va ressonar per damunt de la barricada, més enllà de la plaça del Pedró i molt més enllà de totes les places on hi havia barricades, i va esclatar al bell mig de la gentada que havia pres el carrer, «A baix la guerra, companys, morin els cabrons».

Havia trobat el seu lloc a la vida, era allò precís, un home deslliurat de pors, orgullós i decidit, capaç de matar i de morir per defensar el seu ideal.

«Qui comanda la revolta?», va preguntar l'Avel·lí, a tocar d'on era l'Enric, tot i que la poca distància no desmentia l'enorme esvoranc que s'havia produït entre els dos germans, que ho engolia tot, sentiments, records, paraules, i no deixava cap pont per on transitar. I si l'abisme sentimental entre tots dos era insondable, l'abisme polític era de la mateixa fondària. Eren dos mons situats a banda i banda d'un penya-segat, cada vegada més distants l'un de l'altre, tots dos igualment regirats contra la realitat feridora que els tocava viure, però allunyats de la resposta que calia donar. I si els anarquistes es meravellaven de la gentada desmanegada i caòtica que dominava la revolta, els catalanistes havien iniciat l'escalada de por que conduïa, fàcilment, al pànic col·lectiu. «No volen aturar la ciutat, volen ocupar-la!», i la remor de la sala era el ressò dels mals averanys. Congregats de manera permanent a l'Ateneu, a l'espera de saber quina seria la posició dels diputats de Solidaritat, que estaven reunits al despatx que Josep Maria Vallès i Ribot tenia a la ronda de Sant Pere, la cridòria guanyava terreny a la conversa, a mesura que les notícies rebentaven les paraules, incapaces d'explicar el bram que venia del carrer. Es parlava de morts, de ferits, de convents en flames i fins i tot hi havia qui s'havia topat amb unes manifestacions on mostraven les mòmies d'unes monges, mentre els més informats asseguraven que Barcelona estava completament incomunicada.

Va ser aquella imatge dantesca, que uns companys de l'Avel·lí s'havien trobat quan eren a tocar del convent de les Jerònimes de Sant Antoni, la que va aterrir la majoria dels militants de Solidaritat Catalana. El relat dels que ho havien vist va deixar la sala muda i aclaparada...

...«No sabeu el que ha estat. Era una gentada descontrolada, amb dones arrauxades, brivalls que amb feines tenien pèl a la cara, prostitutes i pinxos de la Barceloneta, el bo i millor, companys, i tots embogits, amb taüts a les espatlles i cadàvers als braços, que he comptat ben bé onze mòmies, les de les pobres monges que han desenterrat, i les han disfressat amb mocadorets i llacets i draps de colors, que semblava el Carnestoltes. Al davant d'aquesta estrafolària processó hi duien dos pendons d'un pal rodó i de tela blanca, i havien escrit "*Monjas enterradas bibas - Monjas emparedadas*" i n'hi havia que portaven candeles enceses. I les han passejat, us ho podeu ben creure, pels carrers amb tota mena de crits i befes, i n'hi havia que feien música, com si fos la festa major. I just en arribar a una plaça, no se'ls ha acudit res més que muntar accions burlesques, que semblaven un teatre absurd, i un galifardeu, que mireu si devia ser jove que tenia tota la cara pigallada i semblava que era una mica retardat, el pobret, ha començat a ballar amb les despulles d'una monja, i li ha posat un barret de palla. Si us ho dic jo, que els fils de cabell de la morta sortien per dessota del tarot i s'estiraven fins a les conques buides del cadàver, com si fossin cortinetes d'estiu, que mireu quina idea em ve al cap, però eren com cortinetes macabres. I vinga cridar, "Mireu quina fadrina que m'he agençat!", i feia moviments tan bruscos en aquell ball insòlit, que un peu ha topat amb un arbre i s'ha desprès del cos, i ell, com si res, seguia fent voleiar les restes de la pobra monja. Us ho ben dic, com si ballés un vals i aquell cadàver fos una damisel·la. I no en tinc prou, companys, que una dona grassa que cridava més que ningú anava etzibant: "Mireu, mireu com les tenen fermades. Ara veieu com torturen en aquests convents!", i ensenyava un cos amb les mans i els peus lligats, que havia assegut en una mena de pilastra damunt de la barricada, pobres ignorants!, que no saben res dels costums funeraris dels convents, així estem, companys, en mans del poble arrauxat i ignorant»...

...el xivarri es va apoderar de les parets nobles de l'Ateneu, alhora que la por tenallava els ànims. Algú va recordar l'article de Lerroux a *El Progreso* de feia pocs dies, «*¡No os detengáis ante los sepulcros!*», en què s'adreçava als seus *jóvenes bárbaros*, i el nom del líder radical va esdevenir l'esca de tots els odis. «Que no ho sabem, que era un agent de Moret i ara ho és de Canalejas? Això és el que volen, alimentar la fúria del poble i allunyar-lo del catalanisme, que el seny revoltat els fa més por que la rauxa de les barricades!», reblava un jove, i un de més edat responia, «És un radicalisme eixorc, com bé diu Prat de la Riba, un radicalisme que fa arrel en el nostre poble perquè som un país que no té govern, i sense govern el fem al carrer. Prou que ho saben Lerroux i Canalejas, que com més revolució catalana, més repressió espanyola i menys política racional».

No, allò no podia ser, amb aquella revolució acèfala, caòtica i violenta, ells no hi havien de tenir res a veure, els de Solidaritat Catalana eren gent assenyada, «No som bàrbars!», i els aplegats assentien amb convicció, mentre els rumors s'estenien en totes les direccions, i totes les direccions conduïen a les males notícies. Es parlava de morts, de vies de tren aixecades, de fils de telègraf caiguts, de tiroteigs amb la Guàrdia Civil, de batalla campal al passeig de Colom, «on sembla que s'han esbatussat de valent, que portaven fins i tot destrals», i va ser el republicà Pere Coromines qui va donar informacions precises, que aconseguia tant per la seva condició de director d'*El Poble Català*, com pel càrrec de regidor de l'Ajuntament, que li permetia tenir accés a les notícies amb més rapidesa que els altres.

«Sempre li queda curt el trajo, sembla en Pepito va de curt, i què me'n dieu de les ulleres rodones que porta, i del bigoti. Si no fos Coromines, diria que és un artista d'Els Quatre Gats», va xiuxiuejar en Nitus, que des de feia setmanes freqüentava la colla de l'Avel·lí i acostumava a fer broma de tot, però l'Avel·lí el va fer callar amb un gest rotund, «Deixa'm escoltar i tingues una mica de respecte, que és en Coromines!», i aleshores va pensar en aquell home menut, de vestit impecable, «per bé que una mica curt de tirada», que havien acusat falsament d'estar implicat en l'atemptat del Corpus del 1896 i havia patit el procés de Montjuïc. «Condemnat a mort, empresonat, exiliat, amnistiat i mi-te'l ara, tot un doctor en dret, amic d'Unamuno i regidor de Solidaritat», va dir-se, i es va disposar a escoltar-lo.

Les notícies que portava Coromines eren descoratjadores. Parlava d'una batalla campal al Camp de l'Arpa que havia acabat amb quatre morts, i de trets generalitzats a tots els barris de Barcelona, especialment al Clot i al Poblenou, on el xoc era molt violent. També assegurava que hi havia hagut diversos morts en les batusses entre la Guàrdia Civil i vaguistes a la ronda de Sant Pere i, segons la informació que tenia, el capità general havia enviat l'artilleria al carrer Major de Gràcia, perquè els revoltats s'havien fet forts a la plaça d'Orient i havien lligat una corda a la campana del rellotge per tocar a sometent, mentre, des de les barricades, disparaven a les forces de la cavalleria. «Segons ens diuen, com a mínim hi ha dos morts», i afegia que el ministre i Capitania s'estaven preparant per reprimir la revolta, «He anat a dinar amb el meu germà a la fonda de Sant Antoni, i a la Rambla ja he vist la policia armada amb carabines màuser, en grups de tres en tres. Tenen l'aire de no saber què han de fer, com si encara no tinguessin ordres», però tots sabien que les ordres arribarien.

«El que hem de saber és què faran els soldats, si els manen disparar contra el poble, que són ells mateixos, aquesta protesta és per ells», va dir algú, i algú altre va respondre amb el testimoni del que acabava de viure, «He vist un grup de soldats, per la Gran Via, els pobres s'estaven al costat de la Guàrdia Civil i se'ls veia tan morts de son, que n'hi havia uns quants que dormitaven per terra. No ho crec pas, que disparin contra la gent». I d'altres van afirmar, a partir de les seves vivències, que s'havien negat a disparar en l'enfrontament a Colom, que no havien fet res a Sant Antoni, que saludaven la gent que els victorejava, «No se'n refien d'ells, els de Capitania», va replicar convençut en Nitus.

El pitjor, però, era el foc, el foc que omplia Barcelona de grans columnes de fum que tenyien de cendra l'horitzó de la ciutat. Els teulats de les cases eren plens de veïns absorts en el magnetisme d'aquell espectacle, i la nit s'il·luminava com un capvespre de sol rogent. Tots els edificis religiosos es cremaven, «que crema l'església romànica de Sant Pau i el convent, amb el seu bonic claustre», i l'església de Sant Pere de les Puel·les, els escolapis de Sant Antoni i els salesians del carrer de Manso, la capella de Marcús i els frares de la Granja, els Germans de la Doctrina Cristiana de la carretera de Sants i la parròquia de Sant Andreu. «I la del Clot, que no en queda cap paret dreta, i la de Sant Cugat, i la de Santa Madrona, i també la de Santa Maria del Teulat, que és on diuen que han matat al rector», i també les monges caputxines del Camp d'en Galvany, el convent de Loreto i el de Sant Miquel del carrer de Rosselló, i els missioners del Sagrat Cor de Maria, els maristes del Camp d'en Grassot i les Servents de Maria del carrer de la Universitat, i les dames negres d'Horta, «I no us deixeu la parròquia dels Àngels i el seminari conciliar, i sembla que també crema el convent de les carmelites de Gràcia». «I tot ha passat en un sol dia. Dilluns teníem una vaga i dimarts, una revolució», clamaven les veus atuïdes, i dimecres no semblava que res millorés.

Les naus gòtiques eren presa de les grans fogueres, en un ritual de foc que seguia uns patrons establerts. Primer els revoltats anaven a les drogueries a comprar petroli, «que sovint el paguen», després remullaven les portes dels convents i les esglésies, i les encenien, i, cremada la porta, feien grans foguerades, alimentades per tota mena d'andròmines, cadires, portes, reclinatoris i cortinatges, i tot i que els assaltants deixaven sortir les monges i els capellans, la remor del carrer parlava d'alguns religiosos morts. No se sabia res del cert, però el poc que se sabia era molt, i molt greu.

L'Avel·lí havia arribat a l'Ateneu ben entrada la tarda d'aquell dimecres, el tercer dia de la vaga, perquè la Dolcina passava molta ànsia i no volia que sortís de casa. Havia pensat a quedar-se amb ella, però tot i les bones intencions no es veia capaç de no tornar a l'Ateneu, enfebrat de desig de saber, de parlar, d'intercanviar parers, de trobar sentit a tot plegat i, sobretot, de viure aquells moments transcendents amb els seus companys de lluita catalanista. A més, tots els parlamentaris de Solidaritat s'havien congregat al despatx de l'advocat Vallès i Ribot per estudiar quina havia de ser la tàctica davant d'aquells esdeveniments, i esperaven amb neguit les noves. També se sabia que el diputat Carner s'havia reunit amb membres del comitè de vaga, i tothom frisava per saber quin havia estat el resultat d'aquella reunió insòlita. Sí, havia d'anar a l'Ateneu per estar amb els seus i saber de primera mà quin capteniment prendria la gent de Solidaritat, i si ho farien tots a l'una, perquè les diverses famílies de la coalició tenien posicions molt enfrontades respecte a la vaga.

Les notícies van arribar a darrera hora per boca del diputat Amadeu Hurtado, «aquell gran advocat que va defensar Pere Coromines al procés de Montjuïc», informava l'Avel·lí a dos militants novells que li havien preguntat qui era, i només sentir la veu poderosa d'Hurtado, que feia honor al seu cos també poderós, el silenci es va apoderar de l'estança...

«Companys, amics, ja podeu pensar amb quin ànim vam començar ahir la reunió, si, tan bon punt vam trucar a la porta, la senyora de Vallès i Ribot ens va obrir d'una revolada i ens va avisar que estava cremant el gran edifici dels escolapis a la ronda de Sant Pau. I, cames ajudeu-me, tots cap al balcó de la seva cambra, a veure la columna de fum que sortia per les primeres cases de la Rambla. Prat de la Riba anava dient, "Mare meva, mare meva!". I pel carrer passava una colla de galifardeus ben joves, uns trenta o quaranta, que cridaven "Morin els marquesos, a baix la guerra", i que corrien atrafegats cap al passeig de Gràcia, vés a saber a fer què. Que ja sabeu quant de mal que estan fent. I com podeu imaginar, vam començar la reunió ben desanimats, que la volíem fer per donar suport a la protesta contra la guerra, i hem acabat ben decidits a no tenir-hi res a veure. Què hem fet, companys? Doncs, de bell antuvi, hem enviat una delegació a l'ajuntament encapçalada per Puig i Cadafalch, per posar-nos a les ordres de la nostra ciutat, que poc més podíem fer, amics, això no ho comanda ningú, és com a les bullangues del segle passat, que van sortir de l'odi del poble menut, i ja podeu imaginar que els que més criden són gent de baix fons, la púrria, els pinxos, que no hi ha gent organitzada, no tenen amo ni director, ni coneixen cap líder. És una multitud enfurida, bé ho ha dit Puig i Cadafalch, que no són les multituds florentines que paraven la lluita en veure perillar les estàtues de la llotja de la plaça de la Senyoria, no, aquests estan cremant les pintures de Sant Antoni d'Huguet de l'església dels escolapis, i els manuscrits i els llibres antics, i tot ho cremen, tot el que els sembla odiós, i no deixen res al seu pas»...

...i la crònica va omplir-se de tota mena de detalls, a mesura que les preguntes dels reunits ensopegaven les unes amb les altres, en un guirigall de paraules que era tota una gramàtica del neguit. Gràcies a la precisió d'Amadeu Hurtado, van saber que, al bell mig de la reunió dels diputats i senadors de Solidaritat, havien arribat Antoni Rovira i Virgili i Claudi Ametlla, comissionats pel cap del comitè de vaga, el socialista Fabra i Ribas, i volien parlar amb Jaume Carner. «Sembla que el pobre Fabra està ben espantat. Demana que els de Solidaritat agafem les regnes de la protesta, a bones hores!, perquè assegura que demà la pillada ens agafarà, i que arribaran tropes de fora i tot estarà perdut. Però què hi podem fer, si estan cremant convents!», i aleshores explicava que només Laureà Miró s'hi volia apuntar, «que s'ha ofert, el molt sapastre, a anar a Sant Feliu i reunir deu mil homes armats per apoderar-se de Barcelona, ja em direu d'on traurà deu mil armes, el ben ximple», i també una dotzena de joves federals que havien arribat, «tots suats i agitats, amb els ulls fora del cap», i havien demanat armes, «però els hem tranquil·litzat».

Després va explicar que Carner havia citat Rovira i Virgili i Ametlla a casa seva, l'endemà, per acabar de parlar dels fets. «Mentrestant, hem esperat la comissió de Puig i Cadafalch que havia anat a Ca la Ciutat i, amics, les notícies són terribles», i la sala va saber que el batlle se sentia impotent per controlar la situació, que estaven desconnectats de l'autoritat militar, que es negava a donar-los cap informació i que els lerrouxistes es treien les puces de sobre. Només parlaven de demanar la dimissió de Maura, però no volien implicar-se en el control de la vaga ni volien aparèixer públicament. «I a sobre, amics, el ministre De la Cierva declara als quatre vents que a Barcelona ha esclatat una revolta separatista, imagineu-vos-ho, ara és una revolta separatista!». Només havien aconseguit aprovar una acta per ajudar les famílies dels reservistes, «però res més, amics, que avui ha mort aquesta diputació catalana, entre la covardia dels uns i la mala fe dels altres, i nosaltres impotents, que cap home públic ha fet el que havia de fer en una hora tan solemne», va emfatitzar, i en un to baix va afegir, «Companys, aprofitaran aquesta bullanga descontrolada i desorganitzada per intentar destruir el catalanisme, que és el que els fa por de veritat». «I també aprofitaran per destruir l'anarquisme!», va cridar un jove, per a sorpresa de la majoria, i un altre va xiuxiuejar, «Ves per on, encara en traurem alguna cosa».

I aleshores, en un contínuum que no tenia aturador, els reunits van saber que feia poques hores que Carner havia escoltat els comissionats de la vaga, que Rovira i Virgili li havia assegurat que ells només volien organitzar una protesta contra la guerra i no una revolució, i que si els de Solidaritat comandaven la protesta, ells es posarien a les seves ordres.

«Sabeu què ens han dit els socialistes? Que tindrem el seu suport incondicional per proclamar una república, però que hem de controlar la protesta», i l'enrenou dels presents va ser tan considerable, que, per uns instants, va aconseguir silenciar la poderosa veu d'Amadeu Hurtado.

«Què els ha dit Carner?», va etzibar una comunió de veus, i Hurtado va respondre amb les paraules precises amb què Carner ho havia explicat als diputats i senadors de Solidaritat, «Això és molt greu, molt greu, i cal pensar-ho molt». De moment, no farien res.

«Quin disbarat, tot plegat!», va remugar l'Avel·lí, i es va sentir tan fastiguejat, que va sortir de la sala i se'n va anar cap al jardí de l'Ateneu, on la xafogor d'aquell dia s'alleugeria una mica. Era un home d'ordre, de seny, un català que se sentia compromès amb l'ideal de Catalunya, i era cert que aquest els podia portar a enfrontaments durs amb Espanya, «Caldrà ser valents», deia Prat de la Riba sovint, i ell ho sabia, que caldria coratge i que el camí de Catalunya no seria de flors i violes, però allò, allò no, allò era baix i mesquí i malvat, i era un sacrilegi, un sacrilegi repugnant que el feria profundament.

Es va dirigir cap al fons del jardí, en un racó mig

amagat atapeït de buguenvíl·lees, i en contemplar aquell rosari de flors vermelles que petaven amb la calor, es va adonar de com estava d'abatut. La idea que cremessin esglésies i convents, i que les despulles de les monges servissin de befa pública, sense respectar ni tan sols el sagrat descans final, li havia esclatat al cervell com una bomba, i tota la seva fe religiosa es va congriar per crear-li un gran desfici que el feia sentir derrotat. Entenia la ràbia del poble davant la guerra i se'n sentia solidari. Ell mateix havia estat d'acord que els de Solidaritat donessin suport a la protesta, «Només faltaria, hem d'estar a l'avantguarda de la defensa dels reservistes», però allò no era una protesta dels homes, sinó la fúria desfermada de l'infern, i si l'Església tenia culpa, que es retessin comptes als bisbes i als cardenals i a tota la porprada, però les pobretes monges, els claustres romànics, les esglesietes, Mare de Déu de Montserrat, quina bogeria, quina maldat, allò no, allò no tenia res a veure amb les idees nobles que deien defensar.

Va tornar a pensar en Catalunya, «Pobra pàtria, bandejada per uns i embrutida per uns altres, i sempre trista», i en repetir-se aquella frase sencera, que li hauria semblat melodramàtica si algú altre l'hagués proferit, però en aquell moment no, perquè així de derrotat se sentia, en repetir-la en veu alta, mot a mot, pobra, pàtria, bandejada, embrutida, trista..., va començar a somicar sense voler, com si fos un nen avergonyit per alguna culpa. Assegut en una cadireta de ferro en aquell extrem del jardí, sota una palmera altíssima que botia de dàtils, el somiqueig va augmentar i, gairebé sense adonar-se'n, es va vinclar sobre els genolls i va deixar-se endur pel plor que l'havia encalçat. Estimava el seu petit país i aquella estima, que percebia noble, el definia i el motivava, i no deixaria mai de lluitar per Catalunya, «Mai», i sanglotava, «Mai, perquè sóc això, un català que es deleix per la pàtria», i sanglotava, «per la dignitat», i sanglotava, «per la llibertat». Així va deixar passar uns segons, o tal vegada uns minuts, o un món sencer d'hores, perquè el desesper atura els rellotges, i després de molta estona, que va ser poca, però era molta, l'Avel·lí es va asserenar, va mirar el jardí frondós que s'anava enfosquint a mesura que queia el capvespre, com si llanguís, i tot alenant amb força es va eixugar la cara i va tornar a la reunió. El moment era greu i no es podia permetre defallir.

«*¿Quién coño manda en todo esto, son los anarquistas, los separatistas, los republicanos, quién?*», va cridar el capità general, mentre escoltava un nou informe de situació. El *parte* que li anava recitant el secretari dibuixava un mapa d'insurrecció general, i el silenci de la sala, on hi havia congregats els comanaments militars i policials que havien de contenir la revolta, denotava la urgència del moment, tant com presagiava el bram que ben aviat es faria sentir.

El secretari era eficaç en la crònica dels fets, en la mesura que ho permetia la precisió de la informació de què disposava. I per bé que faltaven moltes dades, perquè Barcelona estava aïllada per tren i havia quedat pràcticament incomunicada per telèfon i telègraf, la informació que posseïa era prou eloqüent. «*En Barcelona se reporta...*», i llegia, amb cura, la llista d'esglésies i convents cremats, els ferits i els morts, «*más de cien, según nos informan*», les vies de tren esbotzades, les comissaries assaltades, els tramvies destruïts, les carreteres tallades... Quan el capità va preguntar per la resta del país, la informació va ser, també, alarmant, «*Estamos en condiciones de asegurar que el movimiento sedicioso se ha extendido por toda Cataluña. Se reportan múltiples actos de violencia y las tres capitales de provincias, además de Barcelona, están completamente sublevadas. Se repiten los mismos actos vandálicos que en Barcelona, y que serán referenciados en los informes sucesivos. Respecto a los pueblos y ciudades menores...*», i amb una cantarella monòtona i impassible, va començar a llegir un llarguíssim informe...

«*En Badalona, donde han destruido las vías del tren y han quemado edificios religiosos, y hay cente-*

nares de alborotadores en las calles; en Manresa, donde, a parte de quemar públicamente el bando de vuestra excelencia, se han quemado casi todas las casetas de consumo y se reportan grandes manadas de separatistas gritando contra la guerra. Además, parece que han matado a un miembro del somatén. Arde la iglesia de los Capuchinos, el convento de las Sirvientas Mínimas del Sagrado Corazón de Jesús y el convento de San Francisco, que según reporte, es un montón de ruinas».

«*Apremie, apremie, y no dé tantos detalles. Continúe...*», va ordenar el capità general, i el secretari, nerviós, es va passar la mà pel front suat, i després de salivar, va continuar...

«*En Tarrasa, donde los sediciosos han incendiado el puente del ferrocarril y han obligado a bajar del tren a un grupo de soldados; también han saboteado las vías del tren en San Adrián del Besós, en Premiá del Mar y en San Feliu de Guíxols, donde han destruido una fábrica de corchos y han creado una junta revolucionaria; en Monistrol de Montserrat, donde han quemado veinte vagones y las líneas telegráficas y han impedido viajar a los soldados; en Villanueva han dinamitado los palos del telégrafo y del teléfono; en Palamós, también han quemado los hilos del telégrafo y han averiado las comunicaciones; también en Llagos-*

tera y en Casá de la Selva, parece que está cortada la carretera principal y han creado una junta revolucionaria que incluso obliga a tener salvoconductos para transitar; en La Cellera, disturbios, y también actos vandálicos en Igualada, además de la quema de la bandera nacional; en Cervera, en Balaguer y en las Borjas Blancas, donde los disturbios son muy importantes; en Tárrega, donde han impedido que los soldados subieran al tren; en Salt, en Olot, en Bañolas y en Figueras, donde los disturbios han sido muy violentos; en Santa Coloma, en Ribas, en Calonja y en Inglés, donde se reporta un muerto y un intento de asalto al cuartel de la Guardia Civil, además de un incidente con mujeres que se han estirado a lo largo de las vías del tren para impedir que saliera; también en Begur, en Camprodón, en Vilajuiga, en Caldas de Malavella, en La Jonquera, en Fornells y en Reus, donde han saqueado el ayuntamiento, han quemado documentos y han destruido el dispensario; en Falset, en las Borjas del Campo y en Santa Coloma del Francolí, donde han salido centenares de personas, gritando contra la guerra; en Verdú, en Bellpuig, en Mollerusa, en Juneda, en Tárrega y en Calella de la Costa, donde han hecho una gran zanja en la carretera principal; en Berga, donde han quemado la bandera nacional en la plaza de San Pedro; en Ripoll, con actos de violencia; en Mataró, donde se han incendiado las casetas de consumo y se han creado juntas republica-

nas y juntas revolucionarias; en el pueblo de Valbona de Anoya, donde se ha declarado la revolución; en Arbeca, donde una masa de gente ha destrozado las vías y ha quemado un tren; en Granollers, donde han creado una junta republicana que se ha proclamado como único poder y, según reporte, toman decisiones en asamblea e incluso han querido liberar al único preso de la ciudad, pero el preso no ha querido ser liberado, porque les ha dicho que esto les durará ocho días y después lo culparán por revolucionario, y que ya estaba bien en la cárcel»...

...es va aturar un moment, va tornar a empassar saliva i va continuar amb la mateixa veu monòtona...

«*También se reportan actos vandálicos en Fornells y en San Vicente de Castellet, donde han quemado veintinueve vagones de tren y han tirado las líneas del telégrafo; en el Vendrell, donde han colocado unos maderos delante del tren, que venía completamente lleno, con un escuadrón de caballería que se dirigía a Barcelona, y no le han permitido salir; en Agramunt, donde la violencia...*».

«*¡Basta, coño! Queda muy claro. Ya me pasará el informe escrito con todos los detalles. ¿Algo más por añadir?*», i aleshores el secretari va explicar que les ordres dels comandaments militars per controlar la revolta no arribaven als pobles a causa del tall de les comunicacions, «*aunque la declaración de guerra en Gerona, Tarragona y Lérida ya se ha declarado*», que la presa de Bescanó i la central elèctrica de Girona estaven en mans dels vaguistes, que perillava el tren de Manresa a Lleida, que la crema dels burots era generalitzada i que a Sabadell havien incendiat els jutjats, havien creat juntes revolucionàries i també republicanes, havien assaltat la caserna de la Guàrdia Civil, «*donde se reporta el robo de más de mil armas y hay grupos de obreros armados. También parece que han declarado la República y han nombrado a un cónsul español*», i va afegir que «*se reportan algunos muertos*», i el silenci de la sala va esclatar en milers de bocins de paraules que van sonar com si fos la música de l'odi.

«*Se reportan más de un centenar de muertos*», va corregir un home menut que acabava d'arribar a casa dels Deulodeu, on un grup de prohoms de la ciutat havia establert un quarter general ciutadà. L'home, que era propietari d'un minúscul bigoti que just li ocupava la part baixa del nas, esbufegava de valent, com si hagués corregut durant tot el trajecte des de Capitania fins al gran casalot que els Deulodeu tenien a Sarrià. «Respiri, home, respiri, que ja ens contarà el que passa», li va dir la senyora de la casa, mentre la noia del servei li oferia un got d'aigua fresca. Era un jove policia que sovint feia serveis privats per als comtes de Güell, i durant aquells dies havia estat el missatger entre les forces de seguretat i les grans fortunes de la ciutat, totes elles alarmades pel caire dels esdeveniments. No només donaven suport a les decisions que prengués el capità general i sobretot el ministre De la Cierva, sinó que els animaven a prendre-les ràpid i amb tota la contundència, convençuts que, si no es reprimia aviat aquella insurrecció, amb tota la força policial i militar, perillarien les seves propietats. «La ferida que aquesta revolta està causant al bon nom d'Espanya i a la monarquia és grandiosa, i ens costarà molt refer-nos», havia dit el senyor Deulodeu, i aquella afirmació reblava el sentiment de tots els presents, convençuts que era justament Espanya i el seu rei els que podien defensar-los de la bogeria radical.

Hi havia el bo i millor de Barcelona, marquesos i comtes, grans financers, fortunes de vell llinatge, nou-rics amb pretensions, alguns monàrquics de vella fornada i alguns membres de l'alta burgesia que havien coquetejat amb la Lliga i fins i tot amb Solidaritat, i ara se sentien tan amenaçats, que només volien que s'imposés l'ordre. Entre ells també hi havia la plana major de la jerarquia eclesiàstica, que explicaven totes les barbaritats comeses als convents cremats i acolorien, amb històries de tortures imaginàries, els seus relats. Per bé que no hi eren tots els convocats, perquè molts havien fugit de Barcelona per tal de sentir-se segurs, el grup era prou nombrós i rellevant per representar la Barcelona poderosa que s'arrecerava a prop del poder de Madrid per garantir-se el benestar.

L'Albert no estava convidat a les reunions de Sarrià, perquè tot i la seva fortuna creixent, encara no havia aconseguit prou fluïdesa en aquelles relacions, que se situaven per damunt de la riquesa, allà on l'Albert imaginava que habitaven els déus. Amb tot, estava permanentment informat del que passava, perquè tenia el seu propi quarter general, que els Sanahuja havien muntat a casa seva amb altres amics, i on també es reunien de manera permanent. Tota la informació que sortia de Capitania, de camí a la casa dels Deulodeu, arribava per un mitjà o altre a casa dels Sanahuja, perquè algú anava d'una casa a l'altra, o es rebien trucades o parlaven amb els policies que feien d'enllaç entre diferents punts de la ciutat. Les converses anaven des de la indignació fins al temor, i pel camí es perdien en unes asseveracions, idees, especulacions i demandes que conformaven la gramàtica de la por. En aquell espai acotat, rodejat d'homes com ell, homes cabals decidits a alçar el punyal i defensar el seu bé, l'Albert se sentia segur. Sempre havia estat un llop acorralat, sol davant les amenaces de la vida, però ara que havia arribat al cim i percebia la calma, descobria que n'hi havia d'altres com ell, que potser no eren antics soldats de lleva, ni havien travessat l'Atlàntic al costat de cadàvers vivents, ni s'havien arrossegat pels sorramolls de Cuba, ni havien matat mambins, però també havien lluitat amb dents i ungles per aconseguir el seu patrimoni. «Tots som supervivents», i aquella convicció li creava la sensació de pertànyer a una tribu específica, on els membres es defensaven en manada de les amenaces de la jungla. I no hi havia dubte que aquella setmana de foc era el bram de la jungla.

«Qui ho comanda, com ha passat, com hem arribat fins aquí?», va remugar algú, per bé que la pregunta era la cantarella diària en totes les estances com aquella, i la resposta variava lleugerament, però sempre aterrava en la mateixa convicció, que tot plegat havia estat més espontani que dirigit, més inesperat que organitzat. «Com diu l'Ossorio, no ha esclatat com una bomba, sinó que ha corregut com una traca», i els presents assentien convençuts. Ja feia dies que no sortien diaris, ni s'enviaven telegrames i cartes, les botigues estaven tancades i no hi havia manera de proveir-se d'aliments, i tampoc no hi havia llum ni gas enlloc, i les escombraries s'amuntegaven a les cantonades i empudegaven amb el tuf característic els carrers i les cases. «Emmalaltirem, si això dura gaire», van comentar, i alguns asseguraven que ja estaven mig malalts, «Encara agafarem el tifus», i es multiplicaven els improperis contra aquella revolta que, en aquella sala benestant, era la metàfora del mal.

Un mossèn que era a la reunió donava detalls d'un convent proper que estava cremant, «que acabava de sonar la campana per a les vespres, aleshores s'han sentit uns cops de pedra contra les finestres de la capella, i quan han sortit les germanes, pobretes, s'han trobat amb la massa enfurismada dins del convent i han hagut de fugir tan de pressa i corrents, que no han pogut treure's l'hàbit, i això que hauria estat millor vestir-se de seglar. Les insultaven i les escopien, pobretes, però no han tingut temps». Es va aturar, va fer un sospir profund, i va afegir, «Però això no ha estat res, amics, comparat amb el calvari que ha patit mossèn Riu i Ceriola, el rector de la parròquia de Santa Maria del Teulat, al Poblenou, que Déu el tingui en la seva glòria», i va començar a explicar els fets...

«...que era un vellet adorable, molt caritatiu i pietós, i va voler salvar les sagrades formes, però la turba el va assetjar, i es va haver d'amagar al soterrani amb el vicari, però com que els revolucionaris sabien que els dos sacerdots s'havien amagat, van calar foc i se'n van anar, i el vicari va sobreviure perquè era més jove i més fort, però mossèn Riu, pobret, es va asfixiar. I sabeu què van fer els malvats? Van tornar a l'església quan el foc es va apagar, i quan van trobar el cadàver del mossèn, li van treure els ulls i li van tallar els membres, i després van passejar les despulles pel carrer, així d'horrorosa ha estat la seva fi»...

...i després d'un altre sospir, més llarg que el primer, tot mantenint l'atenció dels reunits, horroritzats pel seu relat, va etzibar amb ràbia poc continguda, «Ho haurem d'agrair al boig radical de Ferrer i Guàrdia i a tot el seu verí sacríleg». Tots els reunits li van donar la raó.

Els radicals de l'Escola Moderna eren l'ou que alimentava les serps que no respectaven Déu, i posaven en perill el patrimoni de la bona gent. Allò no podia durar ni un dia més.

Amb tot, les notícies començaven a ser tranquil·litzadores. Deien que la revolta estava defallint, que havien arribat tropes de reforç, «Vénen per mar i per l'única via de tren que funciona, la de Vilafranca», i que atacaven les barricades amb canons. «He pogut contemplar el gran passeig que han fet les tropes d'artilleria que han vingut de València, renoi quina exhibició per tot el Paral·lel, i diuen que els batallons d'infanteria ocupaven tota la Rambla. Més de tres hores de trets amb els vaguistes, segons sembla, i encara no han destruït les barricades del Pla de Palau, que els disparen des de les teulades i els soldats s'han de posar sota els balcons, i apunten els màusers cap amunt, per tal de fer fugir els brivalls, però no és fàcil de contenir», i les veus de l'estança deien alhora, «Però els esclafaran, no hi ha dubte».

«I tant que els esclafaran, com si fossin fastigoses paneroles», va dir-se l'Albert amb una satisfacció que feia dies que no sentia. La fi de la revolta es veia propera, i el convenciment que després d'aquella flamarada radical cauria damunt dels bàrbars l'implacable martell de la repressió, «la llei natural de l'ordre», li produïa una satisfacció gairebé sexual, com si la Bibí estigués xuclant-li el membre els dies que el deixava sense esma. Va dedicar uns segons a aquella imatge d'una panerola esclafada, crac, gairebé sentia el so de l'infecte animal en partir-se, crac, el peu li queia al damunt, crac. Si algú l'hagués mirat en aquell moment, s'hauria preguntat per què l'Albert feia un rictus de felicitat, malgrat la urgència de la situació, però tothom anava a la seva, en aquell cafarnaüm de paraules que maldava per semblar una conversa.

En un moment de la tarda, que no era ni d'hora ni tard, i potser no era ni la tarda, perquè s'havia quedat tan trasbalsat, que les hores s'havien fet toves i el temps s'havia suspès, en aquell moment intemporal, algú va cridar el seu nom. «*Señor Cor-*

ner, ¿podemos hablar en privado?». Era un home menut, d'aspecte nerviós, que portava una clenxa gairebé perfecta i un bigoti prim, acabat en punxa, que hauria semblat ridícul si no fos perquè s'adequava perfectament a la seva cara eixuta. L'Albert el va reconèixer de seguida, «*Querido Antonio, a sus órdenes. ¿Qué necesita?*», i els dos homes es van apartar del grup i van sortir al balconet que hi havia a la torreta del casalot, des d'on la imatge de Sarrià recuperava la seva ànima de poble. Va ser aleshores quan li va caure al damunt la fúria dels déus...

«*Querido amigo, me conoce bien. Nunca le haría ningún daño, que usted es un buen patriota y ha sabido estar con Dios y con España en este momento tan trágico. Pero tengo que darle malas noticias... Su hijo Enrique está detenido y ahora lo están interrogando. Ya sabemos que usted no tiene ninguna culpa, que todos podemos tener una oveja negra en la familia, que Dios lo sabe, que eso es un castigo terrible, pero querido Alberto, quería avisarle*».

Crac. De sobte, la panerola esclafada era ell, i el peu que l'havia esclafat era el del seu fill. Però no patia per la seva detenció, que més aviat el tranquillitzava, perquè ja sabia que l'Enric estava ben perdut, i que devia estar aixecant llambordes i vés a saber si disparant trets o cremant esglésies, i el millor que li podia passar era que estigués pres, i potser així salvaria la vida, que ja no sabia què podia fer amb ell, aquell mal fill, que potser hauria estat millor enviar-lo a la guerra, que allà es fan uns homes, tot i que la guerra no, la guerra no feia els homes, els desfeia, però l'Enric ja estava desfet, i ell no sabia com refer-lo, que potser l'havia de donar per perdut, però tot allò ja ho sabia i no l'hauria abatut, perquè què havia de passar, si no, que era llei de Déu que acabés pres. Però no, l'inspector Antonio no havia vingut a dir-li que el seu fill era a la garjola, no, era molt pitjor, era pitjor que si li hagués anunciat la seva mort, perquè allò no era la d'ell, sinó la del seu pare, i dels germans i de la mare, i de tots, que aquell fill acabava de clavar un punyal al cor de la família, com si no n'hagués tingut prou, amb el mal que ja havia fet, que potser Déu li havia enviat aquell fill per castigar-lo, que ell havia fet coses dolentes, que havia matat un home per fer-se ric, i potser era allò, sí, era aquell pecat el que havia de pagar, que Déu no perdonava...

«*Me duele decírselo, querido Alberto, que usted y su mujer son gente buena, que nos conocemos de hace tiempo, y por eso debo informarle que no lo hago como inspector de policía, sino como amigo, un amigo de verdad, querido Alberto, porque lo sabemos de hace tiempo, que os lo dijo un confidente que fue su amante, que estaba vigilando a los de la Escuela Moderna, pero no habíamos hecho nada porque se escapó, pero ahora que lo tenemos detenido, entienda, que se lo haremos pagar*».

La paraula *maricón* havia sonat com si fos un espetec, el tret d'un vell trabuc que acabava de foradar l'estómac d'un jove soldat de lleva. El seu fill era un marieta, un invertit, un busca homes, una desferra que s'arrossegava per llits de vici per trobar el plaer prohibit. Ho havia imaginat tot, que fos un boig anarquista i morís amb una bomba a les mans, o que fes un disbarat i el condemnessin a mort, o que l'enviessin a l'exili i no el veiés més, tot ho havia imaginat menys que fos un pervertit, que allò era, sí, un pervertit, i ara no podia plorar-lo, com hauria fet si fos mort, ni usar les seves influències per reduir una condemna, no, tot allò no servia, perquè la culpa del seu fill era fosca i s'arrossegava per terra fins a encalçar-lo.

Va començar a sanglotar sense control, amb uns sanglots pausats, com si li hagués sobrevingut un estrany singlot, i quan l'inspector Antonio el va voler calmar, l'Albert li va agafar les mans i va començar a pregar-li que l'ajudés, «*Ayúdeme, Antonio, ayúdeme, ¿qué puedo hacer?*».

«*Podríamos darle una buena paliza*», va respondre pausadament l'inspector, «*una paliza bien dada, y que sepa que es por su vicio, que no es por ser anarquista, que lo haríamos por usted y por su familia, don Alberto, para ayudar al chico, que a veces se pueden arreglar, sólo hace falta darles una buena lección para sacarles el demonio del cuerpo, una de esas palizas que no olvidará en la vida. Verá cómo se le acaba la tontería. Queremos ayudarle, don Alberto*».

Una pallissa, sí, un cop i un altre, plaf-plaf, per treure-li els dimonis, plaf-plaf, que n'aprengués, plaf-plaf, i després ja el recollirien, sí, el durien a casa i l'Elisenda el guariria, sí, però abans calia estomacar-lo, donar-li una lliçó, sí, «*Gracias, don Antonio, gracias, nunca olvidaré este día*». «*No hay que darlas, querido amigo, que los buenos ciudadanos debemos ayudarnos en esta hora aciaga. No se preocupe. Le daremos una buena paliza y lo dejaremos tirado en la calle, ya le diré dónde, y no lo acusaremos de nada, como si no fuera un sedicioso, que ya tendrá suficiente castigo, se lo aseguro. Lo hacemos por usted, don Alberto, y por su familia, que se lo merecen*». Després li va donar un copet a l'esquena, li va fer una forta encaixada i es va acomiadar.

Recolzat en l'ampit de la petita finestra de la torre, l'Albert es va quedar contemplant l'horitzó. Encara fumejaven alguns edificis, però des d'aquell indret calm va tenir la impressió que Barcelona estava adormida. «Aviat es farà fosc», va dir-se i, trasbalsat i consirós, va pensar que era hora de tornar a casa.

Cendra

(1909)

«Com us podeu estar així de tranquils a casa vostra i en els vostres quefers sabent que un dia, al bon solet del matí, allà dalt a Montjuïc, trauran del castell un home lligat i el passaran per davant del cel i del món i del mar, i del port que trafiqueja i de la ciutat que s'aixeca indiferent, i a poc a poc, ben a poc a poc, perquè no s'hagi d'esperar, el portaran a un racó del fossat, i allí, quan toqui l'hora, aquell home, aquella obra magna de Déu, en cos i ànima, viu, en totes les seves potències i sentits, amb aquest mateix afany de vida que teniu vosaltres, s'agenollarà de cara al mur, i li ficaran quatre bales al cap, i ell farà un salt i caurà mort com un conill?».

Joan Maragall,
«La Ciutat del Perdó» (1909)

L'espígol

De sobte, va percebre una intensa olor d'espígol, i el record d'un estiu llunyà li va petar al cervell. Hi havia gerrets amb branquetes d'aquella herba aromàtica per totes les estances de la masia, i devia tenir set o vuit anys, o potser ja en tenia nou, i de segur que era agost, un agost xafogós que el seu germà i ell apaivagaven dins d'una gran bassa d'aigua freda. Es llançaven des d'un arbre que feia caure les seves branques damunt la bassa, i ells dos es capbussaven una vegada i una altra dins l'aigua, aliens als crits de la mare, que sempre tenia por que s'ofeguessin. On era el lloc, a Tiana, o no, potser a Alella, al mas d'uns amics del pare que acostumaven a viatjar per Europa i no el feien servir als estius? Sí, era a Alella. Però no recordava gaire res d'aquell estiu, només l'aigua gèlida de la bassa, que li produïa un plaer intens, potser era sexual, però vés a saber, perquè tenia només vuit o nou anys, però sí, quin plaer quan l'aigua li tocava la pell nua, ardent pel sol, i els pèls se li eriçaven en una confusió de sensacions. Aquella bassa freda i l'espígol, arreu, com una flaire que s'instal·lava als narius i amorosia l'atmosfera...

Va ser un cop de puny, pam, que li va fer doblegar l'estómac, o potser allò que li regalimava pel cap i li queia per la cara, aquella textura espessa, una gota que va tocar els seus llavis, la pudor... O potser va ser el crit, «*Maricón de mierda*», sí, va ser el crit el que va engolir l'aroma de l'espígol i la bassa i l'estiu sencer, i el va deixar sense refugi on amagar-se. Tornava a ser allà, tirat al terra d'una cambra humida i fosca, mig despullat, amb tot el cos tan estomacat, que ja no li feia mal, com si hagués traspassat un llindar i hagués arribat a un territori on la pell no s'enceta ni els ossos cruixen, ni el cap està a punt de petar, alliberat de tot dolor, potser mort. La mirada era borrosa i a penes podia obrir un dels ulls, però aquell membre que restava a les mans del policia, que acabava de pixar-se damunt d'ell, «*Maricón de mierda, toma agua bendita*», li va semblar que era com un cuc que el mirava reptador i s'espolsava damunt seu, finalment vencedor. Aquella gota final als llavis... Volia fugir cap a l'estiu d'Alella. L'espígol, l'espígol que l'alliberaria d'aquella pudor tan penetrant, amb la seva aroma dolça, però la goteta l'havia besat, i era el bes del dominant, del tirà, del seu botxí, l'orina, sí, l'orina d'aquell home a la boca i a la pell i al cabell i al nas, i l'espígol que ja no amorosia l'atmosfera, perquè s'havien acabat els estius de la infància i ja no hi havia basses on eriçar la pell. Tot era hivern.

Tot era hivern. Però quan un d'aquells homes va donar-li una puntada de peu, «*Abre bien la boca, mujerzuela, que sabrás lo que es una polla española*», i li va ficar el carall tan endins que l'ofegava, l'olor d'espígol va tornar, i aleshores va saber que podia fugir, i tornava a ser aquell nen de la bassa, i ja no li feia mal la gola, ni notava les empentes de la verga que violava la seva boca, perquè tot era estiu i feia olor d'espígol.

Un vas d'orxata

La sortida amb l'Elisenda li va semblar, a l'Albert, una conquesta. Era un diumenge assolellat i el passeig de Gràcia lluïa lluminós i altiu. Passejaven sense altra fita que el gust per badar, amb l'avinguda plena de gom a gom de parelles benestants que els saludaven amb polidesa. Els carruatges circulaven indolents i aquella circulació, que setmanes abans no li hauria cridat l'atenció, li provocava ara una sensació d'eufòria.

Havien guanyat, sí, havien guanyat a la revolució, al desordre, al caos, ell mateix, els seus, tots els que pertanyien a l'estirp dels zeladors de l'ordre, ells, els garants de la seguretat, havien aconseguit la victòria. «Ara, Elisenda, és el moment d'arrencar les males herbes», va dir a la dona amb autoritat, com si fos l'encarnació del capità general, i quan l'Elisenda li va contestar que podrien anar a veure les restes dels convents cremats, «que tothom hi va, que diuen que fa molta impressió», l'Albert va negar-s'hi, «No vull veure les destrosses de la xusma, vull veure com reconstruïm la ciutat». Amb un gest animat, va dirigir-la cap a un cafè que estava obert, «Per fi la gent decent podem prendre tranquil·lament una orxata fresca», i tan aviat com va entrar va saludar Genís Ardiach, un industrial carboner que era veí del carrer de Provença. «Has vist el ban de Manescau?», va dir-li joiós, i l'Albert va fer-n'hi la lectura en veu alta, com si alçar la veu engrandís la victòria...

«*Don Luis de Santiago Manescau, teniente general de los ejércitos nacionales y capitán general de la Cuarta Región, hago saber: que en vista de iniciarse la tranquilidad, invito a todos los vecinos para que contribuyan a lograrla por completo, procediendo a la apertura de establecimientos de todas clases, teniendo presente también que está permitida la circulación por las calles a todas horas, bien entendido que subsiste en absoluto la prohibición de formar grupos, los cuales, con arreglo a mi bando anterior, seguirán disolviéndose y castigándose como en aquél se determina*».

«Sí senyor, així es fa, amb autoritat. És la fúria de Déu, que domina la fúria del diable», i amb renovat optimisme va cridar el cambrer per demanar l'orxata.

Uns carrers més enllà del passeig de Gràcia, la ciutat anava tornant a la normalitat, els tramvies funcionaven allà on les destrosses no ho impedien, hi havia camions que reparaven els fils elèctrics, es venien diaris de Madrid, petits grups d'operaris desmuntaven les barricades, s'havia restablert el tren de Sarrià, obrien els cafès i els comerços, circulaven carruatges particulars i, segons totes les notícies, els darrers conats de rebel·lió havien estat finalment dominats. Feia poques hores que havia caigut Horta, la darrera avançada de la resistència, i ja no se sentia cap tret a la ciutat. Però si bé la revolta havia aguantat fins dissabte, des de dijous havia estat definitivament abandonada pels líders que havien començat la vaga general. Reunits a casa del diputat Carner, i amb la constatació que cap moviment obrer fora de Catalunya havia donat suport a la rebel·lió, els delegats socialistes, amb Fabra al capdavant, van emetre sentència...

«Comunicarem als membres del Comitè Central i als subcomitès que considerem que cal donar per acabat el moviment, i que convé iniciar immediatament una retirada tan ordenada com sigui possible»...

...mentre Fabra es preparava per fugir a França, «Cal evitar que t'empresonin, algú ha d'explicar a Europa què ha passat a Barcelona», li havien dit els companys.

«Què havia passat?», i la pregunta recorria els carrers i les places, s'alçava goles amunt i esclatava, amb estridència, en les exclamacions dels veïns que observaven el desastre. «Què ha passat?», deia un home, mig plorós, en recordar els quadres de Vergós que s'havien cremat a Sant Antoni Abat, mentre observava les runes de l'església, que feien petites piles sobre el sòl encara fumejants. «Què ha passat?», es preguntava un altre home, mentre observava com dues dones maldaven per arrencar una porta del convent de les Jerònimes, i un senyor ben vestit estirava, amb fúria, una canonada de plom. «Què ha passat?», i els veïns s'enduien llits de ferro mig trencats, mobles petits i grans, estris de tota mena i fins i tot objectes religiosos que, sorprenentment, s'havien salvat de la crema. Tot Barcelona es preguntava què havia passat, mentre es bolcava al carrer, delerosa d'esborrar amb el ritual de la normalitat el caos d'aquella setmana tràgica.

Palplantats davant el convent completament ensorrat dels escolapis, a la banda de la ronda de Sant Antoni, des d'on encara s'alçaven algunes voltes de maons que no havien caigut a terra, la Dolcina també preguntava al seu marit què havia passat.

«Hem embogit tots, ha embogit Barcelona sencera, hem perdut el seny?», i l'Avel·lí li responia, «Estimada, encara ha de venir més bogeria. No oblidis que ara caurà, damunt nostre, el puny de la repressió».

Hores més tard, després de voltar per tota la ciutat, delerosos de fer la ruta de la destrucció, «que no m'imaginava que arribaríem fins a Sant Andreu per veure l'església cremada, una de les últimes que ha caigut», com si la seva presència fos una mena de tribut personal, una humil restitució, van tornar a casa abatuts. El ritual d'entrada es va fer en un silenci bla, estrany en aquella casa sorollosa i en general alegre, i només la salutació a la minyona va gosar trencar-lo. L'Avel·lí intentava assimilar aquella setmana embogida que havia caigut damunt de Barcelona com si fos un terratrèmol devastador, però no aconseguia aclarir les idees, i la Dolcina l'acompanyava sense dir res, convençuda que era allò, el silenci, el que calia al seu marit.

En aquella estona calma, assegut al seu sofà de pell, auster i elegant, darrera moda anglesa, els records i les vivències van iniciar un procés caòtic d'imatges dins del seu cervell, i tot es barrejava en un intent de centrar el pensament, definitivament atrapat entre el desconcert i l'angoixa. Estava perdut entre bocins d'idees que lluitaven per tenir algun sentit, enmig del desordre de les emocions. De sobte, qui sap per què, va pensar en Isaac Albéniz, a qui just feia un parell de mesos que havien acomiadat. «Quin enterrament!», va mussitar, i, per bé que allò era estrany, el record de l'Isaac el va animar. Els pares el coneixien bé, perquè eren amics de feia anys de la família de Rosina Jordana, la seva dona, i la Merceneta tenia molta relació amb la seva filla Laura, que tothom deia que era una noia culta, «que parla set o vuit idiomes», i tenia molt d'ofici. Ell mateix, per la coneixença amb els Jordana, havia anat a veure una exposició de dibuixos i pastels de la Laura, que es mostraven a l'establiment de Josep Ribas, feia un parell d'anys, quan la Laura en tenia només disset. «Serà una gran pintora», asseguraven els crítics, encara que tots deien que se li notava massa «l'esperit femení». I era cert que aquells pastels eren molt femenins i molt ingenus, però, «Què vols? Si és tan joveneta i és una dona!».

«Recordes l'enterrament d'Albéniz?», va preguntar a la Dolcina, i el pesant silenci de l'estança va esmicolar-se en un garbuix de paraules que intentaven reconstruir aquell moment viscut. Tota la família havia d'anar a rebre'l, «Heu de venir tots, que són amics nostres», havia dit al pare, i tots volia dir tots menys l'Enric, que ja no pertanyia al cercle familiar, i així, tots junts menys un, van formar part de la grandiosa comitiva que havia anat a l'estació de França a rebre les despulles d'Albéniz, arribades en tren des del balneari dels Pirineus francesos on havia intentat sanar. *El capvespre dels déus* de Wagner, que la Banda Municipal de Barcelona va tocar amb tot l'ímpetu, el *Rèquiem* de Fauré, cantat per l'Orfeó Català, la *Marxa fúnebre* de Chopin... Encara notava la frisança a la pell després d'escoltar aquelles músiques solemnes, que van posar melodia a la tristor que sentia la gentada reunida per acomiadar-lo. Durant la caminada, el pare havia explicat que s'havia fet tot el possible per salvar-li la vida, «Fins i tot el seu oncle, el famós metge de Melilla, el que anomenen Tebib Arrumi, perquè es veu que els moros li tenen molt de respecte, que diuen que és un gran metge, fins i tot ell ha viatjat fins als Pirineus per intentar salvar el seu nebot, però no hi havia res a fer», i també contava que Enric Granados havia estat la darrera visita que va rebre el compositor, quan encara estava lúcid, i que li havia tocat la peça *Mallorca*, que era una barcarola que tots dos havien creat durant un viatge a les Illes, i que aquell havia estat el dolç regal de Granados al seu amic moribund.

«Quina excel·lència, els dos genis!», va dir, i com si no fos aquell 2 d'agost que tenia Barcelona ofegada en la tragèdia, sinó el 5 de juny, va resseguir les passes de la comitiva a través dels carrers engalanats amb les senyeres a mig pal, l'aturada emotiva davant el Liceu, l'aplaudiment de la gent que badava a les voreres, el sentiment compartit. Els diaris asseguraven que més de vint mil persones havien acompanyat Albéniz fins a Montjuïc, la seva darrera parada, i si bé era cert que eren tants milers, encara era més emotiu el silenci que sovint havia acompanyat la comitiva.

«L'estimàvem, els catalans», va dir l'Avel·lí amb enyorança, i aleshores, com si se li hagués activat algun ressort rabiós, va iniciar un soliloqui desesperat, que contenia tota l'angoixa acumulada en aquella setmana de fúria, i les paraules van brollar sense ordre, incontinents i primàries. Aquella Barcelona que acomiadava els seus genis en silenci era la que l'enamorava, i no la Barcelona que cremava esglésies romàniques i quadres valuosos, «No, no som la ciutat del foc, som la ciutat de l'art, hem de ser-ho, si no ho som, què som, sinó pura salvatgia? On anirem a parar? Serem la ciutat de les bombes i el foc o la de la ciència i el coneixement? Pobra Barcelona, pobra Catalunya, si el foc les ha de redimir. Maleïda xusma enfollida, maleït verí lerrouxista! Quin mal que ens fan, Dolcina, tota aquesta gentussa sense cervell i obtusa, que la lluita no és per la destrucció de l'art, sinó pel seu enaltiment, que hem de ser amants de la Grècia clàssica i hereus de la gran Florència, com diu Xènius a *La Veu*, i hem de ser civilitzats i no salvatges, perquè si no lluitem amb l'ordre racional i culte, no serem res més que massa desmanegada, sense altra voluntat que la del demagog que ens remou les entranyes i deixa fora les vísceres. No, no i no, no vull aquesta Barcelona que crema les seves pintures i destrueix el seu llegat, vull la Barcelona que posa escultures al carrer i acomiada els seus músics amb Chopin i Wagner, i els canta el *Rèquiem* de Fauré, i es planta davant d'Espanya amb el llibre i la partitura i no amb la teia encesa i el Remington alçat, que no, Dolcina, que si cremem les esglésies i els quadres i els llibres, res no quedarà de nosaltres».

Paraules, frases, imatges, el garbuix del desconcert i la perplexitat, tot va quedar aturat en sec quan la minyona va entrar a l'estança i va anunciar la Montsina, que acabava d'arribar, i esbufegava com si hagués corregut durant una bona estona. «Veniu a casa dels pares, ràpid, ha passat una cosa terrible». En veure-la plorosa, l'Avel·lí es va esglaiar. Podia passar res més, després de tot el que havia passat?

Sí que podia, perquè hi havia dos universos en l'univers de cadascú, i el més ampli, aquell que encabia la gent reconeguda, el veïnatge, la ciutat, la pàtria, no era res més que la suma dels individuals, on bategaven les emocions properes, allunyats de les grans gestes de la història, perquè estaven fets de petits cristalls de vida, un món propi, fràgil i reconeixible. I podia ser que, mentre l'univers de tothom es regirés com una serp i es clavés el verí a si mateix, també el de cadascú s'esberlés, en una explosió en cadena que s'assemblava a la fi del món. Barcelona cremava de fora estant, i escrivia, amb foc, un capítol tràgic de la seva historia. Però de casa endins, la petita història de la seva família també encenia una foguera d'incomprensió, dolor i violència, tan virulenta com els foguerons que havien enderrocat esglésies que havien resistit durant segles. «No hi ha foc més letal que el que atia un mateix», va dir-se capcot, gairebé sense esma, mentre intentava trobar el seu lloc en aquella casa paterna que ara estava plena de la seva gent, i tanmateix li semblava molt estranya. Potser no podia més, potser no era capaç de suportar la destrucció de la seva ciutat i, alhora, la destrucció de la seva família, potser només era un fill que estimava els pares, un germà que estimava els germans, un català que estimava la seva ciutat i el seu país, i de tot plegat en feia un relat precís, una petita història ordenada i senzilla que ara s'esquerdava pels fonaments.

«Vés amb la mare, que demana per tu!», va dir-li la seva germana Mariona, tot agafant-lo pel braç, i ell es va deixar endur, com un autòmat que movia braços i cames, gràcies a un mecanisme aliè i alhora efectiu. Era ell qui caminava pel passadís, s'agafava a la mare i l'abraçava. Era ell, però ell no hi era, perquè se sentia foraster en aquell món esberlat, destruït per la ferotgia d'una violència irracional i absurda.

L'Enric jeia al seu llit de sempre, del sempre de quan tot era normal i aquella era la seva cambra, en un temps llunyà que encara era molt proper. Semblava en pau, com si descansés, però tenia la cara inflada, els ulls tan botits que no es podien obrir, el llavi partit, el cos tot estomacat, un braç trencat, deia el metge, el seu lament era fluixet, ai..., un ai suau, com un batec poruc, tot ell..., ai..., i l'Avel·lí no podia fer altra cosa que mirar-lo sense veure'l, perquè ell no tenia aquell germà que havien trobat desmaiat i ferit, completament nu, en una cantonada del carrer de l'Hospital, i que, per sort, uns guàrdies havien traslladat a la casa dels pares, «*Nos han dicho que es su hijo. Le hemos puesto un abrigo. Iba desnudo*». No, no era ell, l'Enric, no era el seu germà, aquell home que es rebolcava pels llits d'altres homes i que lluitava al costat dels que posaven bombes i mataven de qualsevol manera, i vés a saber qui l'havia apallissat, potser havia estat un amant enfollit o un brivall d'aquells amb qui es feia, no, no era ell, perquè el seu germà era culte i sensible, s'havia educat en una bona família, era un bon germà i havia estat un bon fill, i ara no sabia qui era aquell cos destrossat que jeia al llit i que tothom deia que era el seu germà.

«Això ho hem fet nosaltres», li va dir la Merceneta a cau d'orella, però va sonar a boca de canó, i aquella frase que s'assemblava tant a un retret, que era un retret, li va produir una sacsejada sobtada, gairebé impertinent. «Què vols dir, què hi tenim a veure, nosaltres, com goses!», i a la manera suau de la Merceneta, que sempre sabia desfer els nusos de les converses i retornar les paraules a un territori calm, la seva germana li va dir el que pensava.

De tot el que l'Avel·lí va sentir a la Merceneta, en aquell monòleg improvisat, tots dos mig amagats al despatx del pare, com si fossin dos lladregots, dos furtius, amb la casa plena de gent, l'àvia Martina, que anava atrafegada per totes les estances, sense que ningú no sabés què feia, però que semblava que feia molt, i també l'àvia Mercè, que s'estimava amb delit el seu nét, i no parava d'acaronar-lo, tots hi eren, la Montserrat, que somicava tota l'estona, els pares de la Dolcina, que es mantenien, polits i distants, en un racó del menjador, i també la tieta Rita, eixuta i indesxifrable, que anava explicant arreu que allò havia estat un robatori violent, «Pobre Enric», i acabava d'arribar en Xió, «Vull acompanyar-te, Albert, en aquest tràngol, que ja imagino pel que estàs passant», dit així, en un xiuxiueig que semblava una confidència, «Tu ja saps...», i algú més, que la casa era la Rambla en una nit de Liceu, però no era la Rambla, que era la casa dels pares, i no hi havia òpera, ni concert, sinó soroll i neguit, i de tot el que li va dir la seva germana, allà, mig amagats al despatx del pare, com dos furtius, el que més el va ferir va ser la paraula incomprensió, que la Merceneta havia pronunciat de manera pausada, com si fos un mot amable, però no n'era gens, d'amable.

Els germans i les seves converses. L'Avel·lí no hauria estat capaç d'imaginar-se que pogués sentir tot allò tan trasbalsador i alhora intens, en un dia com aquell, i en aquelles circumstàncies. Mai no havia tingut una conversa tan transcendent amb la seva germana, i tampoc no s'havia adonat que la Merceneta havia desenvolupat una sensibilitat tan aguda i un pensament tan profund. Aquella noieta, que encara era la seva noieta, havia crescut com ningú, potser més que tots ells, i ara era davant seu, escoltant paraules que el ferien però alhora l'apellaven. Va saber que la seva germana s'havia convertit en una dona extraordinària.

Incomprensió. Era així, d'aquella manera tan simple, com s'explicava tot el que havia passat amb el seu germà? «No en té res, de simple, Avel·lí, però la nostra família ha estat un gran pou d'incomprensió i de rebuig per a l'Enric. Som nosaltres els que l'hem foragitat». I aleshores, com si fos una

Penèlope que anava desfent el teixit, les paraules anaven prenent sentit, la timidesa de l'Enric, la incapacitat d'acceptar un jove inquiet, l'orgull mascle del pare, tan dominant i prepotent, l'amor com una entrega generosa i no com un tribut exigit, la família com una xarxa, amatent a la caiguda i no com una catapulta, els joves i el seu esperit generós, la lluita pels ideals, el dret a errar el camí, amb la seguretat que es trobarà la porta del retorn... Què havien fet amb ell, tots ells, sí, tots, sinó assenyalar-lo amb la lletra escarlata, la lletra dels diferents, dels marcats, marcar-lo, sí, marcar-lo com un xai, un simple membre del ramat, i quan s'havia rebel·lat, què havien fet, sinó expulsar-lo del paradís?

«Prou, que tu no saps res, dona!», va dir l'Avel·lí, alçant la veu més enllà del decòrum, i la Merceneta, amb els ulls clavats de fit a fit en la seva mirada, va respondre amb una veu melodiosa, gairebé com una cadència, de la manera com ella cridava, que era parlant encara més fluix, «Sé el que he de saber, que nosaltres, la gent que hauríem de protegir i estimar l'Enric, no ho fem». I aleshores, dotada d'una força que ni ella mateixa es reconeixia, va començar a parlar en un idioma propi però estrany, perquè era el que havia preservat per a un moment com aquell.

—No el conec, el meu germà, no sé amb qui va,

ni a qui estima, ni sé què vol, si és que ell ho ha sabut mai, i és possible que no vagi bé, o que estimi a qui no s'ho mereix o que hagi escollit un camí de lluita errat, tot és possible, però, Avel·lí, la diferència entre jo i vosaltres, el pare, tu mateix, la gran diferència és que jo l'estimo sense jutjar-lo, i vosaltres l'heu deixat d'estimar, perquè l'heu jutjat.

—Com goses dir que jo no estimo el meu germà?

—I tant que ho goso dir, ho goso dir perquè l'amor no és un joc d'imposicions, sinó una entrega generosa. No s'estima una persona segons el que fa, sinó més enllà del que fa, Avel·lí, més enllà de tot, i vosaltres heu supeditat el vostre amor a la correcció social, a les normes, al vostre ordre, que potser no és el seu, no ho entens? Potser no és el seu...

—Estimar sense exigir res és una forma esclava d'estimar. Estimar també és exigir i rebre. L'amor també té normes.

—Vas ben errat. Estimar sense exigir res és l'única manera bona d'estimar. La resta no és estimar, és posseir.

D'on havia sortit aquella germana que deia aquelles paraules que, tot i el seu blindatge, li arribaven endins i el trasbalsaven. No li podia dir el que sabia, «el secret de l'Enric», perquè era una noia, una joveneta, i de ben segur s'hauria escandalitzat, i ell no volia ferir-la, però si ho sabés, què pensaria?, que potser sí, potser diria el mateix, perquè era així com ella deia que calia estimar, més enllà de tot. I en algun moment de la conversa, tocat pels arguments de la Merceneta i, alhora, incapaç de rebatre'ls, perquè hi havia secrets que no podia revelar, va deixar d'escoltar-la, embadalit amb aquella grandesa d'esperit que descobria en la seva germana, la seva maduresa. Potser aquella conversa no ajudaria a resoldre el conflicte amb l'Enric, però l'havia apropat a la Merceneta, i no a la manera de la germana petita que cal protegir, com sempre havia estat, sinó a la d'algú amb qui podia tenir una conversa com aquella. Ella havia crescut i ell la descobria allà, en el despatx del pare, com dos furtius, en un dia infaust.

Una abraçada càlida, dos petons a la galta, un t'estimo deixat anar a punt de sortir de la cambra, i de retorn al menjador, la bullícia dels presents, tots barrejats, en una conversa en ramell que era més cridòria que conversa. La conclusió general era que l'Enric havia patit un mal pas en mans d'uns brivalls, o potser s'havia ficat en una baralla amb les forces de seguretat, però no, perquè l'haurien detingut, i allò era una pallissa, segur que li havien volgut robar. L'Elisenda anava dient «Pobret fill meu, pobret», i quan l'Avel·lí s'hi va atansar novament li va prémer les mans i li va dir que en tingués cura, «que és el teu germà petit, mira com l'han deixat», i va tornar a plorar. «El metge és optimista, mamà, és una bona pallissa, és cert, però és jove i té salut, i no trigarà a posar-se bo, i encara més amb les vostres cures, mamà, que sou un àngel», i ella va esbossar un petit rictus que, en unes altres circumstàncies, s'hauria assemblat a un somriure.

De sobte se sentia calmat. La conversa amb la Merceneta l'havia obligat a pensar més enllà del moment, i per bé que no podria acceptar mai la naturalesa de l'Enric, «que és una depravació, un pecat contra Déu, contra Déu mateix», potser podria aprendre a tolerar la seva presència. Depenia de com es comportés, però era cert el que deia la Merceneta, era el seu germà i havia de trobar la manera de no perdre'l del tot. Que es guarissin les ferides, que passessin els dies i arribessin les explicacions, que ell mateix s'adonés d'on l'havia conduït el seu mal cap, que les aigües recuperessin el seu llit, i potser aleshores, com si fos un miracle, tot tornaria a ser com abans. Pregaria a Déu, sí, pregaria a Déu perquè tot allò passés.

Encaboriat amb aquells pensaments, reclòs en la balustrada modernista del menjador, no va notar la presència del pare fins que li va posar la mà a l'espatlla. «Avel·lí, no t'amoïnis per res. El que ha passat no és dolent. Havia de passar». Cert, no era dolent, no, potser no ho era, potser aquella pallissa retornava les coses al seu ordre natural. I, en girar-se cap al pare, li va dir amb un somriure, «Això mateix estava pensant, papà, això mateix». Després, en mirar enllà, cap al menjador atapeït de família, va sentir-se feliç d'aquell magma humà que el definia i, alhora, el protegia. «Som una gran família», va dir-se cofoi, però en alçar la vista, va encreuar la mirada amb la Merceneta, i aquella mirada punyent, que li anava dient no, no és així com s'estima, el va tornar a neguitejar. «Noietes», va dir-se finalment, com espolsant-se els dimonis, «Què saben elles de la vida?», i es va dirigir cap al grup de dones que comandava la tieta Rita, que ja havia aconseguit teixir, després de molts intents, un relat precís del robatori que havia patit el seu nebot. «Han estat uns pinxos de la Barceloneta, no en dubteu, és el seu estil», i tothom li va donar la raó. Prou sabien, en aquell menjador d'ordre i civilitat, que hi havia molts pinxos de la Barceloneta pels carrers de Barcelona.

Cau la fosca

Plovia amb intensitat, i la multitud es desdibuixava en una inacabable corrua de paraigües negres, que maldaven per aconseguir el seu lloc sota la pluja. Situat al capdavant, a unes passes de la gentada, el carruatge avançava lentament, amb el fèretre ple de flors, i el silenci era tan espès que se sentien les peülles dels cavalls damunt les llambordes. Uns nens corrien al costat del carruatge, i els seus vestidets blancs eren l'única nota lluminosa de la tarda. Al bell mig del seguici, entre sindicalistes, republicans, socialistes i gent de tot pelatge, destacava la columna dels carboners, que havien volgut fer costat al company afusellat en el seu darrer viatge.

Tenia vint-i-tres anys, era alegre i bonhomiós, i se sabia el seu nom, Ramon Clemente, que repetia dues o tres vegades quan es presentava a algú que no coneixia. «Bon dia, sóc Ramon Clemente, Clemente, en Ramon, Ramon Clemente», i donava la mà amb polidesa. La seva deficiència mental no li impedia treballar amb molt d'entusiasme, i era per als treballadors de la fàbrica com un germà petit, amb qui feien facècies, i sempre el protegien. Quan li van fer el judici militar sumaríssim, «*Culpable de liderar la sedición violenta y, en su caso agravado, culpable del sacrilegio de bailar de forma horrenda con los restos mortales de una inocente monja*», no sabia de què li parlaven, però somreia a tothom i assegurava que es deia Ramon Clemente i que era carboner. Aquell matí del 4 d'octubre, quan el van dur al fossat de Santa Amàlia, al castell de Montjuïc, va pensar que era en una mena de festa, i quan els fusells es van alçar i van apuntar cap al seu cos, va riure divertit i es va posar a fer ballmanetes, com un infant.

Era la quarta condemna a mort executada. Gairebé dos mesos abans, el 17 d'agost, havien afusellat el primer condemnat, el republicà Josep Miquel i Baró, acusat de ser el líder de la revolta a Sant Andreu, i per molt que van intentar salvar-li la vida, «que només el volen afusellar perquè és un líder republicà de Sant Andreu, i no perquè tingui cap culpa», la sentència estava decidida abans de redactar-la. «Ja veureu com no mataran cap lerrouxista». I no, tampoc no era lerrouxista Antoni Malet, executat el 28 d'agost, culpable del delicte d'haver cremat objectes religiosos en un convent. Per què ell, si n'havien cremat tants?, «Perquè els ha anat bé, vés a saber, que condemnen a l'atzar». Quinze dies després, el 13 de setembre, el cos d'Eugenio del Hoyo queia a terra, abatut per les bales de l'escamot d'afusellament, culpable de ser un guàrdia de seguretat que havia donat suport als revoltats, *«y había manchado el honor de su cargo»*, i novament la percepció que mataven impunement arrelava en el desànim col·lectiu. I ara, després de l'execució de Ramon Clemente, Barcelona es preparava per a la inevitable execució de Francesc Ferrer i Guàrdia, «que el mataran, de ben segur. Han olorat la seva sang i la volen», i aquella convicció recorria les entranyes de la ciutat derrotada.

La Merceneta no havia anat al seguici fúnebre, què hi hauria fet, ella, allà entre tots aquells carboners i treballadors, ella que era una noia de casa bona, ben aviciada, estrangera en aquell món de vides endurides. Sentia que no tenia dret a ser-hi, que hauria estat una manca de respecte, perquè pertanyia al món dels poderosos, i aquella gent era el poble menut, la gent que patia, la que anava a la guerra i es deixava la pell a les fàbriques, no, ella no hi havia d'anar. Però, alhora, hi volia ser, perquè alguna cosa se li havia remogut per dins des del final de la revolta, amb tot el que havia passat i passaria, que passarien coses pitjors, i per bé que no sabia gaire dels assumptes de la política, i no li interessaven, perquè ella era una amant de la cultura, les pintures i els llibres, aquell món sensible donava sentit a la seva vida, i no allò altre tan abrupte, tan dels homes, que no aconseguia entendre, però amb tot, hi volia ser, perquè alguna cosa se li havia remogut molt per dins, molt endins, des del final de la revolta.

Anava agafada de bracet amb Joan Leask, una jove anglesa que coneixia de practicar el tennis al Barcelona Lawn-Tennis Club. El pare de la Joan havia estat un dels fundadors del club, feia deu anys, i després s'havien fet molt amigues, perquè també era una dona delicada i amant de l'art, i anaven juntes a les exposicions. Li va dir, «Joan, vull anar a l'enterrament d'aquest noi carboner, que no hi era tot, pobret, i tot i així l'han matat, quina crueltat extrema, i hi vull anar, però de reguitzell, com si badéssim i ens ho trobéssim, que no és el nostre lloc», i així havien fet cap, discretament, a la manifestació de dol que recorria els carrers de Barcelona. «Aquesta corrua de paraigües negres, quina solemnitat!», va dir mentre s'aferrava al braç de la Joan, des de la vorera, com si fos una vianant que es trobava casualment amb el seguici. Potser no sabia res de les coses de la política, però començava a saber el mal que una política perversa podia fer a la gent. «Un pobret deficient afusellat. En nom de qui, en nom de què es pot fer una barbaritat com aquesta?», i notava un sentiment nou, que mai no havia sentit, que es deia ràbia.

La seva transformació havia anat germinant en aquells dos mesos en què la fúria dels déus, de la mà del nou governador civil, Evaristo Crespo Azorín, enviat per De la Cierva...

«*La represión debe penetrar en las capas revolucionarias y librar a Barcelona del cáncer que la devora y que amenaza con devorar a España. Tantos años de anarquía y de crímenes terroristas imponen la curación radical y perseverante, pero dentro de las leyes. La semana sangrienta es el brote definitivo de la dolencia y hay que liquidarlo*»...

...en aquells dos mesos, sí, en aquells dos mesos en què la fúria dels déus havia caigut sobre Barcelona, i sobre tot Catalunya. Era cert que prèviament, abans dels milers de perseguits, dels centenars de presoners, de les escoles i els diaris tancats, dels sindicats prohibits, de les condemnes de desterrament, dels centenars de fugits a França, i també abans de les campanyes del diari *Época* perquè no es compressin productes catalans i de la resta d'articles furibunds contra Catalunya, «*el secesio-*

nismo violento», i abans, molt abans de les campanyes de delació als diaris permesos, i dels afusellaments, abans de la fúria dels déus, la de la seva família ja l'havia encalçada. Pas a pas, lentament, com si fos una processó de Corpus, la Merceneta s'havia anat deslligant de la seva condició de filla i de germana, per convertir-se en ella mateixa, un territori propi, conquerit amb constància i determinació, que havia anat creixent a recer dels altres, sense fer soroll.

El sotrac de la pallissa de l'Enric va ser el punt d'inflexió. Feia molt de temps que percebia el seu germà d'una manera molt diferent de com en parlaven a casa, i el menyspreu que les paraules del pare regalimaven, com si fossin baves espesses, havia activat el seu mecanisme de protecció, tal vegada un instint de germana que s'assemblava molt a allò que en deien l'instint matern. A més, la mare era com un moble, no reaccionava davant les invectives del pare, i sovint, en escoltar les converses, l'hauria agafat dels braços i l'hauria sacsejat, «Mamà, que és l'Enric, no ho permetis!», però la mare callava i somicava, i aleshores ella s'adonava que aquell era el destí de les dones que no havien trobat el seu territori, i només eren el jardí que decorava el palau dels homes. No havia desenvolupat un sentiment agre contra el pare, sempre l'estimaria, i durant tot aquell temps l'havia admirat, però anava aprenent a desprendre's de la seva ombra, i quan el pare li deia «Filla meva, em sembla que no t'entendré mai», ella somreia, convençuda d'avançar en la conquesta.

La pallissa que va patir l'Enric va ser l'espoleta de la seva explosió interior, i tot allò que anava aprenent des de feia temps, els llibres que llegia, les revistes que li havien ensenyat a mirar amb uns altres ulls, les amigues que l'havien enriquit, tots aquells fats que s'havien conjurat per transformar-la, van niar en aquell cos trencat, el van amorosir, acaronar, acompanyar i tocar, i durant aquells dies en què l'Enric era un lament i les infermeres anaven i venien, i la mare li donava brou amb la cullera, com si fos un nen petit, i el pare semblava estranyament feliç, com si preferís el fill apallissat a casa, i no sa i lliure, fora del seu domini, durant tots aquells dies, la Merceneta va passar de crisàlide a papallona.

No, no l'havien seduït les idees de l'Enric. En les converses a mitja tarda, quan la casa estava silenciosa i semblava que el món es reduïa a aquella cambra on dos germans es donaven escalf, l'Enric li explicava els seus ideals, la lluita per destruir el capital, el poder, l'Església i la monarquia, i també els burgesos com el pare, «que exploten el poble», i li feia un retrat sòrdid de la societat benestant de la qual ella gaudia. La Merceneta l'escoltava amatent, i alguna vegada li feia preguntes, però no tenia interès a debatre o rebatre res del que li deia el germà, perquè el seu únic interès era demostrar-li amor. Volia que sentís, més que no sabés, que la seva germana era allà, que hi seria sempre, que aquella era la seva manera d'estimar-lo. Però després, a la nit, quan els pensaments del dia ballaven en la fosca, curulls de vivències, la Merceneta rebutjava aquella prosa bèl·lica de l'Enric, «que s'assembla tant a la del pare!», i pensava que el llenguatge de les dones era diferent, que també eren guerreres, sí, lluitadores per un món millor, però a la barricada no hi tenien fusells, sinó llibres, quadres i tota la bellesa que podien acumular. Escoltava l'Enric, escoltava el pare, escoltava l'Avel·lí, cada dia més indignat amb tot i amb tothom, amb la revolta, amb els revolucionaris, amb els lerrouxistes, que eren els veritables piròmans de Barcelona, i també amb els anarquistes, que es deixaven utilitzar, i amb els sindicalistes i els socialistes, que havien atiat el foc i després no l'havien sabut apagar, sí, amb tothom, però també amb un estat cec i violent que reprimia de valent, que ofegava Catalunya i matava sense pietat, i en escoltar-los a tots, la Merceneta s'adonava que el pare i els germans parlaven el mateix idioma, i que aquell idioma no era el seu.

L'Enric mai no va explicar què li havia passat. Quan les preguntes de la família s'acumulaven en les tardes de visita, i l'àvia Mercè li agafava les mans, «Enriquet, què va passar, com t'ho van fer», i ell sempre responia que els records eren boirosos, uns homes, uns crits, uns cops de peu, que no hi havia res més, la memòria havia quedat buida. I així anava recuperant-se, entre els brous de la mare, les carícies de l'àvia Mercè, els consells del pare, que entrava sovint a la cambra i li feia grans discursos sobre la vida que podria tenir, si hi posava seny, i ell callava, perquè el temps de barallar-se amb el pare havia passat, i sí, es recuperava sobretot amb la companyia de la Merceneta, que no li demanava res però li ho donava tot. En aquells moments de preguntes deleroses i respostes evasives, la Merceneta s'adonava que l'Enric havia tingut un seriós mal pas, alguna cosa dolenta que no era fruit de l'atzar, sinó de la vida que feia, i quan aquells mals pensaments arrelaven, sentia encara més tendresa pel seu germà, «Què deu haver viscut, com deu haver patit!», i rebutjava saber res, perquè li semblava molt més important sentir.

Un dia se'n va anar. Va ser com un silenci, un mutis imperceptible en el teatre d'aquella família que acostumava a ser tan sorollosa. La Merceneta va trucar a la cambra, i la lletania del germà, «Passa, germaneta, vine a donar-me la tabarra», no la va sentir. Abans d'obrir la porta, va saber que l'Enric havia marxat. Aquell dia el pare, amb una ira desfermada, va cridar, «No té remei, mai no en tindrà, aquest fill està perdut per sempre», i la mare va plorar.

El temps i la seva velocitat, quan els mals averanys es compleixen i els déus desfermen el seu poder implacable. Les notícies vomitaven xifres espantoses, i les presons s'embotien amb els cossos dels perseguits. A banda dels exiliats, que tothom situava en més de dos mil, els diaris permesos parlaven de dues-centes persones desterrades, i gairebé dues mil detingudes, sotmeses a judici militar. L'Estat havia sortit de cacera i s'alimentava de les delacions que els diaris monàrquics atiaven, «que no cal res més que un rumor o alguna venjança personal per empresonar un home o per tancar un ateneu, o per prohibir un diari», es lamentava la veu del carrer, però no només els monàrquics, perquè també *La Veu de Catalunya* animava la delació, «Delateu!», capdavantera del rebuig indignat del catalanisme contra els culpables d'aquella setmana tràgica. Prat de la Riba ho acabava de plasmar en el manifest de diputats i senadors que ell mateix havia redactat...

«Els fets que han pertorbat Barcelona i Catalunya són fets que revolten la nostra consciència d'homes lliures, el nostre sentiment de catalans. La bella ciutat que tants exemples d'enlairat civisme havia donat, la terra catalana que havia dignificat el sufragi popular i n'havia fet l'arma per excel·lència de les lluites polítiques, ha sigut víctima de brutalitats inqualificables, d'atemptats indignes, de violències repugnants»...

...i el text denunciava «el radicalisme eixorc», defensava la lluita civilitzada, lamentava l'oportunitat perduda de Solidaritat Catalana...

...«Aquell esclat de civisme, de tolerància, de disciplina social, tots els elements que la integraven haurien comprès que havia arribat el moment solemne que tots, directors i dirigits, partits i classes socials, redimissin, en el Jordà de l'amor a Catalunya, la responsabilitat de passades culpes educant i preparant el nostre poble per a les grans empreses col·lectives».

...«Sí, les grans empreses col·lectives», repetia l'Avel·lí, i aleshores continuava la lectura, frisós, «Enfront del radicalisme, que odia el present i renega del passat...», i s'empassava la saliva, demanava silenci, continuava, «Nosaltres afirmem la continuïtat de la vida social, el respecte del passat», i la conversa entrava en un bucle arreu on es llegia el manifest. El món s'havia dividit en tres bàndols irreconciliables, el dels que defensaven la violència de la protesta, el dels que justificaven la violència desfermada de l'Estat i el dels que no en defensaven cap i eren contraris al «radicalisme eixorc» dels uns i a la repressió brutal dels altres, tot i que volien que hi hagués càstigs exemplars. El referent d'aquests darrers era Prat de la Riba, que publicava articles encesos a *La Veu*...

...«Perquè ara hagin cremat convents al crit de "Visca la República", no ha d'induir-se que el radicalisme sigui patrimoni exclusiu de les masses anticlericals i republicanes»...

...i continuava...

...«El radicalisme revolucionari renega del present per la suggestió d'una edat d'or que posa en l'esdevenidor (futurisme); el radicalisme conservador, aquesta edat d'or enlluernadora... la posa en el passat (tradicionalisme). L'esperit de violència, comú a tots els radicalismes, en l'un, en el radicalisme de baix, és motí, és revolució, és terrorisme; en el de dalt, en el radicalisme conservador, l'apologia del govern de força, de la dictadura».

Aquelles idees de Prat de la Riba i de la gent de la Lliga, que intentaven situar-se al bell mig de l'escena, tanmateix explotaven a l'interior de Solidaritat, on altres veus negaven la crítica als revolucionaris, i acusaven els companys de fer la gara-gara als repressors. «No heu volgut publicar l'article de Joan Maragall contra els afusellaments. Vergonya, vergonya!», cridaven en un extrem del moviment, i en l'altre es blindaven amb el foc dels convents, «Violència, violència!». «El radicalisme eixorc», deien els uns, «El col·laboracionisme burgès», responien els altres, i els murs del moviment polític que havia de sostenir l'edifici de la Catalunya alçada tornaven a tremolar. Als cenacles on l'Avel·lí i els companys debatien la situació, els decibels pujaven a mesura que s'escalfaven les paraules. Tres bàndols irreconciliables, i en un d'ells, dos bàndols que començaven a ser irreconciliables. La Barcelona cremada s'esquerdava per les costures.

Universos enllà d'aquell abrupte univers polític, encara hi havia un quart bàndol, una tribu d'una sola persona, la Merceneta, que se sentia forastera en tots els altres i intuïa que el seu món no era cap dels coneguts, perquè era un món que encara estava per construir. Però, picada a picada, anava esquerdant la roca.

El 13 d'octubre va arribar sense demanar permís, un dia com un altre, en la immutable tossuderia del calendari. Feia un mes i mig que el sometent d'Alella havia detingut Francesc Ferrer i Guàrdia, davant de can Jonc, ben a prop de la seva casa natal. Des de l'inici de la revolta vivia amagat al mas Germinal del seu germà, a Montgat, i era aliè a tot el que havia passat. Però les cartes estaven marcades, i el 21 d'agost un contingent de policia es va presentar al mas i, en no trobar-lo, van obligar la Soledad i el seu germà Josep a presentar-se davant el governador. Allà els van anunciar que els havien condemnat i els desterraven a Alcanyís, i que havien de sortir cap allà immediatament. No podien tornar a casa per agafar roba ni diners, ni avisar ningú, i així, sense cap explicació, ni document oficial, ni judici, acompanyats de dotze guàrdies civils comandats per un sergent, van pujar a un tren i a les tres de la matinada arribaven a l'estació de La Puebla de Híjar, on havien estat confinats. Deu dies després detenien Ferrer i Guàrdia.

Quan la seva detenció va esclatar als titulars dels diaris, l'escamot de caça va començar a treure la pell a la bèstia. El dit acusador dels diaris el convertia en capitost de la revolta, als menjadors benestants de la ciutat, les dames prenien vi dolç i pastetes mentre explicaven, esglaiades, les barbaritats que s'ensenyaven a l'Escola Moderna i en el palau de la porprada, els bisbes brandaven els màrtirs de l'Església i reclamaven al president Maura que hi hagués una acció enèrgica, un càstig exemplar contra aquell home que era, ell mateix, l'encarnació del mal. «*El gobierno obrará de acuerdo con el espíri-*

tu de vuestra carta y las líneas de conducta que señaláis», responia el president amb inusitada celeritat, i el puny s'estrenyia al voltant del coll del pedagog. Ferrer i Guàrdia estava condemnat a mort abans de ser detingut, i Barcelona es preparava per viure allò que tothom anomenava «la gran farsa» del judici.

«No gosaran matar-lo», asseguraven els seguidors, «Ho han de fer», responien els seus enemics, i la ciutat es dividia entre els que parlaven de crim d'estat i els que no els importava si ho era, perquè ho consideraven una purga necessària, «per rentar els budells de Barcelona», segons expressió del senyor Sanahuja el dia mateix en què en va començar el judici. No hi havia cap conversa, ni cenacle, ni menjador benestant on es debatés sobre la culpa de Ferrer i Guàrdia, perquè no importava si havia liderat la revolta o si no en tenia cap responsabilitat. Només importava decidir si calia matar-lo o deixar-lo viu, «que si no té culpa del que acaba de passar, té moltes culpes acumulades», deia l'Albert excitat, delerós de veure'l executat.

Així es va culminar la venjança del botxí. Un sol dia de judici militar, cap prova a favor de l'acusat, rumors i declaracions anònimes acceptades com a proves de l'acusació, presoners sentenciats a dures penes, exculpats si declaraven en contra seu, prohoms de la Lliga, liderats per Verdaguer i Callís, que desfilaven per la sala tot ratificant la seva culpa, i en el súmmum del deliri fins i tot se'l va acusar d'haver cremat un convent en un barri on no hi havia hagut ni un sol incendi.

Quan, a la matinada d'aquell 13 d'octubre, el van portar fins al fossat de Santa Amàlia i l'escamot d'afusellament va dirigir les armes cap al seu cos, la brama del carrer va escriure el relat d'aquells minuts darrers. «Ferrer i Guàrdia els ha mirat de fit a fit, serè», i s'assegurava que abans de morir havia cridat, «Sóc innocent! Visca l'Escola Moderna!». Havien matat el pedagog de l'escola racionalista, l'extremista que barrejava nens i nenes, negava Déu, parlava de sexe i foragitava l'Església, creia en la vaga general i volia subvertir l'ordre social. La Barcelona d'ordre aplaudia feliç aquella execució, convençuda que, mort el gos, havia mort la ràbia.

Però en les altres Barcelones, el desconcert d'uns es barrejava amb el desconsol de la resta. Els seus seguidors el ploraven de portes endins, en les cantonades de la clandestinitat, en els caus de l'exili, en les presons de la culpa, i tots clamaven venjança. I en la Barcelona del catalanisme, conservadors i republicans s'enfangaven en diferències irreconciliables i l'agror dels debats eixamplava les esquerdes. A les cases més il·lustrades, es llegia la premsa estrangera, i el crit era unànime: Espanya era un país monstruós que perpetrava crims d'estat. De

París estant, els amics de Ferrer i Guàrdia es manifestaven, ajudaven la seva filla Trinitat a recuperar el cos del pare, feien campanyes per erigir un monument en el seu nom, la premsa parlava d'una persecució tan greu com la que havia patit el capità Alfred Dreyfus, i ell mateix participava en les protestes. Entristit i rabiüt, Anatole France escrivia una carta pública en homenatge al seu amic...

«El seu crim és el de ser republicà, socialista, lliurepensador; el seu crim és haver creat l'ensenyament laic a Barcelona, instruït milers de nens en la moral independent; el seu crim és haver fundat escoles»...

...i al britànic *The Times* asseguraven que el govern de Maura havia confós la llibertat d'instrucció i consciència amb l'agitació criminal. Espanya rebia el rebuig d'Europa, i a l'interior del govern el president començava a trontollar. «El rei necessita un boc expiatori», deien els més ben informats.

«Soroll estranger», va dir l'Albert quan l'Avel·lí li va portar un exemplar d'un d'aquells diaris francesos que publicaven articles enfurits contra l'execució, però al carrer de Provença, la mort de Ferrer i Guàrdia no havia remogut les aigües, ni havia alimentat cap d'aquelles discussions entre pare i fill que devoraven una tarda sencera.

Si l'Albert se sentia cofoi i vencedor, l'Avel·lí estava massa amoïnat per l'enfrontament en el si de Solidaritat, que amenaçava amb un trencament, i a més el seu odi a aquell home sacríleg que menyspreava Déu apaivagava l'horror que li provocava l'execució. «No mereixia morir així», deia convençut, però repetia, amb el mateix convenciment, que era un càncer que posava en perill tota la lluita raonada i eficaç contra el govern espanyol, «el radicalisme eixorc»... I en una lletania rabiüda, alertava que «les turbes d'ara no han guanyat en civilització les del 1835, amb aquesta salvatgia contra el temple de Déu, contra les biblioteques, l'escola i l'art, no, no a aquesta selvàtica inconsciència, com en diu Puig i Cadafalch». I aleshores assegurava que aquella revolta tràgica havia ferit seriosament els catalanistes, «perquè ens posen a tots en el mateix sac», i tothom li donava la raó. Al capdavall, no era allò el que deien els diaris de Madrid, que els catalanistes odiaven el rei i Espanya i eren violents i extremistes? «Exacte», i pare i fill coincidien a negar la categoria de víctima a Ferrer i Guàrdia i, encara més, la de màrtir, despullat de tota heroïcitat i de tot ideal.

«Ja veig que al carrer de Provença no teniu pietat», va dir irada l'àvia Mercè al dinar del diumenge següent a l'execució. I amb una solemnitat que no li era pròpia, tot mirant el seu fill, li va etzibar,

«Què hauries dit de l'àvia Mariona, que va lluitar a les barricades per salvar-te la vida? També hauria merescut morir?», i el silenci de la taula va ser un diccionari sencer de paraules. Durant aquells segons suspesos, l'Albert va notar un cisell afilat que tallava el seu ànim, la mare assenyalant-li la culpa, el dit acusador, però no, i va alçar la veu, quina culpa, què, qui era ell, un home que havia lluitat contra la pobresa i la desesperació, i havia sobreviscut, i havia aixecat un imperi, i només volia que cap boig, cap radical, cap violent, cap cremador de convents el trasbalsés. Era allò, ell, un creador de vida, de futur, un constructor de palaus segurs on tots podien viure, «Tots, tots vosaltres, què se n'hauria fet de tots vosaltres si no hagués vençut la meva vida de soldat de lleva i m'hagués rebel·lat i m'hagués alçat, què, digueu-me, què! L'àvia Mariona va lluitar per salvar-me la vida, i jo també he lluitat per salvar-vos la vida, sí, d'una altra manera, però he lluitat!», i el cop a la taula va ser la música de la indignació. Però l'àvia Mercè no afluixava, «Què creus que feia l`àvia Mariona, sinó el mateix que han fet ara les mares i les àvies com ella, què, sinó intentar evitar que els fills i els marits anessin a la guerra! Que entre morir a Melilla o fer-ho a Barcelona, no tenien res a perdre. Albert, no taquis el record de l'àvia!». «Com goseu dir això, mamà?, jo el venero, el record de l'àvia, l'honoro amb el que he fet, ella volia això, que sobrevisqués, sí, jo l'honoro, jo».

«Prou!», va cridar l'àvia Martina, i va ser tan insòlit el crit, que tothom es va apressar a acabar-se el plat, mentre les converses indolents a duet van iniciar la pausa prèvia a la calma. El dring de la campaneta va salvar el moment, i l'arribada de les postres va ser celebrada.

Un quadre

Ni aquell diumenge d'octubre, ni els anteriors, ni els dies següents es va sentir el parer de la Merceneta sobre l'execució de Ferrer i Guàrdia. Després de la marxa de l'Enric, del qual no havien tingut cap notícia, «Ni en sabrem res», li deia a la seva amiga Lluïsa, «que no tornarà mai més», i aleshores li explicava que el seu germà volia conèixer les lluites obreres d'Itàlia i d'Alemanya, i li parlava de Rússia, d'on venien idees noves, «No, no tornarà, que odia Catalunya, que li han fet molt de mal, i no, Lluïsa, que no el veuré mai més, el meu germà», i des d'aleshores no tenia interès en les baralles dels homes de casa seva, tant de soroll, tanta paraula petita en boca tan grossa, no, allò no era el seu món, ni volia que ho fos, un món on els homes competien per demostrar qui defensava millor la mort d'un innocent, o s'omplien de cuirasses per justificar la seva indiferència, i no feien res, o potser ho feien, i el que feien era empènyer el mal, l'horror, la desesperança.

Mai no s'havia sentit tan estrangera a casa seva com en aquell moment. I no només a casa seva, també a la seva ciutat i al seu país, i no reconeixia res, ni les converses de casa, ni els diaris que llegia la gent, ni les notícies que bramaven al carrer, aquell món masculí forjat en l'èpica del dolor.

S'havia convertit en una forastera, una intrusa que vagarejava pels racons coneguts, i s'asseia a la taula familiar, i dormia al seu llit, i besava la mare, però res no li semblava propi, com si fos una proscrita, expulsada del paradís. «Els homes han construït un món inhòspit», es deia, convençuda i cada vegada més rabiüda.

Aquella sensació creixent d'exili només s'apaivagava a l'estudi de Lluïsa Vidal, quan la conversa s'enfilava pels cavallets amb olis a mig pintar, un esbós era un somni per conquerir i qualsevol objecte inanimat contenia una vida plena. La serenor de la pintura! Amb la Lluïsa, amb les altres amigues de la revista *Feminal* i també amb la Joan, que sempre l'acompanyava, la Merceneta trobava un llenguatge possible, a mig construir, però que albirava un idioma nou. I aleshores se sentia protagonista d'un capítol de la història que ningú no havia escrit, perquè s'escrivia a redós dels grans esdeveniments dels homes, però anava forjant-se mot a mot, emoció rere emoció, amb el secret delit d'inventar-se un món diferent. «Nosaltres serem les noves amazones, les deesses d'un país on es podrà donar aixopluc a la cultura i a l'art, i posarem fi per sempre al crit de guerra», i aquella idea l'enaltia fins al punt de sentir-se apel·lada per la història, com si hagués estat ungida pel senyal de l'arcàngel i tingués una missió per acomplir. Les dones, sí, les dones eren les grans proscrites del relat humà, i potser aquell havia estat el pitjor error de la humanitat: foragitar la mirada femenina. Havien d'alçar la veu, sí, l'havien d'alçar i començar a dir la seva, però no d'una en una, sinó totes alhora, perquè quan el cor de dones s'elevés per damunt del soroll dels homes, els guerrers, aleshores capgirarien la realitat.

Aquell diumenge en què l'àvia Mercè havia acusat el pare d'embrutir la memòria de l'àvia Mariona, la Merceneta va estar a punt d'aixecar-se de taula i marxar. No volia participar en aquella conversa enverinada, i tampoc no es veia amb cor d'escoltar-la perquè la feria intensament. Estimava el pare i estimava l'àvia, i entenia les raons de tots dos, però alhora cap d'aquelles raons eren les pròpies, perquè sobre allò que havia passat a Barcelona havia decidit no tenir-ne, d'opinió. Era la seva manera de rebel·lar-se contra aquella setmana violenta i tràgica. Qui s'havia portat bé, qui havia fet bé les coses, en aquell gran despropòsit? I fastiguejada, va apressar l'estona del cafè, va donar una excusa i va sortir rabent, de camí a l'estudi de la Lluïsa, on trobaria pau, seny i bellesa... el territori plàcid de les dones.

De sobte, mentre les dues amigues comentaven un número antic de *Feminal*, on apareixien uns dibuixos de la Lluïsa, la Merceneta va aturar-se en la reproducció d'una de les grans teles del pintor Ramon Casas, *Barcelona, 1902*, per bé que tothom la coneixia com *La càrrega*. «Guaita, mira aquest home!», va dir la Merceneta mentre assenyalava un manifestant desplomat a terra, les cames enlaire, el capell desat, el cap a punt de topar amb el sòl, i, a tocar del seu cos caigut, les peülles del cavall del soldat que estaven a punt d'envestir-lo. «L'oncle del pare, el germà de la meva àvia Mercè, va morir esventrat per un cavall en la bullanga del 1835. El meu germà Enric porta el seu nom. Ho va demanar l'àvia Mariona, quan va néixer. T'ho imagines? Tots dos es diuen Enric i tots dos podrien morir sota els cavalls. Déu meu, Lluïsa, quin món de salvatgia i maldat, no, que mai no l'esventri un cavall, el meu germà, ni el rebenti un canó, ni l'executi un fusell, no, mai», i sense poder-ho evitar, va començar a plorar amb un plor que contenia el plor de tots aquells dies sense llàgrimes. La Lluïsa la va acaronar i, en alçar la mirada, li va dir, «Sí, amiga. Quin món terrible que han fet els homes!», i les dues dones es van abraçar.

En sortir de l'estudi de la Lluïsa, la imatge d'aquella Barcelona de foc que havia cremat per totes les bandes no la deixava respirar. Quin absurd letal, quina inútil violència!, i el desànim feia niu i la deixava sense esma. Però en ser a prop del passeig de Gràcia, a tocar del seu portal, va veure les obres de la Casa Milà, que ja estaven molt avançades, i s'hi va apropar. I davant d'aquells trossos enormes de pedra revinclada, que desmentien les convencions i s'alçaven altives i arrogants, la Merceneta va pensar en l'àvia Mariona, que sempre deia que després del foc venia la cendra, que adobava la terra i enfortia les arrels. «Una Barcelona crema, però una altra creix i es regenera, i repta els déus, i desmenteix la por». Aquell pensament li va atorgar un respir inesperat, i sobtadament animada, va mirar cap al cel, i, per un instant, va voler dir alguna cosa solemne, com si fes un jurament als déus, com si calgués un crit, allà, tota sola, al bell mig de la nit, davant d'aquell palau de pedra que s'alçava victoriós. Però la idea va ser fugaç, perquè era una noia de casa bona, i les noies de casa bona no cridaven a la nit. I després de fer un sospir profund, com si tingués els pulmons buits i necessités tot l'oxigen del món, va somriure badoca i, renovada la força, va redreçar-se el barret, que se li havia torçat lleument, i va tornar cap a casa. Aquella nit començava a fer fred.

Post scriptum

«Vergonya per als capitostos revolucionaris que deixaren al descobert la seva covardia; vergonya per als representants del poble que no el van saber guiar en la justa protesta; vergonya per als catòlics que no constituïren les juntes de veïns per salvar les persones, els llibres i les obres d'art; vergonya per a tota la ciutat que no va impedir el saqueig dels darrers dies; vergonya per a les autoritats i per al govern en la seva estúpida repressió; vergonya per a tots els que no van demanar l'indult dels condemnats a mort malgrat creure'l obra de justícia».

Pere Coromines,
diputat de Solidaritat Catalana,
El Poble Català (1910)